꽃보다 아름다운 사람들

황대권의 유럽 인권기행

꽃보다 아름다운 사람들

황대권의 유럽 인권기행

황대권 지음

두레

"인간들.
우리가 이렇게 살아 있다는 것, 얼마나 좋으냐!
우리가 서로에게 속해 있다는 것, 얼마나 아름다우냐!
나는 당신들 모두와 사랑에 빠져 있지만,
한쪽 눈을 뜬 채 잠자리에 든다.
어디에선가, 분명히, 당신의 무시무시한 무기가
언제라도 사용될 수 있도록 준비되어 있기 때문이다."

— 레오 브로만 (네덜란드 시인)

차례

정지된 여름방학

'**영국** 임페리얼 대학교 자연과학대학 지속가능농업학과 농업생태학 석사과정'.

나이 마흔다섯에 다시 손에 든 입학통지서였다. 입학통지서 아래에는 국제사면위원회(Amnesty International)와 대학당국이 절반씩 부담하여 만들어 준 2천만 원 상당의 장학증서도 있다. 영국의 수도 런던에서 기차를 타고 남쪽으로 한 시간 반 거리에 있는 '와이(Wye)'라는 조그만 시골마을에 자리한 한적한 농과대학의 고색창연한 정문을 지나 교무과로 향하는 나의 눈가는 촉촉이 젖어 있었다. 이게 얼마 만인가? 15년 만에 나는 다시 학생이 된 것이다.

15년 전에 나의 신분은 역시 학생이었다. 1982년 농과대학을 갓 졸업한 나는 전두환 군사정권 아래 신음하는 조국의 암울한 현실을 뒤로하고 미국으로 유학을 떠났다. 학창시절 길거리에서 군사독재 타도를 외치다 함께 굴비 두름처럼 엮여 경찰서로 끌려갔던 친구들이 위장취업이다 지하써클이다 하며 나름의 대응논리를 펼치고 있을 때, 나는 비행기를 타고 '자유의 나라' 미국으로 간 것이다. 결코 도피가 아니었다. 도무지 앞이 보이지 않아서였다. 수많은 책을 탐독하고 동료들과 토론으로 날을 지새웠지만 '이것!'이라고 말할 수 있는 비전을 가질 수가 없었다. 비전을 갖지 못한 채 하는 운동이 무슨 의미가 있으랴. 답답했다. 졸업과 함께 받아든 교사임용장을 들고 몇 날 며칠을 생각했다. 이대로 시골학교 선생이 되어 버려? 아무래도 아니었다. 그러기에는 이 세상에 대한 나의 꿈과 호기심이 너무 컸다. 그렇다면? 산에서 길을 잃으면 아무 곳이나 높은 봉우리에 올라가서 지형을 살펴보라는 말이 있다. 그래, 일단 내가 서 있는 자리를 떠나 더 넓은 세상에서 들여다보면 무언가 새로운 비전이 보일지도 모른다. 무조건 여기를 뜨자!

나는 비사범대 출신 학생들이 그렇게 얻기를 바라는 교사임용장을 반납하고 무조건 미국행 비행기에 몸을 실었다. 그리하여 숱한 우여곡절 끝에 '웨스턴 일리노이 주립대학(Western Illinois University)'을 거쳐 뉴욕에 있는 '사회과학 대학원(New School for Social Research)'에서 제3세계 정치학을 공부하게 되었다. 공부하면서 틈틈이 미국 내 반정부 교포신문에 한국의 군사독재와 미국의 제국주의적 본성을 비판하는 글을 기고하고, 유학생들과 고국의 정치상황에 대한 토론을 벌이곤 했는데, 그것이 빌미가 되어 국가안전기획부의 공작에 걸려들고 만 것이다.

1985년 봄, 전두환 정권은 쿠데타로 집권한 이후 최대의 정치적 위기에 직면한다. 총선에서 패배하여 여소야대 형국이 되었을 뿐만 아니라 전국적으로 반미·반독재운동이 학생들을 중심으로 확산되기 시작한 것이다. 정국의 반전을 노린 전두환 정권은 이전의 모든 독재정권들이 '전가(傳家)의 보도(寶刀)'처럼 써오던 간첩단 사건을 조작하게 된다. 그런데 이전에 여러 번 써먹었던 일본이나 유럽 관련 사건이 아닌 미국 유학생 간첩사건을 만들어 냈던 것이다. 그도 그럴 것이 반미운동의 열기를 끄기에는 미국에 연고를 둔 사건이 더 그럴듯했을 것이다. 이러한 사건이 기다리고 있는 줄은 꿈에도 모르고 나는 1985년 여름방학을 맞아 부모님을 뵙기 위해 고국방문의 길에 올랐다.

오후 늦게 서울에 도착한 나는 부랴부랴 옷을 갈아입고 남산 밑의 한 중국식당에서 열린 사촌 여동생의 약혼식에 다녀온 뒤에야 겨우 피곤한 몸을 뉘일 수 있었다. 곤히 잠든 새벽녘이었다. 느닷없이 대문을 난타하는 소리에 온 식구가 놀라 깼다. 잠옷 바람으로 나가 보니 웬 정체불명의 사내들이 겹겹이 둘러싸고는 황대권이 맞느냐고 다그쳐 묻는다. 그렇다고 하니까 수갑을 채우고는 가족들에게 한 마디 설명도 없이 그대로 끌고 나가는 것이었다. 그야말로 마른 하늘에 날벼락 같은 일이었다. 시꺼먼 승용차 바닥에 꿇린 채 내가 수갑을 차고 잡혀갈 만한 일을 했는지에 대해 생각해 보았다. 도무지 잡히는 게 없었다. 끌려간 곳은 엊저녁 약혼식이 있었던 중국집에서 얼마 떨어지지 않은 남산 안기부 지하실. 그로부터 정확히 60일 동안 무수한 고문과 구타를 당한 끝에 미국 유학생으로 가장한 '북괴 공작원'이 되어 신문지상을 도배질하게 된다. 서른 살이 되도록 학생 말고는 다른 직업을 가져 본 일이 없는 나의 공식 직함은 이때부터 '간첩'이 되어 버렸다.

안기부에서 작성한 수사조서에 확인도장을 찍는 것에 지나지 않는 재판과정을 거쳐 '무기징역'이라는 형량을 떠안고 감옥에 와 앉으니 내가 지금 악몽을 꾸고 있는 게 아닌가 하는 생각이 들었다. 이것이 정녕 꿈이라면 잠에서 깨어났을 때 무언가 달라져야 할 텐데 아무리 자고 깨어도 철창 안에 갇혀 있는 모습 그대로였다. 절망하고 또 절망했다. 한 사람의 무고한 시민이 어느 날 갑자기 터무니없는 죄명을 뒤집어쓰고 감옥에 갇혀 있어도 그것은 '선진 조국'을 건설하는 과정에서 어쩔 수 없이 생겨난 조그만 '파편 부스러기'에 지나지 않았다. 주도세력의 입장에서 볼 때 파편 부스러기는 자기들이 만들고자 하는 사회를 건설하는 데 방해만 되는 쓰레기에 지나지 않았고, 그러한 쓰레기는 한데 모아서 으슥한 곳에 버리거나 태워서 없애 버려야 했다. 나는 그렇게 이 세상에서 존재를 부정당하고 사라져 갔던 것이다.

투옥의 충격이 어느 정도 가시자 어떻게 해서든 이 안에서 살아 나가야겠다는 생각이 들었다. 형기 종료일이 없는 무기수에게 삶의 목표가 없거나 희망이 없으면 그것은 겨우 숨만 붙어 있는 시체나 마찬가지이다. 나는 이담에 내 운명이 또 어떻게 변할지 알 수는 없지만 일단 이 감옥생활을 '방학'의 연장이라고 생각하기로 했다. 방학을 이용하여 잠시 부모님을 뵈러 왔다가 그 지경을 당했으니 당연한 착상이다. 그런데 그 방학이 15년이나 지속될 줄이야!

다시 정신을 추스른 나는 중단된 제3세계 공부를 계속하는 한편 제한된 공간에서나마 교도소 운동장 한쪽에 조그만 화단을 만들어 농사를 지으면서 대안적 생태사회 연구에 몰두했다. 말하자면 감옥은 나에게 방학 중에 다니게 된 또 하나의 대학이었다.

감옥 생활을 시작한 처음 5년은 자신의 억울함을 어떻게 해서든 세상에 알리려고 발버둥을 친 세월이었다. 은밀히 밀서를 써 내보내는가 하면 동료들과 단식은 물론 혼자서 만세도 부르는 등 별의별 짓을 다했다. 내가 국제적인 양심수로 지정받는 결정적 계기가 된 「나는 어떻게 간첩이 되었는가」라는 문건은 이때 만들어진 것이다. 이 편지가 세상에 공개되면 어떤 형태로든 구명운동이 벌어질 것으로 기대했다. 그러나 아무런 움직임도 없었다. 나는 철저히 잊혀진 존재가 되었고 바깥세상은 바깥세상대로 민주화의 진통을 겪으며 숨가쁘게 변해가고 있었다. 변해가고 있다는 것도 한 달에 한 번씩 면회를 오는 가족을 통해서나 알 수 있을 뿐, 외부 세계와 완전히 단절된 나로서는 무중력 상태의 우주 공간에서 허우적거리며 지구라는 별을 바라보고 있는 느낌이었다.

억울함을 벗겨보려는 모든 노력이 헛수고였다는 것을 확인한 나는 더 이상 감옥으로부터 벗어나려는 몸부림을 하지 않기로 했다. 그 대신에 감옥은 내가 평생 안주하고 살아야 할 집이요, 내 인격을 실현하는 도장이라고 스스로에게 최면을 걸었다. 그런데 내가 이렇게 스스로를 포기하고 감옥 속에다 나만의 세상을 만들어 가고 있을 때, 나의 운명을 예기치 않은 방향으로 틀어 놓으신 신의 손길은 또 다른 방향으로 움직이고 있었다. 국내에서는 '민가협(민주화운동가족실천협의회)'의 활동이 본격화되고 있었고, 해외에서는 '국제사면위원회(Amnesty International, 이하 앰네스티로 표기)'와 '국제작가협회(International PEN Club)'가 나를 '세계의 양심수'로 선정하여 적극적인 구명운동을 벌이기 시작한 것이다. 출소해서야 알게 된 사실이지만 앰네스티는 영문으로 옮겨진 「나는 어떻게 간첩이 되었는가」를 보고 적극적으로 관여하게 되었으며, '국제작가협회'는 내가 신문에 기고한 글로 인하여 탄압받고 있다는 점을 인정하여 구명운동에 나섰다고 했다. 이 세 기구는 13년 2개월 만에 가석방으로 세상에 나올 때까지 수많은 격려 편지와 위문품 등을 보내줘 기나긴 나의 독방 생활을 풍요롭게 만들어 주었다.

반세기 만의 정권교체라는 '국민의 정부'의 출범에 힘입어 세상에 나온 나는 오래간만에 다시 만난 가족, 친구들과 어느 정도 회포를 푼 다음 그동안 머릿속으로 그려 왔던 바를 실천에 옮기기 위해 전라도 영광의 산속에 들어가 농사를 짓기 시작했다. 일단은 오랫동안 콘크리트 독방에서 찌들 대로 찌든 내 몸을 흙과 풀내음 속에서 정화시켜 보자는 것이 주된 목표였다. 이 듬해 어느 봄날이었다. 새 밭을 일구기 위해 작은 트랙터를 몰고 한창 밭을 갈고 있는데 휴대폰이 울렸다. 민가협의 남규선 총무였다. 노르웨이 국영 텔레비전 방송이 나를 주인공으로 하여 인권 다큐멘터리를 찍으러 한국에 온다는데 촬영에 협조할 수 있느냐는 것이었다. 너무도 예상치 않은 제의라서 얼떨떨했지만 '억울한' 감옥살이를 할 만큼 하고 나온 나로서는 마다할 이유가 없었다.

그로부터 보름 뒤 네 명으로 구성된 노르웨이 촬영팀이 한국인 안내자를 앞세우고 산속 농장으로 찾아왔다. 안내자는 지금 성공회대학교 사회학과 교수로 재직 중인 조효제 박사로, 그 무렵엔 영국 런던의 앰네스티 국제본부에서 동아시아 담당 간사로 일하고 있었다. 그는 노르웨이 앰네스티의 요청에 응하여 한국 방문의 안내자로 기꺼이 나섰던 것이다. 조 박사의 설명을 듣고서야 나는 저간의 사정을 어느 정도 가늠할 수 있게 되었다. 그동안 옥중에서 내가 쓴 영문 편지들이 앰네스티 네트워크를 통하여 널리 유통되어 나도 모르는 사이에 유명인사가 되어 있었다는 것이다. 그해 10월에 노르웨이 앰네스티는 텔레비전을 이용한 모금행사의 하나로서 몇 개의 인권 다큐멘터리를 만들기로 했는데 한국이 그 대상 지역의 하나라는 것이었다.

조용한 시골구석에 카메라를 멘 외국인들이 나타남으로써 지역의 보안업무를 담당하고 있는 영광경찰서는 바빠졌다. 그렇지 않아도 나는 보안관찰 대상자로서 늘 경찰의 '보호'와 '감시'를 받고 있었는데 이렇게 외국인들까지 와서 카메라를 들이대니 비상이 걸리지 않을 수 없었을 것이다. 아침에 농장 입구의 길을 다듬고 있는데 평소에 전혀 볼 수 없었던 등산복 차림의 한 젊은이가 지켜보고 있다가 나와 눈이 마주치자 얼른 외면하면서 산속으로 들어가는 것이었다. 그날 농장에 내려온 내 동생도 다른 쪽의 농장 입구에서 비슷한 모습을 한 젊은이들을 보았다고 한다. 그들은 촬영이 진행되고 있는 농장 주변의 숲 속에 숨어서 우리의 일거수일투족을 감시하고 있었던 것이다.

사실 감시는 그날뿐만이 아니었다. 내가 외국 손님들을 위해 영광지역 안내를 부탁했던 한용석 씨가 떨떠름한 표정으로 와서는 안내를 못 하겠다고 말하는 것이었다. 그는 인근 지역에서 돼지농장을 경영하고 있는 왕년의 가톨릭 농민회 투사로 내가 영광에 내려가 정착하는 데 많은 도움을 준 친구이다. 왜 그러냐고 물으니, 경찰이 자꾸 귀찮게 군다는 것이다. 전날만 해도 몇 차례씩이나 전화질을 해서 내일 황대권 씨의 스케줄이 어떻게 되는지, 몇 명이나 찾아오는지 등등 별걸 다 물었다는 것이다. 그가 전화에 대고 황대권이라는 사람을 잘 모른다고 말했더니 뭘 그러냐면서 며칠 전에도 당신 차에 태우고 읍내에 다녀오지 않았느냐고 반문하더라는 것이다.

기가 막혔다. 나는 영광에 내려와서 경찰에 신고조차 하지 않았는데 그들은 이미 그 사실을 다 알고 내가 누구를 만나고 다니

┃다큐멘터리 작업을 하고 있는 노르웨이 촬영팀. 영광농장.

조용한 시골구석에 카메라를 멘 외국인들이 나타나자

그들은 비상이 걸리지 않을 수 없었다.

그들은 촬영이 진행되는 농장 주변의 숲 속에 숨어서

우리의 일거수일투족을 감시하고 있었다.

는지 감시하고 있었던 것이다! 통탄할 일은 이 모든 감시와 견제가 '보안관찰법'이라는 반인권법에 근거한 합법활동이라는 것이다. 기분이 나빴지만 인권후진국에 살고 있는 처지로서 어쩔 수가 없었다. 나는 친구에게 왕년의 투사가 그까짓 일 가지고 뭘 그러냐며 그냥 예정대로 하자고 달랬다. 사실 그로서도 거부할 의도로 그런 건 아니었을 것이다. 기분이 언짢으니까 한마디 한 것이지. 그러나 아무런 정치의식이 없는 일반 농민 같았다면 경찰의 이 정도 간섭에도 당장에 주눅이 들어 모르쇠 할 것이 틀림없었다. 어쨌거나 영광에서의 촬영은 영광 천주교회와 한씨의 협조로 순조롭게 진행되었다.

촬영은 내가 출소한 대전교도소와 첫 징역을 살았던 서대문형무소에서 계속되었다. 대전에서부터는 '공범'이라는 이름으로 함께 징역을 살았던 김성만 씨가 동행했다. 그는 사형수 시절 어머님의 몸을 던지는 구명운동에 힘입어 <실종(Missing)>(1982)이라는 문제작을 만든 바 있는 칠레의 유명한 영화감독 코스타 가브라스(Costa Gavras)가 그의 석방을 촉구하는 CF 필름을 만들었을 정도로 널리 알려진 인물이다. 서대문 형무소는 지금은 독립공원으로 되어 누구나 마음대로 내부를 들여다볼 수 있게 해 놓았다. 우리는 잠시 옛날로 돌아가서 독방에 갇혀 있기도 하고 엄혹한 감시 아래 몰래 '통방'(대화)하던 상황을 재현하기도 했다.

보름간의 일정을 모두 마친 노르웨이 촬영팀은 떠나기 전에 한국의 전통문화공연을 보고 싶다고 연락을 해왔다. 수소문 끝에 서울 정동극장에 외국인 방문객을 위한 상설 민속공연이 있음을 알아냈다. 촬영하느라 따로 관광을 할 수 없었던 그들로서는 기대가 몹시 컸던 모양이다. 무대에서는 수준 높은 민속공연이 다양하게 펼쳐졌다. 특히 마지막 순서에 있었던 사물놀이 공연은 관객들의 혼을 빼놓기에 충분했다. 모두들 감탄사를 연발하며 어깨를 들썩거렸다. 공연이 끝나서도 한참동안 사물놀이의 지속적인 비트음이 심장 속에서 울리는 듯했다. 그들은 공연 뒤 앞마당에서 벌어진 뒤풀이에도 적극적으로 뛰어들어 덩실덩실 춤을 추고 돌아갔다. 그들에게 이날의 감동이 얼마나 컸는지는 몇 달 뒤 노르웨이 현지의 전혀 엉뚱한 상황에서 확인하게 된다.

그들이 떠나간 지 한 달 만에 노르웨이 앰네스티 의장 명의의 초청장이 조용한 산속으로 날아들었다. 그해 10월에 유럽 여러 나라의 앰네스티 디렉터들을 초청해서 거국적인 모금행사를 하는데, 인권 다큐의 주인공으로서 꼭 참석해 달라는 것이었다. 나는 고민에 빠졌다. 이제 막 시작한 농사일인데 그만두고 달려가야 하나? 아니 간다고 한들 아직 가석방 상태인데 여권이나 나올까? 게다가 국사범 중의 국사범인 '간첩'인데. 아마도 군사정부 시절 같았다면 이런 고민은 아예 하지도 않았을 것이다. 여권 신청 자체가 불가능했으니까. 농사일이야 언제고 와서 다시 하면 그만이지만 이런 초청은 일생에 단 한 번뿐이지 않은가? 그래, 가자! 그동안 세상이 어떻게 변했는지도 둘러보고, 무엇보다도 나의 석방을 위해 온갖 노력을 아끼지 않은 외국의 은인들에게 감사의 인사를 드려야 도리가 아닌가.

나는 농사일을 어느 정도 마무리지어 놓고 서울로 올라와 외국 나갈 궁리를 했다. 아직도 가석방 상태에 있는 자가 앰네스티 초청장을 들이대고 여권을 내달라고 하면 행사 당일까지 이런저런 핑계를 대고 시간을 끌기 십상이니 아예 초청장 얘기는 꺼내지도 말자. 대신 가장 보편적으로 둘러대는 유학과 친지 방문으로 하자. 유학은 14년 전 불의의 습격으로 마치지 못한 공부를 마무리하는 의미도 있지만, 새로운 시대를 헤쳐 나갈 선진적인 지식을 습득하기 위해서는 꼭 필요했다. 노르웨이 앰네스티의 행사일까지는 아직 날짜가 조금 여유가 있으니 일단 영국으로 가서 자리를 잡은 다음 다른 유럽 국가들을 들러서 노르웨이로 들어가자. 이렇게 기본 전략을 짰다.

서둘러 영국에 있는 슈마허 대학의 교장인 사티시 쿠마르(Satish Kumar)에게 편지를 썼다. 나는 감옥에서 그의 자서전을 읽고 언젠가는 꼭 한번 세계적인 생태학 교육기관인 슈마허 대학에 가보리라 다짐을 해둔 터였다. 슈마허 대학은 단기 코스의 대안학교이기 때문에 그리 어렵지 않게 입학허가서를 얻을 수 있었다. 그런 다음 영국에 계신 수양어머니께 편지를 보냈다. 영국이라고는 구경도 못 한 내가 영국인 수양어머니를 모시게 된 것도 다 앰네스티의 구명활동 덕분이었다. 그분은 내게 편지를 보내온 최초의 외국인이다. 그때가 1990년 1월이었다. 그로부터 8년 동안 그분과 나 사이에는 매달 한 통 이상의 편지왕래가 끊임없이 이어졌다.

처음에 그분은 아무런 자기소개도 없이 용기를 잃지 말라는 격려의 말을 하고는 바로 자신의 가족 이야기를 자세히 써내려 갔다. 부끄럽게도 그때까지 나는 앰네스티의 존재를 모르고 있었기 때문에 어떤 연유로 이런 편지가 내게 오는지 도무지 감을 잡을 수가 없었다. 또 그분은 내가 석방되는 날까지 자신이 앰네스티 회원이라는 사실을 한 번도 말하지 않았다. 출소하여 자유의 몸으로 받은 그분의 첫 편지에서야 자신이 앰네스티 회원이었다는 사실을 밝혔던 것이다. 나중에 영국에 가서 안 사실이지만 회원들이 양심수들에게 편지를 쓸 적에 자신이 앰네스티 회원이라는 사실을 밝히지 않는 것이 원칙이라고 한다. 교도소 당국의 검열을 피하기 위해서이다.

나는 한참 후에야 앰네스티가 나를 위해 석방운동을 하고 있다는 사실을 알게 되었고, 또 여러 나라의 앰네스티 회원들로부터 많은 편지를 받았지만 이상하게도 그분만은 앰네스티 회원이라고 생각해 본 적이 한 번도 없었다. 그랬기 때문에 우리 사이에 각별한 정이 싹텄는지도 모르겠다. 그분께서 얼마나 자상하게 집안 이야기를 써 주시는지 마치 나도 한 식구처럼 느껴질 정도였다. 그리하여 언제부터인가 우리는 서로를 어머니와 아들로 부르기 시작했다. 다만 직계가 아니므로 앞에 '명예(Honorary)'라는 수식어를 붙였다. 누가 먼저 시작했는지는 둘 다 기억하지 못할 정도로 자연스럽게 그리 되었다.

그분의 이름은 '로쉰'. 2차세계대전 때 아일랜드에서 건너와 영국에 정착한 아일랜드인이다. 감옥에 있을 때 지극정성으로 돌보아 준 수양어머니를 만나러 간다는데, 또 당신이 병중에 있어 돌아가시기 전에 수양아들을 꼭 보고 싶다는데, 아무리 신분이 전직 '간첩'이라 해도 여권을 안 내주면 인간이 아니라고 생각했다. 로쉰은 이를 위해 법무부장관 앞으로 양아들을 초청하는 간곡한 편지 한 통을 써 보내왔다.

나의 노력은 헛되지 않아 일을 시작한 지 한 달여 만에 드디어 여권이 나왔다. 단 가석방자에게 허용되는 1년짜리 단수 여권이었다. 나는 일단 나가기만 하면 또 어찌어찌해서 여권을 연장하여 정식 유학까지도 엿볼 수 있지 않을까 하는 희망을 갖게 되었다. 물론 이런 궁리가 세상 물정 모르는 내 머리에서 나왔을 리가 없다. 나는 이미 십여 년 전에 출소하여 외국 여행을 다녀온 장기수 출신인 성공회대학교의 신영복 선생님을 찾아가 자문을 구했다. 신 선생님은 점심시간에 식당에 모인 영국 유학 출신의 여러 교수님들을 일일이 소개시켜 주며 그분들의 노하우를 듣게 해 주었다. 나는 어떠한 상황에서든지 내가 노력하기에 따라 얼마든지 새로운 길을 열어갈 수 있다는 확신을 품고 미지의 세계로 발을 내디뎠다.

영국

오랜 기다림, 짧은 만남

수양어머니 로쉰

영국은 출발지에서 따로 비자를 발급하는 것이 아니라 공항에서 입국수속을 밟을 때 이것저것 살펴보고 하자가 없으면 입국 승인 도장을 찍어 준다. 따라서 여권에 문제가 있거나 입국 목적이 불분명한 사람은 영국까지 가서 되돌아오기가 일쑤다. 영국에 대해서 좀 안다고 하는 사람들이 하도 험한 소리들을 하는 바람에 어렵사리 여권을 받아 낸 나로서는 은근히 신경이 쓰이지 않을 수 없었다. 마침 한여름 방학 때라서 런던의 히드로 공항에는 입국절차를 밟으려는 사람들로 인산인해를 이루고 있었다. 얼굴들을 보니 주로 영국의 지배를 받아 왔던 중동과 남아시아 사람들이 많았다.

땀을 찔찔 흘리며 한 시간 남짓 기다린 끝에 겨우 내 차례가 왔다. 입국심사대에 섰다. 꽤 꼬장꼬장하게 보이는 흑인 여성이 내 서류를 들추면서 이것저것 묻기 시작했다. 몇 마디 묻고는 보내주

24

겠지 했는데 질문이 끝이 없다. 직업이 무어냐, 월급이 얼마냐, 영국에서 무엇을 할 것이냐……. 묻는 대로 성의껏 다 대답했는데도 도무지 보내줄 생각을 않는다. 벌써 30분이 지났다. '야, 이거 이러다가 다시 한국으로 되돌아가는 거 아닌가?'라는 불길한 생각이 들었다. 나는 담당자의 일방적인 질문 공세에 질려서 가방 속에 있는 수양어머니의 편지를 꺼냈다. 수양어머니를 만나러 가는 길인데 도대체 무엇이 문제냐고 되물었다. 그녀는 잠시 기다리라고 하더니 나의 편지를 들고 어디론가 가버렸다. 뒤에서 줄을 선 사람들은 내가 하도 오래 붙잡혀 있으니까 무슨 사단이 난 줄 알고 안타까운 눈초리로 쳐다보고 있었다. 한 십여 분 뒤에 돌아온 그녀가 이번에는 어찌된 영문인지 생글생글 웃으면서 나의 여권을 되돌려준다. 그러면서 하는 말이 왜 애초부터 앰네스티 초청으로 왔다고 얘기하지 않았느냐며 그랬으면 벌써 보내주었을 거란다. 아마도 수양어머니께 전화를 해서 나의 신상에 대해 자초지종을 들은 모양이다. 나는 기다리다가 열이 뻗쳐 있는 상태여서 그녀에게 인사도 하는 둥 마는 둥 하고 나와 버렸다. 괘씸하기는 했지만 이 나라에서 앰네스티라는 국제조직의 위상이 어느 정도인지 짐작할 수 있는 해프닝이었다.

나를 마중 나올 사람을 런던 시내의 한복판인 패딩턴 역에서 만나기로 했는데, 입국심사에서 워낙 시간을 많이 소비해서 버스 대신 특급열차를 탔다. 그런데 요금이 기절할 만큼 비

┃수양어머니 로쉰과 함께.

쌌다. 런던의 물가가 비싸다는 이야기를 누누이 들었지만 이것은 해도 너무한다는 생각이 들었다. 런던 시내까지 논스톱으로 겨우 15분밖에 안 걸리는 거리를 우리 돈으로 무려 2만 원이나 낸 것이다. 이후로 영국에서 2년 가까이 머물렀지만 교통비가 워낙 비싸서 마음대로 돌아다닐 엄두가 나지 않았다. 교통비가 비싸면 교통시설이나 교통 시스템이라도 잘 되어 있어야 할 텐데, 내가 보기에 아마도 유럽 여러 나라들 중에 가장 낙후되어 있지 않나 싶다. 세계에서 가장 먼저 근대적인 교통시설을 만들어 놓았지만(기록에 의하면 최초의 지하철이 1863년에 건설되었다고 한다) 새것으로 바꾸기를 싫어하는 영국인들의 습성과 함께 시대의 변화에 따라 '업그레이드'가 제대로 되질 않아 철도는 지금 거의 '총체적인 난국'이라고 할 정도로 심각한 상태에 있다.

　패딩턴 역에 내려서 두리번거리고 있자니 조금 어벙하게 생긴 젊은이가 다가와서 바우(Bau: 나의 애칭)가 아니냐고 묻는다. 피터라고 자신을 소개한 이 젊은이는 수양어머니 로쉰과 같은 앰네스티 지역그룹에서 활동하고 있단다. 나를 로쉰의 집까지 데려다 주기 위해 피터의 부모님이 손수 차를 몰고 온 것이다. 가는 동안 차 안에서 피터 옆에 앉아 이야기를 좀 나누었는데, 이 친구 말이 얼마나 빠르고 발음이 이상한지 나는 거의 한 마디도 알아들을 수가 없었다. 피터의 부모님이 하시는 말씀은 어느 정도 알아들을 수 있는 것으로 보아 내 귀보다도 이 친구에게 무슨 문제가 있는 것 같았다. 나중에 로쉰에게 들으니 피터는 어려서 언어장애를 겪는 바람에 말하는 데 좀 어려움이 있다는 것이다. 그래서 그 나이 되도록 장가도 못 가고 혼자 살고 있단다. 그러나 컴퓨터를 다루는 데 특별난 재주가 있어서 회사 생활에는 아무런 지장이 없단다.

　차가 도심을 벗어나 북쪽으로 향하자 점점 수목이 많아지고 집들 사이의 간격이 멀어진다. 한 40분 정도 달리니 아름다운 저수지와 숲이 잘 어우러진 도시가 나타났다. 마을 안으로 들어가니 도시 전체가 마치 잘 가꾸어 놓은 정원 같았다. 이분들이 살고 있는 웰윈 가든 시티이다. 웰윈 가든 시티는 영국의 유명한 생태도시 설계가인 하워드(Ebenezer Howard, 1850~1928)가 설계한 런던 북부의 베드 타운으로서, 한국으로 말하면 일산과 같은 신도시이다. 하지만 일산의 모습을 떠올리면 낭패다. 여기는 일산에서 보는 고층 아파트도 없고 무지막지하게 넓은 도로도 없다. 그저 아기자기한 도로와 나무 울타리로 치장한 아담한 주택들, 그리고 차도와 인도 사이의 널찍한 공간에 가지런히 심어져 있는 다양한 가로수들이 글자 그대로 '정원 도시(Garden City)'임을 말해 주고 있었다. 도시의 심장부인 기차역에는 '하워드 센터'라는 초현대적인 상가가 있어서 이 일대는 주말이면 바람 쐬러 혹은 쇼핑하러 온 주민들로 북적거린다.

마을의 중심에서 조금 벗어나 있는 로쉰의 집은 주변에 늘어선 집들 가운데 가장 소박한 모습을 하고 있었다. 로쉰이 문앞에 나와 기다리고 있다가 깊은 포옹으로 맞이해 주었다. 오랜세월 사진을 통해 익숙해진 얼굴이라 처음 뵈었는 데도 전혀 낯설지가 않았다. 감옥에 있는 동안 로쉰이 보내온 가족사진들로만 사진첩을 하나 따로 만들었을 정도였다. 대문에는 영문으로 'WELCOME BAU'라고 써 붙여 놓았고, 어설프게나마 태극기까지 그려서 붙여놓았다. 집에는 로쉰의 남편 피터, 맏아들 아드리안, 셋째 아들 사이먼, 그리고 이웃에 살고 있는 인도 여인 사라가 와 있었다. 모두들 환영의 포옹을 해주었다. 거실 정면의 벽난로 위에는 내가 기념으로 그려서 보내준 20호짜리 수채화 그림이 멋진 액자에 담겨 걸려 있었다. 그뿐이 아니었다. 방마다 그림이 곁들여진 나의 편지가 투명 플라스틱 액자에 곱게 모셔져 걸려 있었다. 내가 감옥에

28

|로쉰의 집 현관 "웰컴바우".

서 정성 들여 쓴 편지를 이렇게 현지에 와서 작품(?)으로 감상하니 묘한 느낌이 들었다. 감옥에서 구해 낸 이국의 아들을 맞이하기 위해 만반의 준비를 했음이 역력했다.

첫날은 한국에서 준비해 온 선물들을 전해주고 모여든 식구들과 만찬을 하며 인사를 나누는 정도로 숨가쁜 하루를 접었다. 이 집에는 로쉰 부부와 이혼한 맏아들 아드리안 등 세 사람이 살고 있었는데, 로쉰은 아드리안이 서재로 쓰고 있는 작은 방을 비워 내게 주었다. 손님들이 가고 집 안의 불은 모두 꺼졌건만 나는 좀처럼 잠을 이룰 수가 없었다. 만감이 교차했다. 대한민국에서 '간첩'으로 손가락질을 받던 자가 만리타향이라고 하지만 이렇게 환영을 받아도 되는 걸까?

　다음 날은 주일이어서 아침 식사를 한 후 바로 인근의 성
당에서 미사참례를 했다. 성당의 규모가 작아서인지 좌석은 이미
꽉 차 있었다. 미사는 당연히 영어로 진행되었지만 가톨릭 미사는
세계 어디에서나 똑같으므로 참여하는 데 별 어려움이 없었다. 그
런데 미사 중에 로쉰이 쓰러지는 사고가 일어났다. 피터와 함께
로쉰을 부축하여 집으로 돌아오는 수밖에 없었다. 집에 돌아와서
도 로쉰은 아무것도 먹지 않은 채 낮 시간 내내 침대에 꼼짝 않고
누워 있었다. 로쉰이 앓고 있다는 '메니에르 병'이 도진 것이다.
이 병은 뇌와 연결된 시각신경에 이상이 와서 생기는 것으로 예고
없이 현기증이 나는데, 일단 현기증이 나기 시작하면 구역질과 무
력감 때문에 아무것도 할 수 없게 된다. 나는 편지를 통해 로쉰이
이 병을 앓고 있다는 사실을 알고 있었지만 이렇게 심한 줄은 몰
랐다. 현기증의 빈도는 아주 불규칙해서 도무지 종잡을 수가 없단
다. 상태가 좋을 때는 며칠 동안 아무 일도 없다가도, 그렇지 않을
때는 하루에도 몇 번씩 현기증에 시달리기도 한다. 이 때문에 로
쉰은 텔레비전처럼 피사체가 몹시 흔들리는 대상은 바라볼 수가
없다. 가엾은 로쉰.

　내가 로쉰을 수양어머니로 삼게 된 것은 단지 편지를 오래
했다거나 나이가 많아서가 아니다. 나이도 내 어머니 또래이고

가족 구성 또한 우리 집과 비슷했다. 게다가 로쉰의 마음씀씀이가 친어머니의 그것처럼 나에게 너무도 푸근하게 다가왔다. 어쩌면 아일랜드 태생이라서 그랬는지도 모른다. 아일랜드는 비록 유럽에 속해 있지만 그 민족 정서나 역사가 우리와 흡사한 데가 많아 아일랜드인과 몇 마디 이야기를 나누어 보면 금세 친숙해지는 것을 느낄 수 있다. 로쉰의 편지를 읽다 보면 마치 내가 한 가족 구성원인 양 집안에서 일어나는 대소사가 그렇게 정겨울 수가 없다. 크리스마스나 내 생일 무렵이면 네 아들은 물론 조카들까지도 축하 편지를 보내주었다. 영국 땅을 밟기 이전부터 나는 이미 그 집 식구들과 한 가족이나 다름이 없다는 생각이 확고했던 것이다.

로쉰은 몸이 불편한 데도 불구하고 매일 같이 새로운 요리를 내왔다. 심지어 도서관에서 한국요리에 관한 책을 빌려다 놓고 한국식 요리를 만들어 보려고 노력하기도 했다. 로쉰의 노고를 조금이라도 덜어보려고 식사 준비를 거드는 한편, 설거지만큼은 무조건 내가 맡아서 했다. 오랫동안 혼자 살아와서 밥하는 것은 물론 설거지에도 이력이 붙은 나였다. 로쉰은 내가 설거지를 해 놓으면 감탄사를 연발하며 칭찬해 주었다. 그도 그럴 만한 게 이 나라 사람들은 세제로 한 번 닦은 그릇을 깨끗한 물로 헹구지 않는다. 나는 처음에 그 광경을 보고 경악했다. 거품이 덕지덕지 묻어 있는 접시를 헹구지도 않고 그냥 설거지대에 척 걸쳐 놓고 끝이라는 것이다. 어느날 아드리안이 설거지하는 것을 보고, "야, 그릇을 물로 헹궈야 되는 거 아니야?"라고 물었다. 당혹스런 표정으로 그가 한

With best wishes and
greetings for Christmas
+ Peter

116 Sweet Brier,
Welwyn Gdn. City,
Herts. AL7 3EA.
20th November '96.

Dear Ban - our honorary son,

We were delighted to receive your
letter as we were anxious - not having heard
for so long. I will tell you how I knew
there was a letter. Our "post" (mail - letters)
comes through the letter box in the front door
and drops down on to the door mat which
is just inside. The daily paper also gets pushed
through and this all happens early - about 7a.m.
There is also a second delivery (if the postmen
feel like it, I think, because it doesn't happen
every day!) at about 11.30 a.m. I usually
get up just before 7 am and our bedrooms and
bathroom are upstairs, so I hear the mail come
and, as I stand at the top of the stairs, ready
to come down, I can see how many letters there
are. Well, for the last three weeks at least, I
have been looking for a letter from you, and
would see from the stairs if there was one, because
it would be an air-mail envelope and we do
not often get one of those, only on birthdays and
at Christmas from our few friends abroad.
So this morning I knew you had written and
almost flew down the stairs! I had been a bit

• 로쉰이 보낸 편지 중에서

사랑하는 바우 - 나의 수양아들에게(1996. 9. 20)

꽤 오랫동안 소식이 없어 걱정하던 차에 네 편지를 받아 몹시 기쁘구나. 네 편지를 어떻게 받게 되는지 얘기해 주마. 우리에게 오는 편지는 현관문의 우편물 투입구를 통해 들어온다. 이렇게 들어온 우편물은 조간신문을 비롯해 모두 문 앞의 도어매트 위에 떨어지는데 이때가 아침 7시란다. 물론 우편집배원의 기분에 따라 두 번째 배달이 11시 30분에 있기는 하지만 매일같이 있는 건 아니다. 나는 보통 7시 조금 전에 일어난다. 침실과 욕실이 2층에 있어서 나는 우편물이 오는 소리를 들을 수 있다. 바로 내려갈 태세를 취하고 층계 위에 서서 보면 현관 앞에 얼마나 많은 편지가 와 있는지 알 수 있지. 적어도 지난 3주 동안은 혹시 너로부터 편지가 오지 않을까 하고 층계 위에서 살펴보았단다. 네 편지는 항공우편이라 바로 눈에 띄거든. 항공우편이라야 생일이나 크리스마스 때 해외에 사는 몇 안 되는 친구들로부터 오는 게 고작이니까. 그런데 오늘 아침 네 편지가 온 거야! 부리나케 아래층으로 내려갔지. 네가 건강히 잘 있는지 걱정이 되어서 말이야. 만약 그렇지 않다면 우리가 어떻게 알겠니? 비록 편지에 네가 말하지는 않았지만 별 일 없는 걸로 알겠다. 나는 네가 늘 건강하기를 빈다. 그리고 더 이상 치아문제로 고통당하는 일이 없기를 빈다. (이하 생략)

대답은 차라리 구차한 변명에 지나지 않았다. 시간도 절약하고 물도 아낄 수 있다는 것이다. 나는 그후에 영국의 다른 가정이나 학생 기숙사에서 그런 식으로 설거지하는 것을 심심치 않게 볼 수 있었다. 환경에 대한 시민의식이 높은 영국인들이 어째서 그런 이상한 설거지 습관을 갖게 되었는지 알다가도 모르겠다.

그나저나 내가 아무리 집안일을 거든다 해도 환자인 로쉰의 부담이 줄어들지는 않았다. 로쉰은 몸이 그 지경인 상태에서도 나에게 하나라도 더 잘 해주려고 노심초사했다. 그러한 모습을 보면 하루라도 빨리 이 집을 나가 혼자서 지낼 수 있는 장소를 찾아야만 했다. 일단은 방문하기로 한 유럽 국가들의 순방을 마쳐야 하리라. 나는 부지런히 수첩을 뒤적거리며 여기저기 연락하기 시작했다.

지역 문화와 전통이 숨쉬는 곳
작은 펍 음악회

3일째 저녁. 식사 후 담배나 한 대 피우려고 집 밖으로 나갔다. 참, 담배 얘기가 나와서인데, 이 집은 담배 피우는 사람이 없어서 애연가인 나로서는 곤혹스러울 때가 많았다. 한밤중에 잠이 안 와 한 대 피우려면 곡예를 벌여야만 했다. 먼저 창문을 열고 되도록 몸을 길게 밖으로 빼서 최대한 담배연기가 방 안으로 스며들지 않도록 신경을 쓰면서 피운다. 이렇게 요상한 자세로 피우니 담배 맛이 제대로 날 리가 없다. 게다가 영국 담배는 비싸기만 하고 독하기는 또 어찌나 독한지. 영국인들도 자기네 담배가 맛이 없는 것을 아는지 젊은 사람들은 대부분 미국 담배인 말보로 라이트를 피운다.

집 앞마당에서 느긋하게 담배를 피우고 있는데 아드리안이 다가와서는 펍(pub)을 구경시켜 주겠단다. 펍은 영국의 대중적인 술집으로, 한국으로 말하자면 그 옛날 동네마다 있던 대폿집과 비슷하다. 그러나 영국의 펍은 그 역사와 문화가 특이하다. 조금 오래된 동네이다 싶으면 여지없이 몇백 년을 전수되어 온 펍이 동네 한 귀퉁이를 장식하고 있다. 그러다 보니 펍은 자연히 지역의 문화와 전통이 꽃피고 보존되는 장소가 되었다. 주로 맥주와 양주를 팔지만, 역시 맥주가 압도적이다.

아드리안은 나를 데리고 동네를 빠져나와 울창한 숲길로 안내했다. 걷는 동안 해는 이미 져서 사위가 캄캄했다. 숲이 끝나는 곳에 고속도로가 나타났다. 스릴을 느끼며 고속도로를 횡단했다. 몇 개의 목장을 지나 작은 숲 하나를 통과하니 널찍한 밀밭이 나타났다. 이 친구가 내게 술집을 구경시켜 주려고 나온 것인지 아니면 나와 함께 달밤에 도보 여행을 하러 나온 것인지 헷갈렸다. 그런데 희한하게도 주변에 집이라고는 하나도 없는 밀밭 한 가운데에 술집이 하나 있었다. 이 지역에서 유명한 펍이란다. 이렇게 외진 곳에 있어도 장사가 되는 건지……. 영국에 살면서 알게 된 사실이지만, 영국의 가게들은 간판이 아주 작다. 어떤 곳은 건물 앞에서 한참을 헤매야 겨우 구석진 곳에 박혀 있는 간판을 발견하기도 한다. 기본적으로 이 사회는 소비자가 알아서 자기가 필요한 곳을 찾아가게 되어 있다. 물론 '목'의 개념이 중요하지 않은 건 아니나, 사람들의 인식이 그러하니 가게 주인들이 한국에서처럼 요란한 간판을 달 필요가 없다.

안으로 들어가니 밖의 썰렁함과는 달리 손님들로 발 디딜 틈이 없었다. 아드리안과 나는 앉을 자리를 찾지 못해 스탠드바 곁에 서서 술을 마셔야만 했다. 대부분의 사람들이 생맥주를 마시고 있었다. 무엇을 마시겠느냐고 묻기에 옆 사람이 마시고 있는 것을 가리켰다. 기네스(Guinness). 어디서 많이 듣던 이름이었다. 시꺼멓고 걸쭉한 이 흑맥주를 마시니 마치 막걸리를 마시는 기분이었다. 내 입맛에 딱 맞는 것 같았다. 이후로 영국에 머무는 내내 펍에 가면 무조건 기네스를 시켜 먹었다. 맛이 걸쭉해서 어떤 때는 끼니를 대신하기도 했다.

그가 동네 근처의 펍을 외면하고 나를 이리로 데려온 데는 다 이유가 있었다. 그가 좋아하는 음악가들이 출연하는 날이었기 때문이다. 그런데 펍에는 따로 무대가 마련되어 있지 않았다. 이런 데서 무슨 공연을 한다는 말인가? 잠시 후 한쪽 구석 테이블에서 맥주를 마시고 있던 손님들이 주섬주섬 가방을 열더니 악기를 꺼내는 것이었다. 테이블에 앉은 7~8명의 손님이 모두 악기를 하나씩 들고 튜닝을 하기 시작했다. 기타가 세 개, 바이올린 하나, 콘트라베이스 하나, 하모니카, 이름을 알 수 없는 타악기가 두엇 해서 아주 복잡한 구성이었다. 누가 먼저랄 것도 없이 한 사람이 먼저 곡조를 열면 다른 악기들이 동참하여 나중에는 제법 흥겨운 오케스트라가 되었다. 연주하는 중간 중간 테이블에 놓여 있는 맥주도 마셔가며 하는데, 이것은 남에게 보여주기 위해서 하는 공연이라기보다 자기들이 좋아서 스스로 즐기는 성격이 짙었다. 분위기가 이렇다 보니 주변의 손님들도 스스럼없이 끼어들어 노래를 신청하기도 하고 부르기도 한다. 그렇다고 해서 이들의 솜씨가 단순한 아마추어 수준도 아니었다. 내가 보기에 콘트라베이스와 기타만큼은 어느 거장 못지않았다. 자유로운 분위기가 너무도 맘에 드는 자연스러운 선술집 음악회였다.

아드리안에 의하면 이들은 일종의 아마추어 음악동호회 회원인데, 날짜를 정해서 지역의 유명한 펍들을 돌아다니며 이런 식의 즉흥적인 공연을 갖는다고 한다. 주인으로서는 따로 돈들이지 않고 손님들에게 멋진 생음악을 선사하고, 손님은 손님대로 흥겨운 선술집 음악을 즐길 수가 있으니 이것이야말로 꿩 먹고 알 먹는 격이었다. 일행 중에 정열적으로 타악기를 두드리던 여성이 아드리안에게 다가와서 인사를 한다. 아드리안은 자기 친구라면서 나에게도 인사를 시켰다. 수잔이라고 불리는 그녀는 전직 교사였는데 음악이 너무도 좋아 지금은 학교를 그만두고 차에다 갖가지 음악 도구를 싣고 전국을 방랑하면서 이렇게 음악동호회 활동을 한단다. 참으로 재미있는 여자였다. 이때의 인연으로 몇주 뒤 영국 남부의 해안도시 엑시터(Exeter)에 있는 한 펍에서 내가 이런 음악회의 일원이 되는 해프닝이 있었으니……

찬란했던 제국의 역사

다양한 얼굴의 런던

 영국에 와서 첫 주말. 아드리안이 런던 구경을 시켜 주기로 한 날이다.

런던. 인구 1천만. 한때 해가 지지 않는 나라라고 불리던 제국의 수도. 세계의 패권이 미국으로 넘어간 뒤에도 여전히 세계에서 가장 국제적인 도시. 제국주의 시절 세계 곳곳에서 약탈한 온갖 문화재와 동식물들로 엄청난 관광수입을 올리고 있는 도시. 새로운 공연예술과 문화현상이 처음 모습을 드러내고 세계로 퍼져나가는 곳. 수천 개의 공원이 동네마다 자리 잡고 있는 공원의 도시. 도심 한 가운데에 수백 년 된 백화점과 술집이 늘어선 전통과 현대가 절묘하게 조화된 도시. 런던을 한 마디로 묘사하는 수식어는 아마 한 페이지를 다 적어도 맘에 쏙 드는 것을 고르기가 어려울 것이다. 그만큼 런던은 다양한 얼굴을 지니고 있다.

런던은 워낙 볼 곳이 많아서 어디를 봐야 할지는 오로지 관광객의 선택에 달려 있다. 그것이 아니라면 관광 가이드의 안내에 따르든지. 아드리안이 준비한 것은 '런던 도보관광(Guided Walk Tour of London)'이라는 관광 프로그램이었다. 이 프로그램은 런던의 구석구석을 전문 가이드의 안내를 받아 도보로 둘러보는 것으로, 코스가 아주 세분되어 있어서 며칠만 이 프로그램을 따라다니면 런던의 여러 곳을 심도 있게 관광할 수 있다.

첫 행선지는 런던 중심부에 있는 성바오로 성당(St. Paul Cathedral). 이곳은 영국 교회의 중심이다. 17세기 후반에 영국을 대표하는 건축가인 크리스토퍼 렌(1632~1723)이 건축했다고 하는데, 원래 이 자리엔 서기 604년부터 교회가 있었다고 하니 무려 1,400년 동안 신앙의 중심지 역할을 하고 있는 셈이다. 안으로 들어가니 대학생으로 보이는 젊은이들이 안내 팜플렛을 돌리면서 관광객들을 그룹으로 나누어 안내를 하고 있었다. 이들은 자원봉사자들로서 지역사회를 위해 봉사활동을 하는 동아리이다. 아마도 기독교 계열의 학생 그룹인 듯. 우리 그룹을 안내한 어여쁜 여학생은 참가자들의 출신국을 하나하나 물어보면서 대답이 나올 때마다 "Great!", "Excellent!", "Very Good!" 하면서 응수를 해주는데, 십여 명에게 같은 말을 한 번도 안 쓸 정도로 언어구사가 다채로웠다. "Yes", "No"만 정확히 하면 훌륭한 응수라고 생각하고 있던 나는 그녀의 황홀한 언어구사를 넋을 잃고 바라보았다.

성당의 천장은 높기도 높지만 그 휘황찬란한 천장화 때문에 눈이 어지러울 지경이었다. 성당 내부를 어느 정도 둘러보고 돔 꼭대기를 향하여 올라갔다. 처음엔 나선형 계단을 올라가는 것이 재미있었으나 끝없이 이어지는 계단에 질려 나중엔 포기하고 싶은 생각이 들 정도였다. 20층 높이의 빌딩을 계단으로 올라간다고 생각하면 된다. 꼭대기 근처로 오자 계단의 폭이 점점 좁아지더니 나중엔 한 사람이 겨우 통과할 만큼 좁아졌다. 더 이상 오를 데가 없게 되자 돔 바깥으로 나가는 쪽문이 나타난다. 문을 열고 나가니 돔 주위로 둥그렇게 발코니를 만들어서 전망대로 쓸 수 있게 만들어 놓았다. 런던 시내가 한눈에 들어왔다. 성당 자리는 동서남북 어디에서 보아도 런던의 중심이다. 산업혁명 이후 런던 여기저기에 높은 빌딩들이 들어서기 전까지는 이 성당이 제일 높은 빌딩이었단다.

다시 오던 길을 되짚어 지하층까지 내려갔다. 지하에는 고위 성직자들의 무덤과 대영제국을 위해 전장에서 목숨을 잃은 군인들을 위한 추모비가 가득 들어서 있다. 한 묘비에 꽃단장이 제법 요란하게 되어 있어 가까이 다가가 살펴보니 한국전쟁에서 숨져간 영국 군인들의 추모비였다. 아마도 한국 대사관 측에서 최근에 다녀간 모양이다. 이후로 방문한 영국의 주요한 성당마다 'Korea'라는 이름이 붙어 있는 추모비가 있었다.

영국의 모든 주요한 성당에는 조국을 위해 싸우다 숨진 군인들의 추모비가 있다. 현충일이 되면 국립묘지나 인근의 현충탑으로 가는 우리네 풍습과 비교가 되었다. 이들은 일상생활 공간의 일부인 교회에다 추모비를 만들어 놓고 언제라도 달려가서 넋을 위로할 수 있게 해 놓았다. 뿐만 아니라 현충일에는 모든 국민들이 가슴에 포피(poppy：야생 양귀비의 일종. 영국에서 현충일을 기념하는 꽃이다)를 달고 다닌다. 이날 길거리에 나가 보면 곳곳에서 포피를 나누어주는 퇴역 군인들의 모습을 볼 수 있다. 전몰자 가족이 없는 나로서는 이 풍습이 꽤나 신기하게 여겨졌다. 설사 전몰자 가족이 있다 하더라도 우리의 그것은 동족상잔의 결과 이루어진 것이고 보면 기념의 성격이 다를 수밖에 없다. 그렇다 하더라도 영국인들의 조국애는 남다른 데가 있다. 수없이 많은 전쟁을 통해 제국을 건설해 온 자신들의 역사에 무한한 자부심을 가지고 있는 것이다. 그래서 영국의 서점엘 가보면 역사 코너와 위대한 인물의 전기 코너가 가장 붐빈다.

두 번째 행선지는 '제국의 역사'를 한눈에 보여주는 대영박물관이었다. 우리로 말하자면 국립중앙박물관인데 입장료가 무료이다. 대신 입구에 커다란 자선 모금함이 있는데 그 안에는 알록달록한 세계 각국의 화폐가 다 들어 있다. 런던을 방문하는 외국의 관광객들은 거의 모두 이곳을 거쳐가기 때문이다. 아마도 국립중앙박물관의 입장이 무료인 나라는 영국밖에 없지 싶다. 런던시의 재정이 남아돌아서가 결코 아닐 것이다. 제국의 찬란했던 역사를 더욱 많은 사람들에게 알리고 싶어서일 것이다. 붐비는 인파 속에서 이 넓은 박물관을 단 몇 시간 만에 둘러보는 것은 불가능하다. 첫 방문인지라 분위기만 대충 파악하고 나와 버렸다. 도저히 다리가 아파서 일일이 구경할 수가 없었다.

대영박물관을 둘러보고 난 나의 첫 느낌은, 어이없이 들릴지 모르겠으나 치밀어 오르는 분노였다. 그 옛날 미국 뉴욕의 메트로폴리탄 자연사 박물관에서 느낀 감상과 똑같다. 인간이 무슨 권한으로 그 수많은 동물들을 잡아다 저렇게 박제를 만들어 놓고 즐길 수 있단 말인가! 마찬가지로 영국인들은 그 무슨 권한으로 남의 나라의 문화재와 보물들을 멋대로 앗아 와서 이렇듯 자랑이란 말인가? 물론 정당한 거래를 통해 수집한 물건들까지 뭐라 할 수는 없다. 그러나 설사 돈을 주었다 하더라도 제국의 위세에 힘입어 거저 빼앗은 거나 다름없이 가져온 것이 대부분이다.

이집트관과 그리스관에 들어서면 기가 막혀 말이 안 나온다. 어떻게 이 엄청난 물건들을 가져다 놓았는지 상상이 안 갔다. 특히 파르테논 신전의 내부를 장식했던 부조물이 그렇다. 커다란 방 하나를 따로 마련하여 파르테논 신전 내부의 부조물을 그대로 옮겨 놓았다. 이로 미루어 아테네에 있는 파르테논 신전은 껍데기만 서 있는 셈이다. 파르테논 신전이 무엇인가? 아테네 여신들의 주신전이다. 아테네인들의 피와 땀의 결정체요 종교적 영성의 중심이다. 그것을 이렇게 남의 나라 박물관에 걸어 두고 주인 행세를 해도 되는 걸까? 때마침 이 문제를 두고 그리스 쪽에서 반환 요구가 들끓고 있었다. 이튿날 영국의 유력 일간지인 「가디언(Guardian)」에 그에 답하는 칼럼이 실렸다. 논설자의 주장을 대충 정리하면 다음과 같다.

"이제 우리가 그 정도 가지고 있었으면 볼 만큼 보았다. 요즘은 세계 어디고 일일 생활권 안에 있기 때문에 맘만 먹으면 언제라도 현지에 가서 볼 수 있는데 구태여 욕을 먹으면서까지 가지고 있을 필요가 있겠는가? 이쯤해서 돌려주는 것이 좋을 것 같다. 그러나 그것을 가지고 약탈이라고 말하는 것은 동의할 수 없다. 만약 우리가 그때 가져오지 않았더라면 현지의 토족들과 외부 침입자들에 의해서 다 없어지고 말았을 것이니 오히려 우리에게 감사해야 한다."

그래도 영국에서 가장 진보적인 일간지의 논설이기 때문에 그 정도로 나온 것이다. 그러나 그것은 한 신문사의 논설일 뿐 그 뒤로 파르테논 신전의 유물을 돌려주기로 결정했다는 뉴스는 어디에서도 들어보지 못했다.

순진한 발상인지 모르겠으나, 영국인들이 자기네 박물관에 있는 남의 나라 유물들을 가지고 감사 운운하는 것은 자신들의 행위를 합리화하려는 억지 논리에 불과하다. 양심이라는 것은 개인의 양심만이 아니라 국가와 민족의 차원에서도 분명히 있다. 소소한 유물 같은 것은 모르되 한 민족이나 국가의 정신적 기둥이 될 만한 유물은 되도록 가져오지 않는 것이 국가적 양심에 합당하다. 만약 그것이 멸실의 위험에 처해 있어서 어쩔 수 없이 가져오게 되었다면 훗날 그러한 위험이 사라졌을 때 원래의 주인에게 되돌려 주어야 한다. 그렇게 된다면 유물을 되돌려 받은 나라의 국민들이 얼마나 감사히 여기고 기뻐할 것인가. 그것이 대국으로서 마땅히 걸어야 할 권도(權道)이다.

　세 번째 행선지는 '햄스테드 히스(Hampstead Heath)'였다. 햄스테드는 런던 시를 굽어볼 수 있는 언덕에 위치한 아주 특이하고 매력적인 지역이다. 이곳은 뉴욕의 그리니치 빌리지처럼 예술가들이 모여 사는 동네이다. 예술가들의 동네답게 이곳에는 유서 깊은 카페와 펍이 즐비하다. 특히 주말 저녁이 되면 분위기 넘치는 이들 카페와 술집을 즐기기 위해 많은 연인들이 찾아든다. 게다가 이 동네는 나무가 아주 많다. 'Heath'라는 말도 진달래 비슷하게 생긴 관목을 뜻한다. 이때부터 햄스테드 히스 공원은 내가 런던에 머무는 동안 가장 자주 다닌 공원이 되었다. 다른 공원들과 달리 공원의 조경이 거의 자연 상태를 유지하고 있기 때문이다. 대부분의 영국 공원들은 그 유명한 '영국식 정원(English Garden)'의 전통에 따라 이리 다듬고 저리 다듬고 하여 자연미라고는 없는 데 반해 햄스테드 히스 공원만은 자연미를 최대한 살리는 방향으로 관리하고 있었다.

　이 지역이 이렇게 고급스럽게 된 것은 런던 시의 중심부를 북쪽으로 벗어난 지점에 솟아 있는 언덕 때문이다. 이 지역은 숲이 울창하고 경사가 심해서 철도가 들어서지 못함으로써 산업화의 소용돌이에서 살짝 비켜설 수 있었다. 이러한 지형조건 때문에 번잡한 도심을 떠나 한가로운 창작공간을 찾는 예술가들이 모여들기 시작한 것이다. 이 지역을 거닐다 보면 건물 벽에 푸른색의 둥근 동판이 붙어 있는 집을 자주 만나게 되는데, 그것은 역사적 인물이 살던 집이라는 표시이다. 우리가 잘 아는 시인 셸리(Shelley)와 키츠(Keats)가 살았던 집도 여기에 있다. 그밖에 수많은 유명 화가와 건축가, 작가가 이 동네에 살았다.

워킹 투어는 이런 집들과 유서 깊은 카페와 술집들을 돌아다니며 그곳에 얽힌 일화를 이야기해 주는 식으로 진행된다. 우리를 안내했던 에밀리라는 이름의 아가씨는 말뿐만 아니라 말하면서 구사하는 동작이 얼마나 연극적인지 관광객들이 모두 "어쩌면 저렇게……!" 하며 감탄하면서 따라다녔다. 경력이 의심스러워 슬쩍 물어보니 아니나 다를까, 현직 영화배우였다. 자기 말로는 유명한 영화 <마지막 황제(Last Emperor)>에 단역으로 출연하기도 했다는 것이다. 한국에서는 현직 영화배우가 관광 가이드로 나서는 것은 생각하기조차 힘들다. 그러나 그녀는 정말로 자기가 하고 있는 일을 즐기는 것 같았다. 그녀뿐만 아니라 관광객들도 그녀의 화려한 개인기에 매료되는 것을 볼 때 그 정도면 천직이라 해도 좋을 듯싶다.

투어 중간 중간에 유명한 펍을 들러 구경하는데, 그냥 구경만 하고 나오는가? 들를 때마다 한 잔씩 걸치다 보니 투어가 끝났을 즈음에는 엔간히 취해 버리고 말았다. 마지막으로 헤어지는 장소도 한 오래된 펍이었다. 이때쯤 되니까 이날 함께 투어를 했던 관

| 런던 관광 가이드 에밀리와 함께.

광객들은 마치 오랜 친구나 된 듯이 맥주잔을 부딪치며 작별을 아
쉬워했다. 나는 에밀리로부터 받은 감동을 간직해 두기 위해 투어
중간에 사진촬영을 요청해 두었는데, 에밀리는 사람들에게 작별을
고하자마자 내게 달려와서 동양에서 온 귀한 손님을 그냥 보낼 수
없다며 나를 바짝 끌어안다시피 붙잡고 촬영에 임해 주었다.

10년간의 변함없는 보살핌

앰네스티 웰윈 그룹

로쉰의 집에 짐을 푼 지 정확히 2주째 되는 날, 한 회원의 집에서 웰윈 지역 앰네스티 그룹이 주최하는 공식적인 환영회가 있었다. 웰윈 그룹은 330개나 되는 영국 앰네스티 지역그룹 중의 하나이다. 이들은 1989년 무렵부터 나를 후원 양심수로 지정하고 10년 가까이 지속적으로 석방운동을 해주었다. 지역신문에 소개된 이들의 활동 내용을 보니 절로 고개가 숙여졌다. 수백 통의 격려편지와 탄원서, 길거리 모금운동, 서명 캠페인…… 나는 감옥에 앉아서 기다리다가 그저 정권교체가 이루어져 세상 밖으로 나왔으려니 했는데 그게 아니었다. 지구 반대편의 감방에 갇혀 있는 알지도 못하는 한 사람의 양심수를 위해 이들이 펼친 자원봉사 활동은 남의 나라 사람들의 인권문제에 대해 까막눈이나 다름없는 우리 현실에 비추어 보면 경이 그 자체였다.

비키라는 여성 회원의 집은 웰윈 가든 시티 변두리의 오래된 가옥들이 늘어선 동네에 있었다. 원래는 이 지역이 웰윈 마을의 중심지였으나 1950년 이후 신시가지가 들어서면서 변두리가 되고 말았다. 구시가지답게 동네에는 정말 고풍스런 집들이 많았다. 마을 한가운데에 있는 펍는 몇백 년 된 것이라고 한다. 비키의 집도 예외가 아니었다. 전형적인 영국식 벽돌집인데 지은 지 이백 년이나 되었다고 한다. 겉에서 보면 누추하기 짝이 없지만 안으로 들어가니까 내부를 싹 개조하여 현대식 단독주택처럼 꾸며 놓았다. 여기서는 이런 식의 옛날 집이 새집보다 더 비싸다는 것이다. 옛것을 소중히 여기는 영국인들의 취향을 엿볼 수 있었다.

환영회에는 웰윈 그룹의 회원들이 거의 다 모였는데, 친구들까지 스무 명 가량 되었다. 먼저 간단한 환영인사와 함께 자기소개들을 했다. 회원들의 연령은 대체로 높았다. 직장에서 은퇴한 사람도 여럿 있었고, 학교 교사와 지역에서 사회활동을 하고 있는 사람들도 있었다. 이 중에 런던의 패딩턴 역으로 나를 마중 나왔던 피터가 가장 어렸다. 그 말고는 젊은 사람이 없었다. 아무래도 이런 종류의 봉사활동은 여유가 있는 중년층 이상이 주로 하는 듯싶었다(그러나 이러한 생각은 나중에 프랑스와 노르웨이에 가서 바뀌지 않을 수 없었다). 특히 이 그룹의 리더이자 조직가인 레지(Reg Pine)는 지역의 보건기구(NHS)를 떠맡은 총책임자이면서도 앰네스티 활동을 정력적으로 하고 있었다. 그는 평생 사회봉사를 한 공로로 영국 여왕으로부터 OBE(Order of the British Empire)라는 명예직함을 받기도 했다.

　다른 그룹은 회원들이 골고루 내게 편지를 해주었는데 웰윈 그룹은 오로지 수양어머니가 된 로쉰 한 사람을 통해 나와 연락을 취했다. 그것은 이들 나름의 전략이기도 했다. 여러 사람이 번거롭게 편지를 보내 내용 없는 인사말만 늘어놓기보다 한 사람과 지속적이고도 심도 있는 교류를 통해 심리적인 안정을 꾀하도록 하자는 것이었다. 게다가 로쉰은 워낙에 '비정치적'으로 편지를 써서 교도소 검열관의 삐딱한 시선을 피하는 데 적격이었다. 오죽했으면 로쉰이 앰네스티 회원이라는 사실을 출소해서야 알았겠는가! 뒤늦게 현지에 와서야 확인한 사실이지만, '인권'이나 '민주주의' 등의 '정치적인' 단어를 써서 편지를 썼다가 나와 교류하는 데 실패한 사람이 적지 않았다. 실은 그런 말이 없어도 검열관의 기분에 따라 폐기처분되는 편지들도 많았지만.

　자기소개가 끝나고 만찬이 시작되기 전에 한국에서 준비해 간 선물을 들고 거실 중앙에 섰다. 나는 부피가 작으면서 한국을 가장 잘 알릴 수 있는 것이 무얼까 고민하다가 한국의 풍물사진이 들어 있는 그림엽서 세트를 한 보따리 싸들고 왔다. 나는 당신들의 헌신적인 봉사와 노력으로 오늘 이 자리에 서게 되었다며, 이 은혜를 영원히 잊지 않을 것이며, 이제 자유의 몸이 되었으니 여러분을 본받아 내가 받은 것만큼은 못해도 힘닿는 데까지 나와 같은 처지에 있는 양심수들을 위해 봉사하는 삶을 살겠노라고 소감을 말한 뒤 그림엽서 세트를 하나씩 나누어주었다. 모두들 기뻐하며 우렁찬

| 웰윈그룹 환영회.
뒷줄 왼쪽에서 두 번째가 리더인 레지 파인.

박수를 보내주었다.

　만찬에 나온 기본적인 음식들은 집주인인 비키가 마련했지만, 참석한 회원들이 한 가지씩 가져온 것들도 꽤 많았다. 이들은 집회가 있을 때마다 회원들과 나누어 먹을 음식을 각자 싸 가지고 온다. 이렇게 하니 집회비용을 줄일 수도 있고 회원들간의 우의도 돈독해진다. 나는 이날 여기에 오기 전에 로쉰이 버섯 스튜 요리를 만들어 한 그릇 가득 담는 것을 보고 의아해 했는데 여기에 와서 보니 이해가 갔다. 무슨 모임을 하든 주최측이 모두 부담하는 것을 당연하게 여기는 우리로서는 본받을 만한 풍습이 아닐 수 없다.

두 시간 가까이 진행된 이날 환영회에서 나는 회원들의 호의 어린 제안을 받아들이느라 몸둘 바를 몰랐다. 내가 생태환경에 관심이 많다는 것을 알고 회원들은 저마다 돌아가며 생태환경에 관련된 흥미로운 장소를 나에게 구경시켜 주겠다는 것이었다. 레지는 영국 최대의 식물원인 큐가든(Kew Garden : Royal Botanical Garden)과 왕립원예협회(Royal Horticultural Society)를 구경시켜 주겠다고 약속했으며, 비키는 런던 근교의 오래된 도시인 세인트 올반(Saint Alban)과 인근의 생태공원을, 학교 선생님인 베라는 런던 북쪽에 있는 유명한 야생조류 관찰 공원으로 나를 안내하겠다는 것이다. 이 약속들은 시차를 두고 차례로 이루어졌으며, 그때마다 회원들은 나를 집으로 초대하여 멋진 영국식 디너를 대접해 주었다. 고맙고 또 고마워라.

아드리안

아드리안은 영국에 머무는 2년 동안 친형제처럼 나를 돌봐 주었던 친구이다. 친형제처럼이 아니라 그는 수양어머니 로쉰의 맏아들이므로 나와는 형제지간이나 다름이 없다. 로쉰은 모두 네 아들을 두었는데, 마침 이혼남인 아드리안만이 한 집에 같이 살았다. 지내놓고 보니 아드리안이 나이도 비슷하고 성격이나 취향이 나와 통하는 점이 많아서 금방 친해졌다. 회사 일로 바쁘기 때문에 따로 나를 데리고 어디를 가지는 못해도 주말이나 휴가 때가 되면 자기 가족들 놀러 가는데 꼭 같이 가자고 했다. 덕분에 그의 가족사에 대하여 잘 알게 되었다.

그는 대학에서 공학을 전공하고 사회에 진출해서는 여러 가지 직업을 전전했다. 나를 만나기 몇 해 전부터는 '공학기술 저술가(Technical Author)'라는 특이한 직업을 갖고 있었다. 기계

의 설명서 같은 것을 일반인이 알아보기 쉽게 풀어쓰는 직업이라
고 한다. 그러나 그 직업도 지루해져서 오래는 못 하고 지금은 한
텔레비전 방송사에서 엔지니어로 일하고 있다. 직업 이름만 들으면
상당히 사무적인 사람같이 느껴질지 모르나, 그는 영국의 주류 사
회로부터 약간은 삐딱하게 벗어나 있는 사람이다. 20대 시절에는
전형적인 히피였으나 먹고살기 위해 월급쟁이 생활을 오래 하다
보니 점차 세속화되어 갔다. 가족을 부양해야 하는 현실을 외면할
수가 없었던 것이다. 그러나 여전히 그는 히피적 낭만과 근본에의
회귀 욕구를 지니고 있다. 지방에 있을 적에 한동안 꽤 열성적으로
'지역통화 운동(LETS : Local Exchange Trading System)'에도 참
여했고, 회사생활을 하는 지금까지도 생태운동 단체와의 끈을 유
지하고 있다. 그는 딸들이 모두 대학에 들어가고 나면 회사를 때
려치우고 뜻이 맞는 사람들과 함께 생태농장을 꾸려 보려고 조금
씩 준비하고 있다.

　그가 거쳤던 직업 가운데 재미있는 것으로 자원재활용 사업이
있었다. 그가 시도했던 최초의 자영업이었는데 안타깝게도 별 재
미를 못보고 그만두고 말았다. 이 이야기의 전말은 내가 감옥에
있을 적에 그가 편지로 상세히 알려줘 비교적 잘 알고 있었다. 헌
신문지를 수집하여 그것을 잘게 잘라 마구간에 까는 밀짚 대용으
로 쓴다는 아주 '혁신적인' 아이디어의 재활용 사업이었다. 자본
금이라고는 필요 없고 자신의 노동력과 신문지를 써는 작두 하나
만 있으면 되었다. 밀짚 값이 워낙 비싸서 처음엔 사업이 꽤 잘되

었다고 한다. 그런데 이게 돈이 된다고 소문이 났는지 어떤 사람이 지역의 시민단체를 등에 업고 이 사업에 뛰어들었다. 그들이 신문지를 써는 기계를 도입하고 자원봉사자들을 이용하여 신문지 수집에 나서는 등 '기업적' 규모로 대응하는 바람에 도저히 경쟁이 되지를 않아 결국 문을 닫고 말았다. 그가 사업을 정리하면서 얻은 교훈은 이렇다. '지역에서 재활용 사업에 성공하려면, 첫째, 지역 자치단체의 협력이 있어야 하며, 둘째, 적정 규모의 자본 투자가 필요하고, 셋째, 자원봉사자들을 적극 활용해야 한다.' 아드리안은 이다음에 내가 사회에 나가서 비슷한 일을 하게 될 것을 예상해 이처럼 자신의 경험을 정리하여 이야기해 주기도 했다.

8월 말, 1주일간의 휴가를 얻은 아드리안은 어머니가 있는 웰윈에서 자신의 집이 있는 컬럼톤으로 집을 옮겼다. 그의 덜덜거리는 고물차는 움직이는 집이나 다름이 없었다. 평시에도 차 안에 온갖 살림도구를 다 갖고 다니기 때문이다. 뭐든지 그렇게 철저히 준비를 하지 않으면 길을 떠나는 성미가 아니다. 이번에는 데본(Devon)에 내려가서 딸들과 윈드서핑을 하기 위해 그 작은 차에 서핑 도구까지 싣는 바람에 나는 뒷자석의 짐들 사이에 끼여서 가야만 했다. 앞의 조수석에는 아드리안의 애인(영국에서는 '파트너'라고 부른다) 비(Bea : 베아트리체의 애칭)가 앉았다.

컬럼톤은 자신의 직장이 있는 런던과 딸들이 사는 데본 남부의 해안도시 엑시터의 중간 지점에 있는 작은 마을이다. 그가 컬럼톤의 집을 비워 두고 런던 근교의 부모님 집에 함께 살고 있는 것은 자신의 복잡한 가족관계와 직장 때문이다. 나는 지금 이 글을 쓰면서도 그가 처한 상황을 어떻게 이해하기 쉽게 간단히 정리할 것인지 생각만 해도 머리가 지끈지끈한데, 아드리안은 매주 애인과 딸들 사이(런던에서 애인이 살고 있는 입스위치까지 300km, 또 런던에서 엑시터까지 400km)를 오가며 아무렇지도 않게 살아가고 있다. 그는 격주로 딸과 애인을 보기 위해 그 먼 길을 달리고 있는 것이다. 이러한 생활은 주5일제 근무가 확립된 사회에서나 가능한 것이다. 아드리안의 가족사는 흥미롭기 짝이 없어서(우리가 보기에는 기괴하기까지 하다) 여기에 잠깐 소개한다.

아드리안 부부는 일종의 캠퍼스 커플이었다. 대학 졸업 후 그는 학교의 직원이 되었다. 거기서 직원노조 활동을 열심히 하던 중 그 대학의 여학생과 눈이 맞아 결혼까지 하게 된다. 그들의 결혼생활은 첫딸을 낳을 때까지 아무런 문제가 없었다. 그의 말대로라면 그는 다소 황당한 이유로 이혼을 결심하게 된다. 첫아이를 낳고 병원에 누워 있는 아내를 위로해 주려고 꽃다발을 만들어 갔는데 이것이 사단이었다. 같은 병실에 누워 있는 다른 산모들의 남편은 다 꽃집에 가서 화려한 꽃다발을 사들고 왔는데, 아드리안은 자기 집 정원에 핀 꽃을 꺾어 온 것이었다. 아드리안으로서는 자기 손으로 직접 만들어 주는 것이 더 의미도 있고 '불필요한' 경비도 줄이는 것이었다. 그러나 그 꽃을 받아든 산모는 버럭 화를 내면서 사내가 어쩌면 그렇게 쩨쩨하냐고 야단만 치더라는 것이었다. 기분이 참담해져 병실을 나온 아드리안은 그날로 이혼을 결심했다고 한다. 저런 여자와 살면 평생 마음고생이라고 판단했던 것이다. 사실 지내 놓고 보니 아드리안은 남에게 주는 선물에 그렇게 큰돈을 들이는 사람은 아니었다. 물건을 사더라도 꼭 중고품 할인매장에서 사는 등 검약생활이 몸에 배어 있는 사람이다. 산모 역시 남편의 그러한 성격을 모를 리는 없었을 터. 그러나 첫 아이를 낳은 날까지 선심 한번 쓸 줄 모르는 남편에게 짜증이 났던 것이다. 결국은 성격 차이 때문에 갈라서게 된 꼴이었다.

그로부터 얼마 뒤 아드리안은 아직 아이 젖을 물리고 있는 아내에게 정식으로 이혼할 것을 요구했던 모양이다. 아이에게 온통 정신이 쏠려 있는 산모로서는 아무리 성격 차가 크더라도 당장에 응할 수는 없는 노릇이었다. 그런 일로 굳이 이혼할 생각도 없었고 그러나 아드리안이 집요하게 요구한 끝에 그로부터 일 년 뒤에 두 사람은 이혼하기로 합의했다고 한다. 그런데 여기에서 또 '이상한' 일이 벌어진다. 서로 이혼하기로 합의하여 서류까지 나누어 가진 두 사람은 바로 헤어지지 않고 그 뒤로도 일 년을 더 함께 살았던 것이다. 이유인즉슨 아이를 하나만 낳고 헤어지면 장차 그 아이가 자라면서 외로워할 것이니 애 하나를 더 만들어 놓고 헤어지기로 합의했다는 기가 막힌 이야기. 그리고 결국은 딸 하나를 더 낳고 완전히 헤어졌단다. 내가 보기에 둘은 부부 사이라기보다는 친구 사이에 더 가까웠던 것 같다. 그러기에 지금까지도, 물론 아이들 때문이기도 하지만, 전 부인 집에 스스럼없이 드나들고 있는 것이다.

얘기가 여기에서 끝난 것이 아니다. 애 엄마는 아드리안과 헤어진 후 얼마 지나지 않아 재혼을 했는데 하필이면 그 상대가 아드리안의 절친한 친구였다. 게다가 그는 아드리안의 결혼식 때 베스트맨(best man : 신랑 측 측근으로서 결혼식의 증인을 서는 사람)이었단다. 어떻게 보면 세 사람 사이가 어색하게 보일 듯도 한데, 그들에게는 전혀 그렇지 않았던 모양이다. 셋이 모두 친한 친구였기도 하지만 아드리안은 아이들을 보기 위해 그들이 결혼한 후에도 그 집에 뻔질나게 드나들었다고 한다.

진짜로 심각한 문제는 애 엄마가 재혼을 한 후에 생겼다. 재혼한 지 일 년쯤 지나서 또 애를 하나 낳았는데, 이것을 두고 주변 사람들이 모두 '악' 소리를 질렀던 것이다. 아드리안의 친구는 결혼 전에 이미 정자에 이상이 있어 '수정 불능'이라는 진단을 병원으로부터 받은 바 있고, 이 사실을 주변의 알 만한 사람들은 다 알고 있었던 것이다. 그렇지 않아도 아들의 결혼에 반대했던 신랑의 부모는 며느리의 출산 소식을 듣자 노발대발하며 자기 집에서 남의 아이를 낳는 병신 같은 아들은 볼 필요도 없다며 집 근처에 얼씬도 못하게 했다고 한다. 아드리안으로서는 정말로 억울했다. 그는 결백했던 것이다. 급기야 신랑은 다시 병원에 가서 재진찰을 받아 생식기능에 이상이 없다는 진단을 받았으나 부모님은 설사 그렇다 하더라도 믿을 수가 없다며 계속 외면을 했단다. 그러다가 첫돌이 지나 아기의 윤곽이 어느 정도 잡힌 뒤 손주의 얼굴을 본

부모들은 그제야 안도를 하고 자식을 받아들였다고 한다. 아기가 아빠 얼굴을 그대로 빼박았던 것이다. 그렇게 인정을 받을 때까지 아드리안은 마치 중죄인처럼 고개를 못 들고 다녔다나.

그런가 하면 현재 사귀고 있는 새 애인(파트너) 비와의 만남도 첫 결혼 못지않게 '엽기적'이다. 원래 비와는 애 엄마를 만나기 이전부터 알고 지내던 사이였다. 그러나 그 상대자가 비가 아닌 비의 여동생이었던 것이다. 둘은 양쪽 집을 오가며 사귀었을 정도로 친하게 지냈던 모양이다. 그래서 자연스레 언니인 비도 알게 되었고. 비의 말에 의하면 그때 아드리안은 동생의 연인이었지만 내심 자기가 더 좋아했다는 것이다. 그러나 이들은 모두 각각의 길로 나섰다가 한바탕의 시련을 겪고 나서 중년의 나이에 다시 만나게 되었다. 나이는 비가 연상. 그 사이 아드리안은 딸 둘을 낳아 전 부인에게 맡겨 놓은 상태이고, 비는 아들딸 삼남매를 낳아 자신이 데리고 있었다. 그녀는 영국의 방송통신대학(Open University)의 수학교수를 하면서 그 월급으로 아이들을 키우고 있었다. 둘은 결혼식도 없이 주말부부로 살고 있다.

비의 가족사를 들어 보면 그것 또한 만만치가 않다. 전 남편은 얌전한 지식인이었으나 가족의 부양은 전혀 신경 쓰지 않는 철저히 자기중심적인 인간이어서 도저히 함께 살 수가 없었다는 것이다. 나중에 입스위치에 있는 그녀의 집에 가 보니 제법 커다란 집에 정원도 멋지게 만들어져 있었다. 모두 전 남편이 만들어 놓은 것이라 한다. 그런 집과 가족을 놔두고 보따리 하나만 달랑 싸들고 혼자 나가 버린 남편이 어떤 인물이지 궁금했다. 그녀의 맏아들을 런던에서 만난 적이 있는데 전형적인 현대판 히피였다. 그는 런던 시내의 비어 있는 빌딩을 무단 점거하여 살고 있는 스쿼터 (squarter)의 일당으로 카바레에서 노래를 하고 있는 흑인 여자와 함께 살고 있었다. 또한 작고한 그녀의 아버지는 지역의 유명한 공산주의자였다고 한다.

아드리안과 비의 가족사 자체만 놓고 보아도 우리네 정서로는 이해하기 어려운 구석이 많은데, 더욱 이해하기 어려운 것은 이러한 일을 대하는 부모의 태도이다. 아드리안의 어머니인 로쉰은 아들의 우여곡절을 마음 아파하면서도 그것을 비관하거나 자식을 탓하지 않는다. 이혼한 며느리가 찾아와도 반갑게 맞아줄 뿐만 아니라 며느리의 새 가족이 여름휴가를 가면 그 먼 거리까지 내려가서 대신 빈집을 지켜 주기도 한다. 우리네 시어머니로서는 도저히 상상할 수도 없는 일이다. 비 역시 맏아들이 변변한 직업도 없이 스쿼터 생활을 하는 것에 대해 마음속으로야 어떨지 모르겠지만 뭐라 그러는 일이 없다. 비의 생일날 아들이 동거녀인 흑인 여자를 집으로 데려왔는데 그렇게 자연스럽게 대해 줄 수가 없다. 말하자면 이들은 자식이라 할지라도 자기 삶의 주체로서의 독립성은 철저히 인정해 주는 것이다. 만남과 헤어짐도 연이 다해서 그렇게 되었을 뿐, 그것을 가지고 우리네처럼 두고두고 씹는 일이 없다. 여기에는 개인을 독립된 원자로 보는 서양인들의 특이한 인간관이 깔려 있다. 이 문제는 나중에 인간관계의 다양한 형태를 실험하고 있는 공동체를 탐방할 때 다시 들여다볼 기회가 있을 것이다.

어쨌든 간에 엑시터로 내려가는 차 안에 탄 사람들의 가족사를 대충 살펴보았는데, 나까지 합해서 중년의 나이에 모두 파란만장한 인생을 경험한 까닭인지 분위기는 아주 화기애애했다. 일단 중간 지점에 있는 컬럼톤에 들러 짐을 부려 놓은 다음 엑시터로 내려가서 두 딸을 데려왔다. 딸들은 적어도 겉으로 보기에 구김살이 전혀 없어 보였다. 아빠와 아빠의 새 파트너를 대하는 태도도 아주 다정스러웠다. 저녁이 되어 오래간만에 아드리안의 집에서 성대한 파티가 벌어졌다. 낮에 슈퍼마켓에서 사온 재료를 가지고 두 딸과 비가 노래를 부르며 만찬음식을 만드느라 난리법석이었다. 음식이 거의 마련되었을 즈음 누군가 찾아왔다. 인근에 사는 아드리안의 여자친구 안젤라란다. 그녀는 지역의 환경단체에서 일하고 있는 아드리안의 오래된 친구로서 역시 이혼하고 혼자 사는 여자였다. 만찬은 화기애애한 분위기 속에서 진행되었다. 나는 한국에서 가져온 선물을 아드리안의 두 딸에게 전해주었다. 아이들처럼 좋아하며 '땡큐'를 연발했다.

만찬이 끝난 후 아드리안이 딸들과 잠시 바람을 쐬러 나간 사이에 비가 내게 다가와 속내를 털어놓는다. 자기는 정말로 아드리안을 사랑한다고. 그런데 아드리안이 자기만큼 적극성을 보이지 않는 것 같아 속상할 때가 많다고. 특히 아드리안이 자기의 옛날 여자친구들을 아무렇지도 않게 초대하고 만나는 것이 신경 쓰인다면서 혹시나 아드리안이 다른 여자에게 마음을 돌리지나 않을까 늘 걱정스럽다는 것이다. 나는 그런 일은 없을 거라고 비를 다독거려 주었으나 그녀의 얼굴은 그다지 밝지 못했다. 사실이 그랬다. 아드리안은 거리낌 없이 자신의 옛 여자친구들을 만나곤 하지만 결코 함께 살고 있는 파트너를 배신하는 일 따위는 하지 않을 사람이다. 적어도 내가 옆에서 관찰한 아드리안은 그랬다. 그러나 여자들의 의구심은 거의 본능적인 것 같다. 분명히 아드리안의 평상시 생활태도에 문제가 있는 것은 사실이다. 어쩌면 그 자신도 보헤미안적인 기질을 어쩌지 못하는 것인지도 모른다.

다음 날은 모두 가벼운 옷차림을 하고 바닷가 휴양도시인 엑스머스로 윈드서핑을 하러 갔다. 나는 물에 들어가면 맥주병이나 다름없는 사람이라 바닷가 풍광이나 즐기면서 슬슬 걸어 다녔다. 휴양지이기도 하지만 주변의 자연환경을 참 잘 보존해 놓았다. 해안가의 절벽 언저리는 내셔널 트러스트(National Trust, 일종의 국립공원 개념)라고 해서 외부의 충격에 의해 훼손되지 않도록 특별히 관리되고 있었다.

휴양시설이 밀집되어 있는 곳에 사람들이 버글버글하기에 가보니 마침 벼룩시장을 벌여 놓고 있었다. 온갖 중고물건들이 다 있었다. 이것저것 기웃거리다가 작은 성냥갑 크기만한 양철박스가 눈에

▌아드리안의 가족.
비, 아드리안, 둘째딸 비키.

들어왔다. 겉에 키니네라고 씌어 있는 것으로 보아 약통으로 썼던 모양이다. 거리에서 담배를 피울 때마다 꽁초 버릴 곳을 찾지 못해 늘 신경이 쓰였는데, 주머니에 쏙 들어가는 게 휴대용 재떨이로 쓰면 좋겠다는 생각이 들었다. 얼마냐고 물으니 1만 원을 내란다. 으잉! 1만 원씩이나? 왜 그렇게 비싸냐니까 골동품이란다. 1930년대에 쓰던 거라나. 잠시 망설이다가 사버리고 말았다. 비싸게 주고 산 만큼 담배꽁초를 허투루 버리지 않겠지 하는 기대에서였다.

　해가 뉘엿뉘엿 저물자 사람들이 자리를 뜨기 시작했다. 우리도 자리를 걷고 컬럼톤으로 돌아왔다. 허겁지겁 저녁 식사를 해 먹고 무엇을 할까 논의를 한 결과 아이들이 좋아하는 영화를 보러 가자

고 한다. 나로서는 별로 당기지도 않았고 피곤하기도 해서 집에서
쉴 테니 나갔다 오라고 했다. 그들이 가고 나서 한 30분쯤 되었을
까? 누군가 현관문을 두드린다. 몇 주 전 웰윈의 한 펍에서 인사
한 아드리안의 친구 수잔이었다. 아이들과 영화 보러 가고 아무도
없다고 하니까 그냥 가려고 하다가 갑자기 뒤돌아서더니 함께 나
가지 않겠냐고 묻는다. 지금 엑시터에 음악회가 있어서 가는 길인
데 특별히 하는 일이 없으면 같이 가자는 것이다. 혼자서 집을 지
키고 있는 것이 처량하게 보였나 보다. 그날 아주 흥미롭게 지켜
봤던 음악회가 떠올랐다. 좋아, 갑시다!

　　그녀의 차에 올라탔다. 윽~ 지저분……. 음악회를 따라 전
국을 누빈다더니 아드리안의 차처럼 움직이는 집이었다. 이런
저런 얘기를 나누며 엑시터로 향했다. 처음엔 교사생활을 하면서
이런 음악회에 참가하곤 했는데 나중에는 아예 학교를 때려치우고
음악회가 열리는 곳이면 어디든 좇아간다는 것이다. 원래 음악회
는 지역의 뮤지션들이 주로 참여하는데, 그녀는 그런 음악회의 일
정을 모조리 체크해 두고 차를 몰고 이렇게 찾아다니는 것이다.
말하자면 현대판 집시 여인이라고나 할까. 날더러 음악을 할 줄
아느냐고 묻기에 지금은 별로 안 하지만 학창시절에 기타를 치면
서 노래 부르길 좋아했다고 대답해 주었다.

　　차가 엑시터로 들어서자 다운타운의 한 커다란 빌딩 앞에 선
다. 차에서 내려 트렁크를 열고 커다란 짐보따리를 하나 꺼내더니

64

날더러 들어달란다. 그것을 들고 빌딩 1층에 있는 스낵바로 들어섰다. 꽤 넓은 공간의 한구석에 자리를 잡고 잠시 앉아 있으니 뮤지션들이 속속 들어와 자리를 잡는다. 그 사이 수잔은 보따리를 끌러 주섬주섬 무언가 챙긴다. 옆에서 들여다보니 그 안에 별의별 것이 다 들어 있다. 아프리카에서 가져온 타악기 종류를 비롯하여 주로 흔들거나 두드려서 반주를 넣는 간단한 악기들이 많았다. 그밖에 악보만 한 보따리나 되고 공연의상도 두어 벌 있었다. 수잔은 그중에 번쩍거리는 구슬이 요란하게 붙어 있는 의상을 꺼내 걸쳐 본다. 무대에서 하는 것도 아닌데 그런 소란을 떨 것까지 있나 싶었다. 참석자들을 쭈욱 둘러보니 다들 매니아다운 풍모가 뚜렷했다. 그중 한 사람이 어디서 많이 본 듯한 얼굴이었다. 분명히 어디서 보았는데…… 맞다! 그 전날 엑시터의 버스터미널 근처에서 땅바닥에 기타 케이스를 펼쳐 놓고 기타를 치던 거리의 악사였던 것이다. 그때는 후줄근한 잠바 차림의 꾀죄죄한 길거리 악사였는데, 오늘 이렇게 넥타이까지 매고 음악회에 나타나니 전혀 딴 사람 같았다. 떠돌이 길거리 악사가 이런 동호인 모임에도 나오는 것이 신기했다.

공연이 시작되었다. 한 열 명 가량 앉았는데 악기는 기타가 압도적으로 많았다. 합주를 몇 차례 하더니 돌아가며 반주에 맞춰 노래를 부르는가 하면 독주를 하기도 한다. 음악은 주로 컨트리 풍이 많았다. 노래가 나오자 수잔의 광기가 발하기 시작한다. 솔직히 말해서 그녀의 노래 솜씨는 보통 수준에도 조금 못 미치는 정도였다. 어떤 노래는 듣기 민망하다는 생각이 들기도 했다. 그러나 그녀가 워낙에 열성적으로 불러대는 통에 감히 누구 하나 뭐라고 하는 사람이 없다. 노래하다가 흥이 나니까 무대의상까지 걸치고 플로어에서 덩실덩실 춤을 추는데 정말 못말리는 여자였다. 옆에서 구경하는 손님들조차 뜨악해 하는 표정이었다. 지금까지 살아오면서 이렇게 자기표현에 적극적인 여자는 본 일이 없다. 내 눈엔 '적극'을 넘어서 '오버'로까지 보였다. 그래도 그녀의 '선동'에 힘입어 음악회는 흥겹게 진행되고 있었다.

한 자락 노래를 마친 수잔은 자리에 앉더니 뜬금없이 둘러선 사람들에게 한국에서 온 뮤지션을 소개한다며 나를 지목했다. 모두 호기심 어린 눈초리로 쳐다보고 있었다. 환장할 노릇이었다. 어디 도망갈 구멍도 없었다. 공연히 왕년에 노래 좀 했노라고 구라를 푸는 바람에…… 할 수 없이 옆 사람의 기타를 빌렸다. 무슨 노래를 해야 하나? 부른 지 오래되어 가사도 잘 생각나지 않는 서양 팝송을 부르다가 망신을 당하느니 내가 잘할 수 있는 것으로 하자! 고교 시절부터 십팔번으로 불러 온 '타박네'를 기타 반주를 넣어 가며 불렀다. 원래 흥겨운 노래도 아니지만 너무도 풍이 다른 노래가 나오자 주위가 금방 조용해졌다. 노래가 끝나자 몇 사람이 박수를 쳐 주었다. 뮤지션 중 한 친구가 "무슨 노래인지 알 수는 없지만 묘한 느낌을 갖게 하는 노래"였다고 알쏭달쏭한 평을 해 주었다. 참, 이상한 여자를 만나 엉뚱한 곳에서 노래를 다 불러보네 싶었다. 이후로 연주를 몇 차례인지 더 하고 끝이 났다. 수잔과 함께 컬럼톤으로 돌아왔으나 영화를 보러 간 아드리안들은 아직도 돌아오지 않았다.

프랑스

희망을 잃지 않는 사람들

마르탱과 비상부르 그룹

어느덧 로쉰의 집에서 머문 지 한 달이 훌쩍 지났다. 그동안 웰윈 그룹 회원들이 나를 데리고 다니며 여기저기 구경시켜 주고 식사를 대접해 줘서 심심치는 않았지만 로쉰의 건강이 악화되어 하루라도 빨리 그곳을 떠나는 것이 그분의 건강을 위해서 좋을 듯싶었다. 그 사이 몇 차례 연락을 취한 결과 프랑스의 비상부르 그룹에서 나를 맞을 채비가 되어 있는 것 같았다. 이 그룹에서 감옥에 있을 때부터 나와 가장 많이 편지를 주고받은 사람은 다국적 기업 지멘스(Siemens)의 사원인 마르탱(Martin)이라는 사내였다. 우리는 동갑내기로서 그 나이 또래의 사람들이 사회와 가정에서 겪는 여러 가지 문제들을 논의하곤 했다. 그는 원래 독일 국경과 접한 프랑스의 비상부르 지방에 살고 있었으나 직장에서 독일지사로 보내는 바람에 서부 독일의 에를랑겐에서 아내와 두 아이들과 함께 살고 있었다. 그와 연락을 주고받았

68

으므로 우선 그의 집으로 가기로 했다.

그런데 영국 런던의 위성도시인 웰윈에서 서부독일의 에를랑 겐까지 가는 것이 보통 일이 아니었다. 먼저 기차편을 알아보았더니 어떻게 된 게 비행기 타고 가는 것보다 더 비쌌다. 기차요금 비싼 것은 영국이나 독일이나 마찬가지. 할 수 없이 비행기를 타야만 했는데 비행기로 가장 가까이 갈 수 있는 곳이 뮌헨이었다. 뮌헨에서 기차를 타고 뉘른베르크까지 가면 마르탱이 에를랑겐에서 차를 타고 마중 나오기로 했다.

비행기는 런던 동북쪽에 있는 스텐스테드 공항에서 아침 9시에 출발한다. 지도를 보면 웰윈과 스텐스테드는 둘 다 런던 북쪽의 위성도시로서 둘 사이 거리가 별로 멀지도 않다. 그런데 웬걸! 웰윈에서 스텐스테드까지 가는 모든 대중교통수단을 뒤져 보았지만 9시 전에 공항에 당도할 방법이 없었다. 기차나 버스가 어찌어찌해서 가긴 가지만 그 시간 안에 당도하는 것이 없었던 것이다. 황당했다. 승용차로 30분 거리밖에 안 되는 두 지점 사이를, 그것도 대런던 외곽에서 대중교통수단을 이용하여 갈 수가 없다는 사실이 믿어지지가 않았다. 유일한 방법은 기차를 타고 한 시간 걸려 런던으로 내려간 다음 다시 기차를 타고 한 시간 걸려 올라오는 것이다. 옆 동네를 가기 위해 저 남쪽의 대도시 런던으로 내려갔다가 다시 올라와야 하는 이 불합리한 교통 시스템은 소위 보수혁명이라고 불리는 '대처리즘(Thatcherism)'의 결과이다. 1980

년대 초반, 영국의 수상이 된 대처 여사는 그동안 비효율적이라고 비난받아 온 사회주의 정책에서 탈피하여 전국의 주요 국유사업을 민영화했다. 철도는 그중 하나였다. 전국의 철도망을 몇 개의 권역으로 나누어 민간회사에게 팔아 넘긴 것이다. 그 결과 나타난 가장 큰 변화는 수익성이 없는 철도노선을 폐기하는 것이었다. 영국 동부의 모든 수송노선은 런던을 중심으로 되어 있기 때문에 런던과 연결되는 대부분의 노선은 살아남을 수 있었지만, 지방과 지방을 연결하는 노선들은 가차없이 폐기되었다. 그래서 어떤 지역에 가면 두 도시 사이를 연결하는 기다란 나무 터널이 있고, 그 아래로 시민들이 자전거도 타고 조깅도 하는데 그것이 바로 폐기된 철도 노선이다. 결국 아드리안이 여기저기 수소문하여 자기 친구 하나를 불러내어 그 친구의 승용차로 공항에 갈 수가 있었다.

뮌헨에 내려 뉘른베르크행 기차시간을 보니 아직 여유가 있어 시내구경을 했다. 뮌헨은 역시 남부독일의 최대 도시답게 모든 것이 반듯하고 큼지막했다. 특히 쇼핑가(街)는 영국과 비교가 되지 않았다. 가게가 크기도 했지만 영국에 비해 가격도 낮았고 상품의 종류와 질이 한 단계 위였다. 이후 몇 군데 둘러본 독일 도시들이 다 그러했다. 가히 유럽 최고의 선진국다웠다. 책방에도 가보았는데 책은 둘째치고 웬 잡지들이 그렇게 많은지…… 이렇게 많은 책과 잡지가 독일에서만 유통된다고 생각하니 아까울 정도였다. 겉핥기로만 보아도 독일의 상품 및 지식생산 능력은 세계 최고수준이라 해도 과언이 아니었다.

열차가 뉘른베르크에 도착한 것은 밤 9시 10분. 티켓에 찍힌 시각 그대로였다. 어둠 속에서 마르탱이 나타나 반색을 한다.

"헤이, 바우!"

"헤이, 마르탱!"

십년지기를 만난 양 우리는 껴안고 환호를 했다.

어둠을 가로질러 에를랑겐의 마르탱 집으로 갔다. 마르탱의 부인 나디아와 두 아이들이 문 밖에 나와 있었다. 나디아는 아주 건강하고 성실하게 생긴 프랑스 촌색시 같았다. 그런데 아이들의 피부색이 달랐다. 둘 다 입양아였던 것이다. 큰애 제롬은 프랑스 국내에서 입양했고, 작은애 소피는 모로코에서 입양했단다. 소피라는 이 여자아이는 눈이 똥글똥글한 게 어찌나 귀엽고 발랄한지 아무리 들여다보아도 지루하지가 않았다. 집 안은 널찍하고 컸다. 아마도 영국에 있는 같은 직급의 지멘스 직원은 이런 집을 꿈도 꾸지 못할 것이다. 그들은 나를 지하의 커다란 방으로 안내했다. 침대와 텔레비전이 놓여 있는 큰방이 내 방이라며 여기서 마음 놓고 언제까지라도 지내라는 것이었다. 그러면서 집 열쇠를 손에 쥐어주었다. 지금에 와서 얘기지만 나는 그때 마르탱과 헤어지면서 깜빡 잊고 열쇠를 가지고 와버렸다. 그러니까 나는 언제라도 맘만 먹으면 독일 그의 집으로 날아가서 잠을 잘 수가 있다. 반대편의 작은방에는 컴퓨터 시설이 복잡하기에 물어보니 나디아가 한가한 시간에 컴퓨터를 이용해서 가내부업을 한다는 것이다.

나디아가 정성스럽게 마련한 저녁 식사를 마치고 커피를 마시며 그동안의 사정들을 나누었다. 프랑스의 비상부르 그룹이 언제부터 나에 대한 후원사업을 벌이게 되었으며 그동안 누구누구가 연락을 취했고 현재의 활동 상황은 어떠한지 등등. 놀랍게도 마르탱은 내가 비상부르 그룹에게 보낸 편지 사본을 모두 갖고 있었다. 뿐만 아니라 영국이나 노르웨이 또는 네덜란드에 보낸 편지들도 일부 갖고 있었다. 어찌된 영문인가 했더니 나를 공식 후원하는 세 그룹이 서로 공조 체제를 이루고 있었는데, 그 조정자 역할을 한 사람이 네덜란드 펜클럽 회원인 윔 잘(Wim Zaal)이라는 사람이었단다. 그와도 물론 깊이 있는 서신을 교류했지만 이런 역할을 했는지는 까맣게 모르고 있었다. 이러한 공조체제로 인해 이들은 나와 개별적으로 연락이 끊어지더라도 다른 경로를 통해 나의 소식을 알고 있었던 것이다.

　비상부르 그룹에서 나에게 처음으로 편지를 보낸 사람은 프랑시스 기욤이라는 젊은이였다고 한다. 그러나 그는 서너 차례 편지를 보내도 답장이 없자 포기하고 말았단다. 물론 교도소에서 편지를 모두 없애 버려 나에게 아예 전달되지 않았던 것이다. 그 다음으로 편지를 시도한 사람은 도미니크라는 여자였는데, 이분의 편지가 내게 전달되어 드디어 비상부르 그룹과 연결되었던 것이다. 그러나 도미니크는 몇 차례 편지를 주고받다가 개인 사정으로 활동을 중지하는 바람에 마르탱이 바통을 이어받아 여기까지 오게 된 것이다. 잘 알지도 못하는 이국의 양심수를 위해 현실 생활에 쫓기면서도 끈질기게 후원사업을 벌여 나간 이들의 노고에 절로 고개가 숙여졌다. 나는 마르탱에게 당신들의 편지가 얼마나 어렵게 내 손에 들어왔는지에 대해 이야기해 주었다.

프랑시스 기욤이라는 사람이 여러 차례 편지를 썼다는 사실은 여기에 와서 처음 듣는 이야기지만, 사실은 도미니크의 편지도 그와 똑같은 운명에 처해질 뻔했다. 내가 대구 교도소에 있을 때였다. 한번은 외국에서 온 한 다발의 그림엽서 가운데 자기가 여러 차례 편지를 했는데 답장이 없다며 궁금하다는 내용이 있었다. 만약 교무과에서 철저히 검열을 했다면 이런 내용이 적힌 엽서는 당연히 폐기처분되었을 테지만, 대체로 그림엽서에는 인사말 정도만 쓰여 있는 것이 관례이므로 아무런 의심 없이 내주었던 것이다. 이러한 내용 없는 그림엽서를 선뜻 내주는 이면에는 장문의 편지들을 없애버린 데 대한 보상심리가 깔려 있기도 했다.

그 무렵 나는 교무과에서 검열의 한계를 넘어 무단히 편지들을 없애 버리고 있다는 심증을 갖고 있었으므로 운동 시간에 다른 동료들을 만나 은밀히 조사를 해보았다. 생각한 대로였다. 여러 사람들이 그동안 자주 발생했던 편지 증발 사고를 증언했던 것이다. 우리는 더 이상 이런 상황을 잠자코 보고만 있을 수 없다고 판단했다. 당장에 교무과의 검열 담당자를 교체하고 서신 왕래의 자유를 요구하는 단식투쟁에 들어갔다. 물론 이런 극한투쟁을 하면서 심증만 가지고 달려들 수는 없다. 나는 없어졌다고 의심이 가는 편지들의 목록을 꼼꼼히 작성하여 그 편지의 발신자에게 확인 요청을 하는 한편 그것들이 교무과의 편지 수신대장에 적혀 있는지

Oberhoffen-les-Wissembourg 6.7.97

Dear BAU,

First, I would like to send to you, all my best wishes for your 42. birthday. How are you going to celebrate this event in prison? We are going to send you a postal package with some gifts. To be in spirits with you, we are going to organise a little party here with some friends, and eat a birthday-cake to your health. You are not alone!

Miss Christa Bremer, has written to me, to tell me about your tranfer in an other prison. We are very anxious about your week health. I hope, the new environnement will be better for you.

You give me the impression to be well informed about the major events in the world. Can you look CNN? Watching CNN on television, is for me the "open window" on the world. An other precious source of informations, is Internet. I have it at home, I can send and recieve E-mails... Would it be possible for us to have rapid correspondance with such a channel?

I would be very happy if you could give me some further informations about the life in a korean prison and about your country in general. The most far point I was, is 1500 km from strasbourg away. At the office, we have contact with Korean customers and I enjoy very much to have such contacts. I like also to listen musics "from all the world" Have you the possibility to listen to music (CD for example) in your cell?

● 마르땡이 보낸 편지 중에서

친애하는 바우에게 (1997. 7. 6)

먼저 당신의 42번째 생일을 축하합니다. 감옥에서는 생일을 어떻게 기념하려는지요? 우리는 당신에게 생일 선물이 든 소포를 보내려고 합니다. 그리고 생일날 당신과 정신적으로 함께 한다는 의미로 우리는 여기에서 친구들을 모아 작은 파티를 열고 당신의 건강을 생각하며 생일 케이크를 먹을 것입니다. 당신은 혼자가 아닙니다!

크리스타 브레머 여사가 당신의 이송 소식을 전해주었습니다. 우리는 당신의 약해진 건강을 몹시 걱정하고 있습니다. 나는 새로운 환경이 당신에게 더 낫기를 기원합니다. (중략)

당신의 편지를 보니 세계에 일어나는 주요 사건들에 대해 잘 알고 있는 것 같았습니다. 거기서 CNN을 볼 수 있나요? 텔레비전에서 CNN을 보는 것은 내게는 세상을 내다보는 창문과 같습니다. 또 다른 귀중한 정보원은 인터넷입니다. 나도 집에 가지고 있어서 전자우편을 주고 받습니다만…. 우리가 이런 통로를 가지고 당신과 신속한 통신을 할 수 있을까요? (이하 생략)

확인해 달라고 했다. 처음에는 시치미 떼고 수수방관하던 교무과가 단식이 3일이 넘어서고 외부의 인권단체가 개입할 기미를 보이자 결국 우리의 요구를 수락하고야 말았다. 워낙 사안에 대한 증거가 명백했기 때문에 교도소 측에서도 흐지부지 덮을 수가 없었던 것이다. 결국 검열 담당자가 교체되었고 서신 검열의 기준이 상당히 완화되었다. 단식투쟁 5일 만에 따낸 승리였다.

이때 엽서를 보낸 사람이 도미니크였고, 나의 연락을 받은 그녀가 이전에 내게 보낸 편지의 사본을 보냄으로써 그런 일을 한 적이 없다고 주장하는 검열 담당자의 거짓말을 명백히 반증한 것이 주효했다. 알고 보니 도미니크가 처음에 쓴 3통의 편지를 받아 보지 못했던 것이다. 나중에 노르웨이의 아렌달 그룹엘 가보니, 그 그룹의 리더인 페르(Per)라는 사람은 무려 7년 동안 내게 간헐적으로 편지를 했는데 한 번도 나로부터 답신을 받아보지 못했다고 한다. 그러므로 감옥에 있는 동안 나와 서신 교류를 계속했던 사람들은 그것 자체가 일종의 '행운'이라고 생각하고 있었다. 대부분의 제3세계 국가의 교도소에서는 아예 외국과 편지 왕래를 못하게 하고 있기 때문에 이것은 결코 과장이 아니다. 오히려 외국 인권단체에서 편지가 왔다는 사실 자체로 당사자가 불이익을 당하는 일이 비일비재하므로 앰네스티 회원들은 당사자에게 직접 편지하는 일을 삼가고 있는 형편이다.

다음 날 나는 자전거를 타고 에를랑겐 탐방에 나섰다. 마르탱의 집은 도심에서 상당히 떨어져 있었고, 그 중간에 고속도로 하나와 운하가 지나고 있는 데도 자전거를 타고 느긋하게 도심에 다다를 수가 있었다. 그만큼 자전거 도로가 잘 닦여 있었다. 특히 운하를 따라가는 코스는 분위기 만점이었다. 참으로 부러웠다. 세계 최고의 자동차를 만들어 내는 나라에 세계 최고의 자전거 도로라. 아이러니컬하지만 사실이었다. 독일은 물질문명의 수준이 미국에 결코 뒤지지 않으면서 자연과의 조화에도 섬세하게 신경을 쓰는 특이한 면모를 지니고 있다. 어디를 가나 도시 전체가 하나의 공원처럼 꾸며졌고 자전거 도로와 보행로가 확보되어 있었다. 독일에는 세계 각지에서 현대 건축을 공부하는 학도들이 많이 견학을 오는데, 그들이 와서 보는 것은 건축물 하나하나의 겉모습만이 아닐 것이다. 내가 볼 때 독일의 도시는 집중과 분산의 원칙을 조화롭게 잘 구현하고 있다. 쇼핑몰이나 관공서, 금융 등 모여 있음으로써 상승효과를 볼 수 있는 시설들은 초현대적 감각으로 확실하게 집중시켜 놓았고, 주택이나 공원, 휴양시설 등 흩어 놓는 것이 효율적인 것들은 균형 있게 잘 분산시켜 놓았다.

인구 10만의 에를랑겐은 크지도 작지도 않은 규모의 도시였지만, 중심가에 있는 쇼핑몰은 10만 인구의 쇼핑 장소로는 터무니없이 커보였다. 아마도 에를랑겐 인근 지역까지 커버하는 모양이었다. 도심에서 인근 주택가까지 두루 돌아본 다음 에를랑겐이 자랑하는 식물원으로 갔다. 이 식물원은 실내보다도 야외 식물원을 기가 막히게 잘 꾸며 놓았다. 아마도 온대 유럽에서 자라는 식물들

은 다 심어 놓은 듯싶었다. 바위틈에서 자라는 것에서부터 수생식
물에 이르기까지 참으로 다양했다. 이렇게 기묘한 식물들을 그냥
보고 지나치기가 너무도 아까웠다. 나는 식물원 관리인의 눈길을
피해 씨가 달려 있는 식물만 눈에 띄면 무조건 씨를 털어 담았다.
어떤 것은 씨가 잘 안 떨어져 가지의 중동이를 뚝 따야 하는 경우
도 있었다. 가지고 온 비닐봉지가 불룩했다. 거의 끝날 무렵이었을
까, 꼬리가 길면 잡힌다더니 관리인에게 들키고 말았다. 인상을 쓰
면서 식물에 손대지 말라고 야단을 친다. 나는 의외라는 표정을 지
으며, 알았다 그냥 가면 될 거 아니냐며 성큼성큼 걸어 나왔다. 속
으로 쾌재를 불렀다. 초반에 걸렸으면 하나도 건지지 못할 뻔했잖
아 하면서. 아마도 그 옛날 중국에서 목화씨를 몰래 들여오던 문익
점의 심정이 이랬을 것이다. 이날부터 2년 동안 유럽을 다니면서
어디를 가든지 씨앗을 채취하는 '황익점'의 행각은 계속되었다.

　　주말. 마르탱이 시간을 내어 중세의 도시 모습이 그대로
남아 있다는 밤베르크로 데려갔다. 에를랑겐에서 자동차로 한
시간 반 정도의 거리에 있었다. 두 차례의 세계대전을 거치며 기
적적으로 파괴를 면했다나. 과연 그랬다. 간혹 현대식 건물이 있기
는 했지만 도시의 모습에 전혀 영향을 끼치지 못했다. 중세 도시
의 꼬불꼬불한 골목길을 걷는 맛이 각별했다. 언덕배기에서 거대
한 석조건물을 마주쳤다. 대성당과 박물관이다. 주교가 머물던 성
당이었다니 한동안 이 일대에선 중심도시였음에 틀림없다. 유럽

▌밤베르크에서 마르탱과 함께.

어두컴컴한 게 꼭 저승세계에 와 있는 느낌이다.

··· 시간이 정지된 곳이었다.

시간의 흐름 위에 이리저리 떠돌아다니던 관광객들이

이곳에 들어와서 한순간이나마 냉동된 시간의 의미를

느껴보는 것도 의미가 있으리라.

대부분의 성당이 그렇듯 이 성당도 박물관으로 사용되고 있었다. 로마 시절의 유물부터 전시되어 있으니 참으로 유서 깊은 성당이다. 성당의 제일 바닥, 주교가 묻혀 있다는 지하실로 들어갔다. 어두컴컴한 게 꼭 저승세계에 와 있는 느낌이 들었다. 엄청나게 두꺼운 돌벽, 유려한 천장 곡선, 눈앞의 물체를 겨우 식별할 수 있을 정도의 어둠, 그리고 육중한 관……, 시간이 정지된 곳이었다. 시간의 흐름 위에 이리저리 떠돌아다니던 관광객들이 이곳에 들어와서 한 순간이나마 냉동된 시간의 의미를 느껴보는 것도 의미가 있으리라. 성당 로비에선 한 현대 조각가의 기독교적 이미지를 사용한 난해한 작품 전시회가 열리고 있었다. 그러나 성당에 들어올 때에 이미 상당히 비싼 입장료를 지불했는데, 같은 공간에서 열리는 조각전시회를 보기 위해 또 돈을 내라고 하는 것은 너무나도 부당하다는 생각이 들었다.

다시 저잣거리로 내려와 골목탐사를 즐기다가, 마르탱이 식사를 하자며 손을 잡아 끌고 어느 육중한 대갓집으로 끌고 간다. 슈렌펠라고 불리는 이 집은 밤베르크에서도 아주 유명한 집이란다. 보통 유명하다고 하면 주변에서부터 시끌벅적하게 사람들이 붐비고 간판이 요란할 법도 한데, 이곳은 여느 골목에나 있는 커다란 집들 가운데 하나에 불과할 뿐 겉으로는 특이한 게 전혀 눈에 띄지 않았다. 안으로 들어가니 밝은 데 있다 와서 그런지 처음엔 내부가 잘 보이질 않았다. 한참 있다 보니 거무튀튀한 목재 구조와 오래된 식탁들, 그리고 여기저기 둘러앉은 손님들이 눈에 들어

왔다. 돼지고기 요리를 시켰다. 돼지다리 일부분을 오븐에 통째로 구웠을 뿐 별 요리랄 것도 없었다. 맛은 있었지만 질겨서 이가 약한 나로서는 고전을 면치 못했다. 음료로 나온 맥주가 일품이었다. 웨이트리스의 설명에 의하면, 이 집 자체는 무려 700년이나 되었고, 마시고 있는 맥주는 300년 전부터 지금까지 슈렌펠라에서 만들고 있는 '가문의 맥주'라는 것이다. 현재진행형으로 지속되고 있는 역사의 무게에 압도되어 먹고 마시면서 급조된 민속촌 주점 마루에 앉아 빈대떡에 동동주를 마시고 있는 우리의 모습이 겹쳐졌다.

오후에 에를랑겐으로 돌아와 두 아이들과 어울려 놀았다. 5살짜리 꼬마 소피가 어찌나 팔랑거리며 분주하게 뛰어다니는지 저 아이 몸 속에는 공기를 연료로 쓰는 엔진이 내장되어 있는 것이나 아닌지 하는 상상을 다 해보았다. 카메라를 들이대자 딴짓을 하다가도 갖은 폼을 다 잡는 게 영락없는 아역 탤런트였다. 반면에 세 살 위인 제롬은 제법 의젓한 게 말수도 별로 없었다. 둘이서 무슨 놀이를 하고 있었는지는 모르겠으나 소피는 오빠가 시키는 짓이면 무엇이든지 다 하고 있었다. 제롬이 "기어!" 하니까 갑자기 땅바닥에 엎드려 기어다니다가 "짖어!" 하니까 새된 소리로 막 짖고, "굴러!" 하니까 떼굴떼굴 굴렀다. 개 훈련 놀이인가? 하여간 소피가 노는 모습을 보면 시간이 어떻게 가는지 모를 정도였다. 저녁을 먹고 나서 제롬이 심통이 난 얼굴로 뛰쳐나갔다. 마르탱

| 나디아와 소피.

말로는 부모에게 반항할 나이가 되어 그렇단다. 그러나 이 아이들은 입양아이기 때문에 보통의 아이들과 비교하여 더 많은 관심이 필요하다는 것이다. 아이들은 이미 자신이 입양아라는 사실을 알고 있다고 한다. 속이고 길렀다가 나중에 입양아라는 사실을 알게 되어 받는 충격을 방지하기 위해 아예 어려서부터 사실대로 얘기해 주었다고 한다. 제롬의 반항에 속상해하는 이들 부부의 모습을 보며 입양아든 친자식이든 부모의 심정은 다 같음을 알 수 있었다.

소박한 사람들과의 정겨운 만남

비상부르 그룹의 환영회

토요일. 드디어 비상부르 앰네스티 그룹을 방문하는 날이다. 마르탱은 나와 온 식구를 차에 태우고 비상부르로 향했다. 우선 비상부르라는 낯선 지명에 대해 잠시 알아볼 필요가 있다. 프랑스 지도를 펼쳐 놓고 동쪽 국경선을 유심히 살펴보면 프랑스가 얼마나 큰 나라인지 실감이 간다. 유럽 대륙을 반으로 쪼개서 한쪽을 차지하고 동쪽으로 유럽의 주요한 나라들과 모두 이웃하고 있기 때문이다. 북에서부터 벨기에, 룩셈부르크, 독일, 스위스, 이탈리아가 그들인데, 국경선이 짧은 룩셈부르크를 빼면 희한하게도 4나라와의 국경선 길이가 얼추 비슷하다. 그러니까 벨기에, 독일, 스위스, 이탈리아는 각각 프랑스 동쪽 국경선의 1/4씩을 접하고 있는 셈이다.

이 중 독일과의 접경지역을 알사스라고 부르는데, 알사스 지방은 한때 독일에 속했다 프랑스에 속했다 했기 때문에 두 나라의 흔적을 어디서나 쉽게 발견할 수 있다. 내가 보기에 정치적으로는 완전히 프랑스이지만 문화적으로는 독일의 색채가 짙은 것 같다. 사정이 이렇다 보니 지역 주민들의 정서도 두 나라 사이를 왔다 갔다 하는 측면이 있다. 비상부르에서 만난 한 남자의 얘기를 들어 보면, 자신의 할아버지는 프랑스 공화국을 위해서 싸웠지만 아버지는 세계대전 때 독일을 위해 싸웠다는 것이다. 어쨌든 이 지역은 전형적인 접경지역으로서 과거에는 죽고 죽이는 아픈 역사를 가지고 있었지만 지금은 스스럼없이 드나들며 하나의 유럽을 지향하는 미래의 땅이기도 하다. 비상부르는 알사스 북쪽의 전원도시로 우리나라의 읍 정도로 생각하면 된다. 알사스의 수도는 남쪽에 있는 스트라스부르(Strasbourg)이다.

차가 알사스 접경지대의 독일 쪽 최대 도시인 칼스루헤(Karlsruhe)를 거쳐 비상부르로 들어섰다. 국경선이라지만 도로 위에 아무런 표시가 없다. 그냥 이웃 동네로 넘어가는 기분이다. 그것이 이웃 동네라는 것은 양쪽의 집 모양이나 분위기가 다르기 때문이지 서로 다른 나라라는 느낌은 전혀 없었다. 역시 독일에서 프랑스 쪽으로 넘어가니 촌티랄까 인정 같은 것이 느껴졌다. 그도 그럴 것이 프랑스 쪽의 알사스 지방은 기본적으로 포도와 밀을 생산하는 전형적인 농촌지역이지만, 독일 쪽은 칼스루헤와 만하임을 중심으로 산업지대를 형성하고 있기 때문에 아무래도 분위기가 다를 수밖에 없다.

웬만한 세계지도에도 비상부르를 표시해 놓은 것이 별로 없어 나는 비상부르가 그렇고 그런 시골 마을인줄 알았다. 그러나 그게 아니었다. 비상부르는 스트라스부르와 함께 알사스에서 가장 오래되고 번창하던 역사도시이다. 7세기 때부터 마을이 건설되기 시작되었다더니 과연 도심에서 농촌 마을에 이르기까지 고색창연한 건물들이 즐비했다. 비상부르는 아마도 내가 본 유럽 도시 중 가장 맛깔스런 옛 정취를 간직하고 있는 도시가 아닐까 생각한다. 도시 가운데를 흐르는 개울을 둘러싸고 깨끗하게 손질된 옛 가옥들이 올망졸망 붙어 있는 것이 참으로 정겨웠다.

마르탱이 나를 데리고 간 곳은 도심에서 얼마 떨어지지 않은 도로변의 집이었다. 이곳은 앰네스티 비상부르 그룹의 지역책임자인 앤-마리(Anne-Marie)와 그녀의 남편 베르나르가 네 자녀와 함께 살고 있는 집이다. 집은 꽤 큰데 구조가 이상해서 자세히 살펴보니 구가옥에 새집을 붙여 지은 것이었다. 구가옥에는 나이가 지긋한 어머니가 살고 계셨으나 몇 년 전에 돌아가셨고, 지금은 프랑스 현역군인인 앤-마리의 동생이 휴가차 와서 잠시 머물고 있었다. 앤은 나에게 구가옥의 방 한 칸을 내어주며 비상부르에 머물고 싶을 때까지 머물라고 한다. 그 방은 아마도 어머니가 살아 계실 때에 사랑방으로 썼던 것 같았다.

대충 짐을 풀고 거실로 들어서니 모여 있던 온 가족이 반색을 하며 인사를 한다. 베르나르는 지역에 있는 비상부르 고등학교의 도서관 사서로 일하고 있고, 첫째딸은 초등학교 교사, 둘째딸은 대학생으로 둘 다 스트라스부르에 살고 있다. 셋째와 넷째는 고등학생인데, 남자인 내 입에서도 '아!' 소리가 나올 정도로 잘생긴 프랑스 청년이다. 앤도 인근 유치원의 교사이고 보면 이 집은 대체로 교육자 집안이라 할 수 있을 듯. 그런데 이들 가족 외에 낯선 청년이 하나 더 있었다. 세바스찬이라고 자기를 소개한 이 청년은 첫째딸 클레어의 남자친구인데, 나는 우연히 놀러 와서 이렇게 인사까지 나누는가 싶었다. 그런데 이 집에서 살아 보니 글쎄, 이 녀석이 클레어가 없어도 앤의 집에서 죽치고 있는 것이 아닌가! 클레어는 스트라스부르에서 자취하고 있기 때문에 주말에만 집에 오는데, 이 녀석은 주중에도 앤의 집에서 죽치고 있다가 클레어가 오면 집에서 함께 자는 것이었다. 그렇다고 그 둘이 부모 앞에서 결혼하겠다고 서약한 사이도 아니다. 시내 극장에서 조명기사로 일하고 있는 이 친구의 넉살에도 놀랐지만 이러한 행위를 용인하고 있는 부모들의 관대함은 도무지 이해할 수가 없었다. 나중에 아버지인 베르나르에게 넌지시 물어보니 아직 어린 사람들이 밖에 나가서 동거를 하느니 집에서라도 이렇게 지내게 하는 것이 더 낫다는 것이었다. 흠, 듣고 보니 프랑스인들의 합리성과 관용성이 느껴지는 것 같기도 했다.

저녁에는 비상부르의 한 고풍스런 식당에서 환영회가 있었다. 커다란 농가 창고를 개조하여 만든 이 식당은 모두 목재로

만 되어 있어 프랑스 농촌의 정취가 물씬 풍겨 났다. 안으로 들어서니 스무 명 남짓한 사람들이 박수로 맞이한다. 원래 회원은 십여 명이지만 부부동반한 사람이 많아 그리 된 것이다. 소개를 들어보니 교사직을 가지고 있는 사람이 상당수였다. 교사들이 앰네스티 활동을 하면 자연스레 학생들에게도 영향을 미치게 마련이다. 감옥에 있을 적에 연말이면 외국의 학생들로부터 많은 크리스마스 카드를 받았는데 다 이런 연유가 아닌가 싶었다.

음식이 나오고 와인이 돌자 분위기가 한껏 고조되었다. 피자 비슷한 것이 나왔는데, 이 지방 특유의 음식이란다. '따르따'라고 불리는 이 피자는 우리가 흔히 먹는 이탈리아 피자보다 훨씬 작고 얇아서 바싹 구워 나오면 씹는 맛이 아주 상쾌했다. 와인을 즐겨 먹는 사람들이라 와인 안주로는 적격이었다. 피자를 별로 좋아하지 않았지만 와인 맛에 취해서인지 이날 '따르따'를 몇 판 먹었는지 모르겠다. 환영회에 따라온 마르탱의 딸 소피는 제 세상 만난 듯이 뛰어다니며 사람들의 정신을 빼놓았다. 나는 비상부르 그룹과 인연을 맺게 된 과정을 이야기하고 회원 여러분에게 두루 감사를 표시한 다음 '우리 아빠를 석방해 주세요!'라는 주제로 민가협에서 만든 크리스마스 카드를 회원들에게 골고루 나누어 주었다.

환영회에서 처음으로 도미니크를 만났다. 삼십대 중반의 평범한 가정주부였다. 나는 별로 의식하지 못했는데, 나중에 내가 비상부르에서 찍은 사진들을 들여다보면서 재미있는 사실을 하나 발

│비상부르 그룹 환영회. 왼쪽이 헤르만, 오른쪽이 도미니카.

견하였다. 내 옆에는 항상 도미니크가 있었던 것이다. 도미니크는 환영회 때 내 옆에 앉은 다음부터 내가 비상부르를 떠나는 날까지 거의 내 수행비서 역할을 해주었다. 물론 그녀가 아니더라도 다른 회원들이 나에게 여기저기 구경시켜 주었을 테지만 그녀가 워낙 적극적으로 나서는 바람에 그렇게 되었던 것이다.

그런데 첫날부터 낌새를 눈치챘지만, 다른 회원들이 도미니크를 대하는 태도가 조금 이상했다. 내가 보기에도 그리 자연스럽지가 않았다. 마르탱에게 어찌된 일이냐고 물었다. 도미니크는 앞에서도 말했듯이 이 그룹에서 내게 처음으로 편지를 했던 사람이다. 그런데 얼마 뒤에 별다른 이유도 없이 활동을 못 하겠다고 하면서 모임에 나오지 않았다고 한다. 그렇게 몇 해가 지난 뒤 갑자기 환영회에 나타나서 나를 독점하다시피 에워싸고 있으니 회원들의 눈초리가 곱지 않다는 것이다. 도미니크가 말한다. 자기는 전에 앰네스티 활동의 의미를 잘 몰랐다. 아무리 편지를 써도 반응도 별로 없고, 가정생활도 뜻대로 안 되고 하여 만사가 귀찮아져 중도에 그만두었다. 그러나 바우가 옴으로써 이제 앰네스티 활동이 얼마나 중요한 일인지 확실히 알게 되었다. 앞으로는 열심히 하겠다.

그녀의 고백이 여인의 일시적인 감상인지 새로운 각오인지 모르겠지만 내가 방문한 것을 계기로 활동의 의미를 알게 되었다고 하니 내가 돌아다니면서 그냥 얻어먹기만 하는 것은 아니라는 생각이 들었다. 그룹 책임자인 앤은 내가 비상부르에 머무는 동안 어디어디를 갈 것이며 누가 안내할 것인지에 대해 회원들에게 공지를 하고 화기애애한 가운데 기념촬영을 끝으로 환영회를 마쳤다.

스트라스부르의 조용한 남자

프랑시스 기욤

다음 날 아침 마르탱과 나디아는 다시 독일로 돌아가는 길에 나를 스트라스부르로 데려다 주었다. 프랑시스 기욤을 만나게 해주기 위해서이다. 그는 고등학교 역사선생으로 비상부르에서 살다가 수년 전 스트라스부르로 이주하여 스트라스부르 교원노조의 상근 간부로 일하고 있었다. 지금은 스트라스부르에 살지만 비상부르에 있을 때 내게 몇 차례 편지를 보냈다가 실패한 인연이 있어 내가 왔다니까 꼭 보고 싶다는 것이었다.

그가 살고 있다는 아주 오래되어 보이는 아파트의 계단을 오르자 발을 옮겨 놓을 때마다 삐걱거리는 소리가 요란했다. 초인종을 누르니 기욤과 함께 활달하게 생긴 흑인 여성이 웃음을 지으며 맞이한다. 기욤의 아내였다. 들어서자마자 벽 정면에 유화로 난삽하게 그린 아프리카 풍의 추상화가 눈에 들어왔다. 둘러보니 그런 그림들이 사방에 걸려 있었다. 애시(Aissi)라고 자기를 소개한 부

프랑시스 기욤과 함께.

인은 서부 아프리카 베넹(Benin) 출신의 화가였다. 기욤은 말이 별로 없고 조용한 성품인 데 반해 부인은 활달하고 명랑하여 음양의 조화가 잘 맞는 부부 같았다. 방 안에 피부색이 아주 새까맣고 예쁘장한 여자아이가 보였다. 부인이 데리고 들어왔다고 한다. 부인이 적극적이어서인지 집 안을 세심히 살펴보아도 기욤의 흔적은 별로 보이지 않았다. 어쩌면 화가인 부인에 얹혀 사는 게 아닌가 하는 의심이 들 지경이었다. 그만큼 그는 눈에 띄지 않는 사람이었다.

차 한잔을 마주하고 이런저런 이야기를 나누다 보니 이 부부의 사는 모습이 어렴풋이 보이는 듯싶었다. 옛날식으로 무식하게 말하면 딸 하나 있는 식민지의 여자를 아내로 맞이하여—1백 년 전의 프랑스였다면 틀림없이 하녀로 데려왔을 것이다—신주 받들 듯이 모시고 사는 격이었다. 그러나 내 눈에 비친 이들의 모습은 피부색이나 성별(性別)의 차이를 넘어 서로의 독립성을 존중하며 사는 평등부부였다. 시내 구경을 하러 밖으로 나가는 길에 마침 애시의 친구들이 나타나 근처 커피숍에서 또 한바탕 수다판을 벌였다. 불어로 떠드는 통에 무슨 소리인지 알아들을 수는 없었으나 에티오피아 출신인 그녀의 친구도 활발하기는 애시 이상이었다.

먼저 트램카(일종의 전차)를 타고 시내를 일주했다. 저쪽에서 우중충한 옛 건물군을 배경으로 트램카가 다가오는데, 눈이 번쩍 뜨이는 게 마치 공상과학 영화에 나오는 우주버스 같았다. 올라타 보니 내부 시설도 역시 초현대식이었다. 이렇게 오래된 역사 도시에 유럽에서 가장 선진적인 교통 시스템이라! 스트라스부르의 교통 시스템은 정말 환상적이었다. 우선 트램카가 기본적인 운송 역량을 담당하고 있고, 도시 안팎으로 자전거 도로를 300km나 만들어 놓아 자전거가 다니지 않는 길이 없을 정도이다. 물론 신시가지로 나가면 자동차가 밀리지 않는 것은 아니다. 그러나 이만한 크기의 도시에 무공해 교통수단을 스트라스부르만큼 만들어 놓은 곳이 있는지 궁금하다. 이곳이 지방의 소도시가 아니라 국제도시라는 것은 유럽의회(European Parliament)를 비롯해 유럽인권법정(European Court of Human Rights) 등 국제기구가 열여섯 개가 있는 것만 보아도 알 수가 있다. 아무튼 나는 고색창연한 거리를 소리 없이 미끄러져 달리는 스트라스부르의 트램카에 완전히 매료되었다. 게다가 따로 요금 받는 차장도 없고 승객이 알아서 표를 끊는 시스템이다 보니 돈이 떨어졌을 때는 슬쩍 무임승차를 할 수도 있고.

스트라스부르의 구시가지는 강물 위에 떠 있는 섬이라서 그 자체가 천혜의 요새와 같다. 사실 유럽의 도시들은 운하망으로 다 연결되어 있어서 섬 아닌 곳이 없지만, 이곳은 실제로 강물이 양쪽으로 다 흐른다. 이 강이 무엇이냐고 물으니 라인 강이란다. 프랑스에 웬 라인 강? 얼른 유럽의 지도를 떠올려 보니 라인 강이 서부 독일을 달리는 무척 긴 강이라는 사실과 스트라스부르가 국경 도시라는 점으로 미루어 볼 때 틀림이 없었다. 중학교 때 암기식으로 입력해 놓은 '프랑스에는 센 강 독일에는 라인 강'이라는 등식이 깨지는 순간이었다.

섬 안에는 수백 년 묵은 옛날 돌집들이 빼곡히 들어차 있었다. 중앙에 괴수(怪樹)처럼 우뚝 솟아 있는 대성당에서부터 강변에 옹기종기 모여 있는 여관에 이르기까지 참으로 다양했다. 건물의 형태뿐만 아니라 10세기 전후에서부터 20세기 후반에 이르기까지의

강물 위에 떠 있는 섬. 이곳은 양쪽으로 라인 강이 흐른다.

프랑스에 웬 라인 강?

라인 강이 서부 독일을 달리는 무척 긴 강이라는 사실과

이곳이 국경 도시라는 점으로 미루어 볼 때 틀림이 없다.

'프랑스에는 센 강 독일에는 라인 강' 이라는 등식이

깨지는 순간이었다.

역사적 변모도 감상할 수 있다. 특히 구시가지의 중세 건축물들이 모여 있는 지역은 유엔이 정한 '세계문화유산'이기도 하다. 이렇게 아름다운 도시를 수박 겉핥기로 슬쩍 지나친다는 것이 너무도 안타까웠다. 기욤의 설명을 들으며 이리저리 거닐다가 대성당 앞에 이르렀다. 성당은 보수공사 중이어서 정해진 시간에만 문을 열었다. 한 무리의 관광객들이 우르르 쏟아져 나온다. 들어가 볼까 하려다 유럽의 성당이 다 그렇고 그런데 하면서 차라리 입장료를 밥 먹는 데나 보태 쓰기로 했다.

마침 배가 출출했다. 성당 앞에 아주 오래된 레스토랑이 보였다. 자리를 잡고 메뉴판을 들여다보는데 기욤이 자기가 살 테니 무엇이든 시켜 먹으라고 한다. 관광지 노천 레스토랑이라 가격이 만만치 않은데 노조 월급으로 살아가는 사람에게 미안한 생각이 들었다. 그러나 내가 손님인데 어쩌랴. 염치 불구하고 한번도 먹어 본 일이 없는 송아지 머리고기를 시켰다. 막상 음식을 먹어 보니 무슨 맛인지 모르겠다. 그래도 돼지족발 발려 먹듯이 알뜰하게 먹지는 못 했어도 얼추 눈에 띄는 고기는 다 발려 먹었다. 기욤이 가방을 뒤적거리며 무언가 꺼내어 건넨다. 불어 설명이 붙은 야생화 그림 차트와 야생초의 약효와 용도를 도표에 정리한 인쇄물이었다. 내가 야생초에 관심이 많다는 것을 알고 일부러 챙겨온 것이다. 불어는 모르지만 운이 닿으면 볼 수 있으려니 생각하고 고마운 마음으로 받아 넣었다.

몇 시간을 같이 다녀도 꼭 필요한 때가 아니면 그는 거의 말이 없었다. 그만큼 행동거지도 신중하고 차분했다. 관광 가이드로서는 낙제점일지 모르겠으나 부담 없이 옆에 있기에는 아주 푸근한 친구였다. 중세 건축물이 모여 있는 '작은 프랑스' 구역에서 기욤과 기념촬영을 하다가 작은 해프닝이 있었다. 강가에 바짝 붙어 사진을 찍다가 그만 카메라 케이스를 강물에 떨어뜨리고 만 것이다. 둘이서 어찌할 줄 몰랐지만 기욤은 노조에 회의가 있어서 가야만 했다. 케이스 안에는 리모트 컨트롤이 들어 있어서 포기할 수도 없었다. 떠내려가는 케이스를 뒤쫓아 계속 걸었다. 강 이쪽에서 떨어뜨렸는데 500m나 내려간 반대편 하류 지점에서야 겨우 건져낼 수 있었다. 오르내리는 유람선이 만든 파도 때문에 그리 되었다. 다행히 리모트 컨트롤은 작동되었다. 강물을 따라가다 보니 스트라스부르가 강물이 교차되는 지점에 건설된 도시라는 점이 새삼 떠올랐다. 풍부한 라인 강의 수량이 이 일대의 인물과 물자를 이곳에 부려 놓았던 것이다. 스트라스부르는 영어로 '교차점(Crossroad)' 이라는 뜻이다.

프랑스를 사랑한 독일 사람

헤르만 에벨링

헤르만 에벨링은 프랑스를 너무나도 사랑해서 프랑스 여인과 결혼한 독일 사람이다. 그는 비상부르의 아름다운 산천을 몹시 좋아하여 이 지역 출신의 부인과 함께 비상부르에 살면서 직장이 있는 독일의 칼스루헤로 출퇴근한다. 비상부르는 농촌지대이고 칼스루헤가 있는 서부 독일은 산업지대라서, 프랑스 쪽에서 독일에 직장을 얻어 출퇴근하는 사람은 많아도 독일에서 프랑스로 오는 경우는 드물다. 있다면 주로 관광객들이다.

헤르만은 환영회에서 내 오른편에 앉았던 인물로 인상이 서글서글한 맘씨 좋은 독일 아저씨이다. 부인이 비상부르 앰네스티 회원이라서 자주 따라다니다 보니 모두들 이웃사촌이 된 것이다. 헤르만은 자기가 일하고 있는 곳을 구경시켜 주겠다며 아침 출근길에 나를 차에 태우고 칼스루헤로 데려갔다. 차가 국경을 지나 칼스루헤로 접어들자 여기저기에 공장들이 나타나는 것이 비상부르

와는 느낌이 완전히 달랐다. 시내를 차로 한 바퀴 돌아보니 그가
비상부르를 좋아하는 이유를 알 수 있을 것 같았다. 칼스루헤는
평지에 세워진 계획도시이기 때문에 비상부르와 같은 아기자기한
굴곡미를 느낄 수가 없었다. 차가 시내 중심에 있는 칼스루헤 지
역방송국 건물 앞에 섰다. 그는 이 방송국에서 방송작가 겸 아나
운서로 35년을 근무하고 지금은 반 은퇴하여 때때로 나가 일을 도
와주고 있었다. 방송국에 들어서니 마주치는 사람마다 최고참 직
장 선배인 헤르만에게 존경 어린 인사를 보낸다. 자기 방으로 나
를 데려가더니 자신이 지금까지 쓴 책들을 보여주었다. 주로 칼스
루헤의 역사와 지역사회에 대한 책으로서 몇 권은 관광객들을 위
한 안내서 같은 것이었다. 그중에 하드커버로 멋지게 만든 칼스루
헤 화보집을 하나 꺼내어 서명을 해서는 내게 선물로 주었다. 그
리고는 자신이 방송국의 일을 처리할 동안 시내구경을 하고 있으
라면서 시가지 전도를 하나 쥐어주었다.

나는 짧은 시간에 효과적으로 시내구경을 하기 위해 그에
게 부탁하여 방송국에서 자전거를 하나 빌려 타고 길거리로
나섰다. 먼저 칼스루헤 시의 중심인 왕궁으로 갔다. 칼스루헤의 시
가지는 이 왕궁을 중심으로 부채살 모양으로 퍼져 있다. 300년 전
에 칼 빌헬름(Karl Wilhelm) 독일 황제가 이곳에 터를 잡고 방사
선 모양의 계획도시를 만든 것이 칼스루헤의 시작이라고 한다. 넓
은 땅에 대륙풍의 석조건물들이 육중하게 들어선 것이 전형적인

| 칼스루헤 왕궁.

독일도시의 모습을 보여주고 있었다. 왕궁 뒤로는 끝없이 펼쳐진
숲 공원이 있다. 칼스루헤는 이 숲 공원을 비롯하여 도시 주위가
모두 숲으로 둘러싸인 녹색도시이다. 숲 공원 안은 시민들이 편리
하게 이용할 수 있도록 여러 가지 체육시설과 산책로가 잘 꾸며져
있었다. 공원 오른쪽으로 방향을 돌리자 유명한 칼스루헤 공과대

학이 나타났다. 이렇게 좋은 환경이라면 공부하고 싶은 마음이 절로 날 것 같았다. 참으로 부러운 녹색공간이 아닐 수 없었다. 주택가를 빠져 나와 숲과 하천을 따라 페달을 밟았다. 지도를 보고 대충 코스를 잡은 것이지만 27만이 사는 도시 이쪽에서 저쪽 끝까지 매연 한 번 마시지 않고 자전거를 타고 관통할 수 있다는 것이 놀라웠다.

다시 시내로 들어와 쇼핑센터가 몰려 있는 '황제로(Kaiser Strasse)'로 왔다. 뮌헨에서도 확인한 바 있지만 역시 독일은 쇼핑의 천국이었다. 거대한 쇼핑몰마다 유럽의 모든 상품들이 진열되어 있는데 가격 또한 적절했다. 다만 독일이 자랑하는 유명 브랜드들은 값이 아주 비쌌다. 어느 백화점의 꼭대기 층에 갔더니 문구류 파는 곳에 우표가게가 몰려 있었다. 나는 중학생 시절에 한때 우표수집에 열을 올린 적이 있었다. 나이가 들어 다른 것에 관심이 쏠리면서 중단되었다가 감옥에 있을 때 세계 각국에서 편지를 받는 바람에 다시 우표를 수집하게 되었다. 고립된 감옥 안에서 편지를 받고 우표를 뜯어 하나하나 모으는 재미란! 나중에는 정기적으로 편지를 교환하는 사람들에게 아예 수집용 우표를 보내 달라고까지 부탁해 상당한 양의 우표를 수집하게 되었다.

나는 우표를 모아서 보는 것에 그치지 않았다. 감옥 안의 풍부한 시간을 이용해 우표를 가지고 세계사 공부를 했다. 주로 인물 우표를 모아서 그 인물이 누구인지 백과사전을 뒤져 일일이 확인해서 노트에 적어 두었다. 그러다 보면 한 나라의 문화와 역사가 인물을 통해 그 윤곽이 드러난다. 이렇게 만든 '인물우표 세계사' 가 책으로 두 권이나 되었다. 이러한 경력이 있는지라 우표가게 앞을 그냥 지나칠 내가 아니었다. 독일이 한때 분단국가였기 때문 에 구공산권 우표들이 많았다. 특히 북한 우표가 상당히 많은 것 이 놀라웠다. 가난한 제3세계 국가들이 그러하듯 북한도 우표발행 을 외화획득의 수단으로 삼고 있었다. 색상이 화려한 세계 명화우 표 시리즈 같은 것을 보면 알 수가 있다. 나는 조국의 반쪽을 우표 를 통해서나마 만날 수 있다는 기쁨에 갖고 있던 돈을 털어서 북 한 우표를 사 모았다.

헤르만이 퇴근할 무렵에 다시 방송국에 돌아와 자전거를 반납하고 함께 비상부르에 있는 그의 집으로 돌아왔다. 집에는 그의 부인이 멋진 만찬상을 준비해 놓고 있었다. 그의 가족 모두 와 가까운 앰네스티 회원들도 함께했다. 식사 후 헤르만의 서재를 구경했는데, 그는 특이하게도 고서와 흙을 수집하는 취미를 가지 고 있었다. 책상 옆 진열장에 조그만 약병 같은 것이 수십 개 진열 되어 있기에 무엇이냐고 물었더니 자기가 지금까지 세계 각국을 돌아다니며 수집한 그 지방의 흙이라는 것이다. 나라만큼이나 흙 도 천차만별이라는 것이 한눈에 들어왔다. 그가 수집한 고서 중엔 한국의 이야기책도 있었다. 그의 부탁으로 나는 그 책에 서명을 하고 한글로 인사말을 써주었다.

헤르만 씨의 만찬을 시작으로 그날부터 비상부르를 떠날 때까지 거의 매일 회원들 집에 초대되어 저녁 만찬을 하게 되었다. 덕분에 프랑스의 가정요리를 골고루 맛볼 수 있었다. 독일이 소시지와 맥주의 나라라면 프랑스는 치즈와 와인의 나라이다. 이들의 만찬에는 늘 와인이 따라다녀 술에 약한 나는 식사가 끝날 무렵에는 어지간히 취해 있기 일쑤였다. 게다가 이들은 와인이 떨어지면 꼭 슈납스라는 독한 증류주를 내왔다. 와인으로 얼굴이 벌게진 상태에서 슈납스를 한두 잔 마셔 버리면 숨이 가빠져 온다. 밥 먹을 때에 술을 곁들이지 않는 우리네 식사법에 익숙한 나는 와인을 노상 마셔대는 프랑스식 만찬이 여간 거북한 것이 아니었다.

고등학생들의 열정과 데모

일일교사

낮 동안에 마르탱 샬크라는 고등학교 체육선생을 하고 있는 회원의 안내로 비상부르 인근 농촌지대를 구경하고 돌아왔다. 농민들의 생활 수준이 어떤지 잘 알 수는 없었지만 동네마다 오래된 농가들이 잘 보존되어 있는 것이 몹시 부러웠다.

이날 저녁에는 비상부르 고등학교 선생이자 앰네스티 회원인 크리스티앙의 집에서 만찬이 있었다. 시내에 있는 그의 집은 새로 지어서 아주 깨끗하고 고급스러워 보였다. 이날도 대여섯 명의 회원들이 모여 함께 만찬을 즐기면서 이야기꽃을 피웠다. 주로 불어로 이야기하다가 내가 흥미를 보이면 영어로 말하곤 했다. 사실 나이든 프랑스인들은 영어를 잘 못한다. 그러나 앰네스티 그룹에는 학교선생들이 많아서인지 영어를 구사할 줄 아는 사람이 많았다.

이날은 주로 종교문제를 가지고 격론을 벌였는데, 이야기가 끝날 무렵 갑자기 여주인인 로레트가 느닷없이 날더러 내일 비상부르 고등학교에 와서 일일교사를 해달라고 한다. 그녀 역시 그 학교의 영어선생이었다. 너무도 갑작스런 제안에 순간 당황스럽기도 했으나 여러 사람 앞에서 못하겠다고 말할 수도 없고 해서 한번 해보겠노라고 대답해 버리고 말았다. 자기가 맡고 있는 반이 고3이기 때문에 영어는 충분히 알아들을 수 있으므로 아무 거라도 좋으니 강연을 해달라는 것이다. 앤의 집으로 돌아오는 길에 생각해 보니 내가 너무 경솔하지 않았나 하는 후회감이 들었다. 사회와 격리되어 있는 15년 동안 영어로 편지를 쓰기는 했지만 말이라곤 해본 적이 없었기 때문에 과연 교단에 서서 50분 동안 버틸 수 있을지 의문스러웠다. 에잇, 이미 결정난 것, 쓸데없는 걱정일랑은 던져버리고 하느님께서 지금까지 그래왔듯이 나를 도와주신다는 믿음 하나만 가지고 오늘밤은 편히 자자!

날이 밝자 로레트 선생이 차를 몰고 나를 데리러 왔다. 비상부르 고등학교(Lycée : 프랑스의 국립고등학교)는 비상부르에서 가장 큰 고등학교이다. 시골 고등학교를 연상했던 나는 학교 건물을 보고 입이 딱 벌어졌다. 엄청난 규모의 초현대식 건물이 웬만한 단과대학 캠퍼스를 능가했다. 그런데 학교 분위기가 이상했다. 학교 건물 중앙 로비에 학생들이 잔뜩 몰려 서서 수군대고 있었다. 가는 날이 장날이라고 마침 학생들이 데모를 하기 위해 수업을 보이콧하고 있는 중이었다. 그러고 보니 얼마 전에 들은 뉴스가 생각났다. 현재 프랑스 전역의 고등학교에서 정부에게 교육재정 확대를 요구하는 고등학생들의 데모가 거세게 일고 있다는 것이다.

어쨌거나 로레트 선생을 따라서 건물 2층의 교실로 갔다. 여기에도 많은 학생들이 복도에 옹기종기 모여 서서 사태를 관망하고 있었다. 수업을 알리는 종이 울렸건만 아무도 교실로 들어오질 않았다. 로레트 선생이 당황해서 어찌했으면 좋겠냐고 오히려 나에게 묻는다. 나는 은근히 오기가 생겼다. 특별히 수업을 준비해 온 것은 없지만 이왕 칼을 뽑았으니 썩은 무라도 베어야 할 것이 아닌가 하는 생각이 들었다. 나는 선생더러 이것은 정규 수업이 아니고 한국에서 특별히 모신 일일교사이니 한번 설득해 보라고 했다. 그리고 내가 한국에서 학생운동 하다가 감옥까지 갔다 온 사람이라고 얘기해 주라고 했다. 아니나 다를까 순식간에 학생들이 교실을 가득 메웠다. 모든 수업을 보이콧하고 있는 중이었기 때문에 다른 반의 학생들까지도 끼어들었다.

나는 먼저 학생들의 관심을 끌기 위해 나도 학생시절 데모라면 밥 먹다가도 뛰쳐나가 하는 데모꾼이었다고 이야기하고, 나의 경력과 여기까지 오게 된 경위를 간략히 설명해 주었다. 학생들의 호기심 어린 눈빛이 반짝반짝 빛났다. 학생들에게 무엇 때문에 데모를 하려고 하느냐고 물었다. 이유는 첫째, 지금 전국 고등학교에서 일고 있는 데모 대열에 동조하기 위해서이고, 둘째는, 비상부르 고등학교에 학생 복지를 담당하는 스태프를 더 늘려 달라는 것이다. 지난 여름에 복지 담당부의 일손이 부족하다는 이유로 학생들이 연례적으로 갔던 캠핑을 가지 못했다는 것이다. 이 자리가 데모의 전략전술을 논하는 자리가 아니었으므로 데모 얘기는 그 정도로 하고 화제를 한국으로 돌렸다. 나는 먼저 한국이 어디쯤 있는 나라인지 아는 사람이 있으면 손들어 보라고 했다. 실망스럽게도 사십여 명의 학생 중에 단 한 사람이 손을 들었다. 그러나 따지고 보면 이것은 실망스러울 것도 없는 엄연한 현실이다. 우리나라 고등학교 수업시간에 온두라스(Honduras)라는 나라가 지구의 어디에 있는지 아는 사람 손들어 보라는 질문을 던져도 비슷한 결과가 나올 것이기 때문이다. 그렇긴 하더라도 서양 학생들의 세계사에 대한 무지는(특히 비서구 사회) 우리나라 학생들보다 더 심한 것 같다.

나는 한 시간 내내 한국의 역사와 문화에 대해 이야기해 주었다. 그리고 수업 말미에 보편적 인권문제에 대해 간략히 언급하고 마무리를 지었다. 어떻게 시간이 갔는지 모르게 수업이 끝났다. 내가 정말 교단에 서서 영어로 50분간을 버텨낸 것이다! 스스로 대견하게 느껴졌다. 하느님, 감사합니다! 수업이 끝나자 몇몇 학생들이 와서 이메일 주소를 가르쳐 달라고 하여 적어 주었다. 교실을 나서려는데 자신을 학생회 간부라고 소개한 학생들이 내일도 파업이 계속되는데 다른 반에서 한 번 더 수업을 해줄 수 없느냐고 제의를 해왔다. 못 할 것도 없지! 그러마고 했다. 로레트 선생은 첫 수업치고 아주 잘했다며 칭찬해 주었다.

그 다음 날은 비상부르에 와서 가장 바쁜 하루였다. 아침 10시에 다시 비상부르 고등학교로 가서 일일교사 노릇을 했다. 이 날도 전날과 비슷한 숫자의 학생들이 모여들었다. 개중엔 전날 참석했던 학생들도 보였다. 두 번씩 듣는 학생들도 있으니 수업을 전과 같이 할 수는 없었다. 나는 한 시간 동안 제국주의와 제3세계의 관계에 대해 이야기하면서 제3세계 민중들의 인권문제에 관심을 가져줄 것을 당부했다.

"여러분은 오늘 아침 식사로 무엇을 먹고 왔습니까? 아마 콘플레이크에 우유를 부어서 먹고 바나나도 하나쯤은 먹고 온 사람이 많을 것입니다. 여기서는 나지도 않는 바나나를 여러분이 싼값에 사먹을 수 있는 이유를 아십니까? 그것은 제3세계에 진출한 다국적 기업이 현지의 독재 정권과 결탁하여 싼값에 바나나를 수입해 오기 때문입니다. 그 대가로 다국적 기업은 독재자들에게 정치 자금을 제공하고 독재자들은 자국 노동자들의 임금을 최대한 낮은 수준에 묶어 둡니다. 그리고 이런 불의한 구조에 대항하는 노동자들은 가차 없이 탄압을 받아 감옥에 가거나 소리 소문도 없이 끌려가 죽임을 당합니다. 여러분이 매일 아침 먹는 싸구려 바나나 뒤에는 제3세계 노동자들에 대한 끔찍한 인권탄압이 숨어 있습니다. 여러분, 여러분이 매일 아침 바나나 하나를 먹을 때마다 그것을 생산한 제3세계 농민들의 인권을 생각해 주시기 바랍니다."

나도 모르게 열변이 터져 나왔다. 수업이 끝나자 학생회 간부라는 학생들과 몇몇이 이따가 오후에 시내 레스토랑에서 따로 만나 이야기를 나누고 싶다며 만나잔다. 뒤에 남은 학생들 가운데 이틀 연속 수업에 참석한 동양학생이 있어 가까이 다가가 어디서 왔냐고 물으니 한국에서 온 입양아란다. 이름은 리사. 한국어는 한 마디도 모르지만 이런 프랑스 구석에서 한국인을 만나니 너무도 신기하고 좋았던 모양이다. 아주 어렸을 적에 와서 한국에 대한 기억은 거의 없지만 양아버지를 통해 자신의 한국 이름은 알고 있었다. 고애숙. 나는 그 이름이 사랑스런 여자라는 뜻이라고 풀이를 해주고 앞으로 자주 연락하기로 약속을 하고 학교를 나왔다.

점심은 베라(Vera)라고 하는 회원 집에서 먹었다. 사실 이 모든 스케줄은 그룹의 책임자인 앤이 세심하게 짜놓았기 때문에 나는 시간에 맞춰 참석하기만 하면 되었다. 베라는 폴란드 이주민으로서 프랑스인 남편을 만나 비상부르에 산 지 꽤 오래되었다고 한다. 그녀가 얼마나 열심히 사는지 주위 사람들의 칭찬이 대단했다. 세 아이를 키우면서 낮에는 인근에 있는 공장에 나가 상품 포장하는 일을 하는데, 점심시간에 부지런히 집으로 달려와 아이들 식사를 챙겨주고 또 나간다. 그런가 하면 앰네스티 활동과 동네의 허드렛일도 열심히 하는 매우 적극적인 성격의 여인이다.

집 안에 품격 있는 공예품과 그림들이 많이 전시되어 있는데, 그 모두가 돌아가신 할아버지의 작품이란다. 작품들이 모두 생활과 밀접한 관계가 있는 것으로 보아 그녀의 할아버지는 탁월한 '민중 예술가'였던 모양이다. 그녀는 그중에 가죽으로 만든 조그만 공예품 상자 하나를 내게 선물로 주었다. 그러고는 다락방에 들어가서 두꺼운 사전 하나를 들고 나왔다. 베라 할아버지의 유품 중의 하나인데 『러시아-조선어 사전』이었다. 종이의 질로 보아 아주 오래 전에 발간된 것 같았다. 속표지를 들춰본 나는 내 눈을 의심하지 않을 수 없었다. 3만 단어를 수록한 그 사전은 1952년에 모스크바에서 발간되었다고 쓰여 있었다. 놀라운 사실은 그 위에 적힌 작은 글씨였다. 3,500단어를 수록한 사전의 초판이 1875년에 페테스부르크에서 발간되었다는 것이다. 1875년이라면 조선정부가 일본의 강요에 의해 처음으로 나라의 문을 연 강화도 조약이 체결되기 1년 전이 아닌가! 그렇게 이른 시기에 지구의 반대편에서 『러시아-조선어 사전』이 발간되었다는 사실이 믿어지지가 않았다. 그렇다면 러시아는 이미 그 이전부터 조선에 진출할 계획을 세우고 있었다는 것이다. 그로부터 30년 뒤에 조선 땅에서 일본과 전쟁을 벌여 패함으로써 조선에 대한 야욕을 일시 접어두게 된 것도, 75년 뒤인 1945년에 기어코 조선의 북쪽에 군정을 실시하게 된 것도 모두 일관성 있는 역사의 흐름이었던 것이다. 프랑스의 농촌 구석에서 마주친 한 권의 낡은 사전이 나를 단숨에 근세사의 어두운 그림자 속으로 몰고 갔다.

오후 4시가 되어 학생들과 만나기로 한 미라벨 레스토랑에 나갔다. 그곳에는 애숙을 비롯하여 8명이나 되는 학생들이 나와 있었다. 우리는 맥주를 시켜 놓고 수업시간에 못 다한 이야기

| 미라벨 레스토랑에서 학생들과 함께. 왼쪽이 고애숙.

를 나누었다. 학생들은 다음 날 있을 가두데모 계획에 대해 이야
기하면서 한국의 학생운동은 어떤 방식으로 하고 있는지, 또 내가
겪은 감옥생활은 어떠했는지에 대해 이것저것 물어보았다. 이들과
이야기하면서 느낀 것은 프랑스 고등학생의 사회의식이 한국의 고
등학생보다 훨씬 높다는 것이다. 만약 세상에 대한 잡다한 지식을
묻는 퀴즈대회에 나간다면 한국 학생들이 우수하겠지만, 세상을
자기 안목으로 비판하라는 논술대회에 나간다면 프랑스 학생들이

110

우수할 거라는 생각이 들었다.

저녁 식사를 다시 한번 베라네 집에 가서 온 식구들과 함께 하고 모두 마을의 문화센터로 갔다. 영국에서 아카펠라 공연단이 왔다는 것이다. 문화센터에 들어서니 회원들이 여기저기 눈에 띄었다. 그렇게 크지 않은 동네인지라 이런 공연이 있는 날에는 모두들 외출복을 갈아입고 문화센터로 모여든다. 문화센터에서 나누어주는 공연 프로그램을 보니 해외 투어 중인 유명한 공연단들의 예술 공연이 연중 수시로 열리고 있었다. 이날은 영국 런던에 근거를 둔 '칸타빌레'라는 4인조 남성 아카펠라 공연단이 공연했는데, 세상의 어떤 악기도 인간의 목소리를 능가하지 못한다는 것을 새삼 일깨워 준 아름다운 공연이었다. 영어와 불어, 독일어를 자유자재로 구사하며 코믹하게 진행하는 이들의 공연은 과연 프로다웠다. 변방에 위치한 조그만 도시에서도 이렇게 수준 높은 공연을 감상할 수 있는 프랑스의 문화 인프라가 부럽게 느껴지는 순간이었다.

새로운 다짐, 새로운 출발

도미니크 리잔

비상부르 체류의 후반기에는 도미니크가 나를 거의 떠맡듯이 데리고 다녔다. 그녀는 환영회 첫날에 내 옆에 앉은 이래로 나에게 친절을 베풀 기회를 엿보다가 다른 회원들의 접대가 어느 정도 잦아들자 거의 매일같이 차를 끌고 나와서 비상부르 주변을 구경시켜 주었다. 그녀와 만난 첫날 나는 한국에 보낼 우편물이 있어서 그녀에게 우체국을 안내해 달라고 했다. 우체국엔 사람이 제법 많아서 우표를 사려면 줄을 서야만 했다. 우편물을 들고 멍하니 서 있는 내게 다가와 도미니크가 감상에 젖은 목소리로 말한다.

"바우, 나는 지금 이 장면을 믿을 수가 없어. 불과 수년 전에 내가 바로 이 자리에서 바우에게 보내는 편지를 부치려고 줄을 섰는데, 지금은 바우가 그 자리에 서서 편지를 부치고 있으니 말이야."

그때는 자기의 편지를 받아보는 사람이 누구인지 감도 잡히지 않았고 그저 살아 돌아오기 힘든 저 세상에 있는 사람으로만 여겼는데, 이렇게 눈앞에 어엿이 서 있으니 도무지 믿어지지가 않는다는 것이었다. 그러면서 도미니크는 내 손을 잡아끌고 라인 강을 구경하러 가자고 한다.

비상부르에서 차를 타고 한 15분 정도 달리니 제법 큰 강줄기가 나타났다. 강 건너는 독일이란다. 공터에 차를 세워 놓고 강가를 따라 함께 걸었다. 강폭이 상당히 넓은 게 물살이 거셌다. 이곳이 북해로부터 상당히 멀리 떨어진 상류인 데도 이 정도라면 라인 강이 얼마나 큰 강인지 짐작이 갔다. 도미니크와 나는 번갈아 가며 노래도 부르고 휘파람도 불면서 마치 데이트하는 남녀처럼 산책을 했다. 갑자기 도미니크가 돌아서며 날더러 침을 뱉어 보란다. 내가 어리둥절해서 쳐다보니까 중국 사람들은 길에다 침을 잘 뱉는다는데 나도 그렇게 할 수 있느냐는 것이다. 황당했다. 내가 기가 막혀서 빤히 쳐다보니까 도미니크는 더욱 궁금하다는 듯 간청을 한다. 하는 수 없이 목 깊숙이 침을 끌어내어 '퇴!' 소리와 함께 시원하게 침을 뱉었다. 묵직한 침 덩어리가 한 발 앞 길가에 떨어졌다. 그것을 보고 도미니크는 좋다고 박수를 친다. 참, 이것도 박수 받을 일인가? 나만 혼자 광대노릇을 할 수 없어서 그녀에게 나처럼 침을 뱉어 보라고 했다. 도미니크는 입을 옹그리고 그르렁그르렁할 뿐 침을 뱉질 못했다. 자기는 잘 안 된다는 것이다. 침 뱉는 것은 거의 본능에 가까운 능력인데 그것이 잘 안 된다

니 이해가 안 갈지도 모르겠다. 그러나 그것은 사실이었다. 나는 영국에 있을 적에 공원에서 한 어머니가 겨우 서너 살이나 됨직한 자기 아이가 길바닥에 침 뱉는 것을 보고 심하게 야단치는 것을 본 적이 있다. 이들에게는 공공장소에서 침을 뱉는 행위가 어려서부터 금기로 되어 있어서 시원하게 침을 뱉는 행위는 해외토픽감이나 다름없다. 내가 침을 잘 뱉는 것이 자랑인지 아니면 그녀가 침을 뱉지 못하는 것이 잘된 것인지 잠시 헷갈렸다.

다음 날 도미니크는 비상부르 인근에 있는 프레켄슈타인 요새(Fleckenstein Castle)와 마지노선(Maginot Line)을 구경시켜 주었다. 앞의 것은 중세 때의 암벽 요새이고, 뒤의 것은 2차 세계대전 때 히틀러의 침공을 막기 위해 파 놓은 지하 요새이다. 프레켄슈타인 요새는 우리가 만화영화에서나 보았던 구멍이 숭숭 뚫린 거대한 암벽요새가 공상이 아님을 보여준다. 비상부르에서 서쪽으로 50여km 가면 나즈막한 구릉지대에 우뚝 솟은 거대한 암벽이 나온다. 멀리서 보면 그냥 절벽처럼 서 있는 암벽이지만 가까이 가보면 그 속을 복잡하게 뚫어 놓은 암벽 빌딩이나 다름없다. 위로 올라가는 계단이 밖에 있는 것이 아니라 암벽 속에 나선형 계단을 뚫고 입구는 기묘한 기계장치로 움직이는 커다란 돌로 막아 놓았기 때문에 외부에서 접근하는 것은 불가능했다. 안에는 많은 동굴방이 있는데 감방으로 쓰던 것도 눈에 뗬다. 암벽 계단이 워낙에 험하고 어두워서 도미니크와 나는 자연스럽게 손을 잡고 다니게 되었다. 요새 구경이 끝나고 입구로 내려오는 평탄한 길에서도 둘은 한동안 손을 잡고 걸었는데 나로서는 조심스러운 친밀감의 표시 이상은 아니었다.

도미니크의 집에서 점심을 먹고 오후에는 그 유명한 마지노선을 구경하러 갔다. 마지노선은 영화에서 보던 것보다 훨씬 장엄하고 무시무시하게 느껴졌다. 들어가는 입구에서부터 위압적인 콘크리트 덩어리가 보는 사람을 질리게 만들었다. 저 정도면 웬만한 포격에도 끄떡없지 싶다. 내부는 일자형으로 한없이 길게 뻗어 있는데, 설명을 들으니 도버 해협에서 지중해까지 총연장이 무려 700km나 된다고 한다. 중간 중간에 있는 지휘소나 기지는 지하도

｜마지노 요새에서.

시를 방불케 할 정도로 잘 꾸며 놓았다. 관광객을 위해 일부 대전
차포는 지금도 작동되도록 기름칠을 해놓았다. 히틀러는 교묘하게
벨기에 쪽으로 우회해서 파리를 점령함으로써 마지노선을 무용지
물로 만들었고, 승리에 도취된 독일군은 러시아 쪽으로 전선을 무
리하게 확대함으로써 결국 패망의 길을 걷고 만다. 마지노선은 프
랑스군의 위대한 군사 업적인가? 나는 그 지역에서 마지노선을
자랑스럽게 이야기하는 사람을 보지 못했다. 아니 오히려 그렇게

무지막지한 노력을 들여 만든 저지선에도 불구하고 조국이 적군에게 점령당한 사실에 부끄럼을 느끼는 것 같았다. 마지노선은 무너진 베를린 장벽과 함께 20세기 유럽사의 비극적인 상징으로 영원히 남아 있을 것이다.

음산한 땅 속에서 몇 시간을 헤매고 다녔더니 기분이 영 찜찜했다. 나는 기분전환도 할 겸 한국에 있는 가족들에게 줄 기념품을 사기 위해 도미니크에게 쇼핑센터 안내를 부탁했다. 차창 밖으로 펼쳐지는 비상부르 특유의 전원풍경이 기가 막혔다. 저 너머 구릉 위로 시꺼먼 구름이 위협적으로 다가오는 가운데 그 옆으로는 하얀 구름덩어리가 마치 솜사탕이 찢겨나가듯 사방으로 흩어지고 있었다. 그 언저리 어딘가에 비라도 내렸는지 무지개 하나가 덩실 걸려 있었다. 경치에 취해 한숨을 자아내며 차창 밖을 내다보고 있는 내게 도미니크가 자꾸 묘한 말을 한다. 남편 출장이 하도 잦아서 한 달에 한두 번 집에 오기 때문에 심심해 죽겠다느니 주위 사람들과도 관계가 별로 안 좋아서 모임에도 잘 안 나간다느니……. 무슨 의도로 하는 얘기인지 모르겠으나 하여튼 듣기가 거북했다. 그러더니 오늘밤 자기 집에 와서 하루 자고 가라고 강권하다시피 하는 것이었다. 말도 안 되는 소리였다. 아무리 아이들이 있다 하더라도 남편이 출장 나간 집에서 어떻게 잔단 말인가? 물론 앰네스티 회원으로서 친절을 베푸는 차원의 제안이겠지만 잘못 보면 쓸데없는 의심도 자아낼 수 있는 상황이었다. 나는 머뭇거리며 나중에 기회를 보자고 했다. 그러자 그녀는 야릇한 미소를 띠면서(스스로 비웃는 웃음인지 모르겠으나), "당신은 내가 어떻게라도 할까 봐 겁내는 거지?"라며 직격탄을 날린다. 나는 무안하여 아무런 대꾸도 못했다. 도무지 알 수 없는 게 여자의 마음이라더니…….

차는 어느새 근처에서 가장 큰 쇼핑타운이 있는 해그노에 접어들었다. 적당한 곳에 차를 세워 놓고 예쁜 상점들이 줄지어 있는 쇼핑거리로 나섰다. 변방의 작은 도시였지만 거리와 가게들이 고급스럽고 깨끗했다. 진열되어 있는 물건들도 결코 싸구려가 아니었다. 널리 돌아보지는 못했지만 프랑스의 생활수준이 영국보다 한 단계 위라는 것은 거의 틀림없다는 느낌이 들었다. 독일은 그러한 프랑스보다 조금 더 낮고. 알사스 지방의 여기저기를 다니며 가장 놀란 것은 프랑스 농촌의 생활수준이 생각보다 훨씬 윤택하다는 것이다. 그들이 누리고 있는 물질적 수준과 문화적 혜택이 우리네 농촌과는 비교가 안 되었다. 영국과 비교했을 때 국민소득 차원에서는 비슷하지만 농촌의 형편이 훨씬 나은 것은 아마도 프랑스가 기본적으로 농업국가이기 때문이리라.

무언가 사보려고 이리 기웃 저리 기웃해 보았지만 마음에 꼭 와 닿는 것이 없어 하릴없이 거리를 쏘다니는 꼴이 되었다. 걷다 보니 어느샌가 도미니크는 마치 연인 사이라도 되는 듯 내 팔에 팔짱을 끼고 걷고 있었다. 기분이 좋고 나쁨을 떠나서 나는 앰네스티 그룹의 손님으로 와서 이런 모습이 연출되고 있다는 것이 몹시 거북했다. 그래도 도미니크의 기분을 상하게 하고 싶지는 않았기 때문에 유쾌하게 떠들어대며 해그노의 거리를 헤매고 다녔다. 비상부르로 돌아오는 길에 도미니크가 다시 제의를 했다. 실은 어제 저녁에 자기 남편이 출장에서 돌아왔는데 오늘 밤 자기 집에서 꼭 하룻밤 자고 가라고. 도미니크가 이렇게까지 청하는데 거절할 이유가 없었다. 그러마 했다. 그런데 왜 아까 차 안에서는 남편 얘기를 안 했지? 나를 테스트해 보려고 그랬나?

도미니크 집에는 이미 이틀 전에 점심을 먹으러 온 적이 있었다. 집에 들어서니 도미니크보다 훨씬 젊게 보이는 남편이 인사를 한다. 배도 안 나온 데다 얼굴도 준수하게 잘생겼다. 국제적인 컴퓨터 회사의 영업사원이라 늘 출장이 잦단다. 초등학교에 다니는 두 딸도 달려와 수줍은 듯 인사를 한다. 아이들이 엄마 아빠를 대하는 태도를 보아도 아무런 이상이 없는 단란한 가정이다. 도미니크 남편은 저녁을 먹고 거의 한 시간이나 걸려서 나의 노트북 컴퓨터의 잘못된 부분을 잡아주고 인터넷 접속을 할 수 있도록 서버등록도 해주었다. 딸들이 스케치북을 들고 와 나를 위해 그렸다는 그림들을 보여주었다. 이렇게 단란한 가정의 주부가 어째서 지난 이틀 동안 이상야릇한 행동을 보였을까? 이들 가족은 이틀 뒤 비상부르에서의 마지막 저녁 만찬을 독일 쪽에 있는 큰 중국 식당에서 베풀어 주었다. 참으로 고맙고 정겨운 가족이었다.

나는 그동안 도미니크가 했던 말들을 조심스럽게 떠올렸다. 이

Oleshoffen — 4,10.95

(6)

1

Dear Bau,

I felt very bad as I read your last letter.
I fear there has been an important misunder-
standing between us. The last thing I wanted
is to upset you and I did. When I said you seem
detached and cool, I meant in fact that you
were able to speak about your life, let's say
in an objective way and managed to put all
the pain and suffering of it away, in the back
of your mind in order to protect you from recurrent
painful emotion.
To tell you the truth, I went myself through a
lot of very hard time in my life since childhood
and to protect me, I can now speak about it as if
this was not my life but someone's else, as if I
was not being touched by what happened to me.
When I wouldn't do that, I wouldn't be able to
speak about it without crying like a Niagara
Waterfall, oh, I am very awkward in trying

• 도미니크 리잔이 보낸 편지 중에서

친애하는 바우에게 (1995. 10. 4)

지난번 보낸 당신의 편지를 읽고 마음이 몹시 불편합니다. 당신과 나 사이에 심각한 오해가 있었던 것 같습니다. 당신을 화나게 하는 것은 결코 나의 의도가 아닙니다. 내가 편지에서 당신이 '초연하고 냉정하게'(detached and cool) 보인다고 말한 것은 당신이 자신의 삶을 객관적으로 얘기할 수 있다는 것, 그리고 반복되는 삶의 고통과 괴로움으로부터 스스로를 보호하기 위하여 그것들을 마음 뒤편으로 묻어둘 수 있다는 것을 의미합니다.

사실을 말하자면, 나는 어렸을 적부터 매우 힘든 일들을 겪어 왔습니다. 스스로 상처받지 않기 위해 나는 그것이 마치 내 것이 아닌 남의 이야기인 것처럼, 내게 일어났지만 나에게 영향을 주지 않는 것처럼 이야기하겠습니다. 그렇게 하지 않고는 나이아가라 폭포만큼의 눈물 없이 그 얘기를 할 수 있을 것 같지 않습니다. 아, 나 자신을 설명하자니 몹시 어색하네요. 정말이지 당신을 언짢게 한 것에 대해 미안하게 생각합니다. (이하 생략)

리저리 앞뒤를 맞추어 보니 그녀의 행동을 대충 이해할 수도 있을 것 같았다. 중간에 활동을 그만두었다가 내가 오자 다시 활동을 시작한 그녀에 대한 다른 회원들의 눈초리가 그리 곱지 않은 것은 사실이었다. 내가 보기에 그것은 중년기 여성에게 흔히 나타나는 자기 정체성의 위기였다. 그녀는 이날 저녁 나를 데리고 자기 집으로 가는 차 안에서 분명하게 말했다. 실은 자기도 아이들 돌보고 이런저런 사회활동으로 바쁘게 지내고 있다고. 나에게 했던 말들은 괜히 해본 거라고. 그러나 그것은 이유 없는 '괜히'는 아니었다. 남편에 비해 그녀가 훨씬 늙어 보이고 몸이 '망가져' 보이는 것은 사실이다. 아이를 낳기 전까지는 날씬하고 예뻤다며 옛날을 그리워하는 말을 하기도 했다. 그런데 아이 둘을 낳고 몸 관리는 뜻대로 잘 안 되지, 남편은 출장으로 밖으로만 나돌아다니지, 시골 마을의 생활은 지루하지, 주위의 인간관계는 얽히지, 하니까 자포자기의 심정이 된 것이다. 그런 상황에서 나의 출현은 도미니크에게 무언가 새로운 출발의 계기가 되지 않았나 싶다. 다만 첫 며칠 동안은 미지의 남성에 대해 오랫동안 품어 왔던 환상 때문에 정서적으로 조금 헷갈렸던 것이 아닌가 생각된다. 그러다가 결국은 제자리로 돌아와 지극히 정상적인 가정의 주부로서 손님을 맞고 보내게 된 것이다. 이 자리를 빌려 그녀의 헌신적인 친절과 배려에 감사 드리며 더욱 행복한 가정을 꾸려 나가기를 빌어마지 않는다.

말없이 세상을 변화시키는 사람들

앤-마리와 베르나르 바이겔

앤-마리와 베르나르 바이겔은 내가 비상부르에서 열흘이 넘게 묵었던 집의 주인 부부이다. 부인인 앤은 말이 없지만 참으로 자상하고 세밀하게 배려를 해줄 줄 아는 분이었고, 남편인 베르나르는 지금까지 살아오면서 만난 가장 마음씨 좋은 아저씨 1위에 뽑힐 만한 사람이었다. 두 분 다 영어가 잘 되지 않아 하루종일 같이 있어도 말을 할 일은 별로 없었다. 그러나 그렇다고 해서 그 집에 있는 동안 한번도 불편을 느끼거나 답답했던 적은 없었다. 물론 하루의 일정이 빡빡하게 짜여져 있어 그 집에서 붙박혀 있는 일은 별로 없었지만 열흘을 넘게 살면서 손님이 그 정도의 자유를 느낄 정도라면 집주인의 특별한 배려나 심성이 아니고는 불가능하다고 생각된다.

아침에 일어나면 앤은 먼저 식탁을 보아 둔다. 이곳에서의 아침 식사는 사실 준비랄 것도 없다. 냉장고에서 치즈와 버터를 꺼내고 빵만 갖다 놓으면 되니까. 물론 진한 커피는 필수. 기분 내키면 시리얼이나 샐러드를 먹기도 한다. 대체로는 온 식구가 함께 식사를 하지만 형편에 따라 따로 먹는 날도 있다. 앤은 매일 나의 일정을 잡아 주고, 저녁때 어느 회원 집에서 식사를 할 것인지 조정해 주었다. 덕분에 나는 매일같이 격식을 차린 프랑스 가정요리를 제대로 맛볼 수 있었다.

매일 먹은 가정요리를 일일이 기억할 수는 없지만, 그래도 가장 기억에 남는 것은 시내에서 약국을 경영하는 앙드레 부부가 마련한 만찬이었다. 그 만찬은 아마도 식사시간이나 규모로 보아 비상부르에서 가진 가장 화려한 만찬이 아니었나 싶다. 초대인원만도 앤-마리 부부를 포함하여 열 명이 넘었다. 앙드레 씨의 집은 오래된 고가들이 밀집해 있는 구역에 있어서 찾아가는 것부터 운치가 있었다. 저녁 무렵 어느 낡고 허술한 벽돌집 앞에 섰는데, 겉에서 본 나의 첫 느낌은 다 스러져가는 서대문형무소를 보는 듯했다. 둘 다 낡은 벽돌로 쌓은 꽤 높은 담과 벽을 가지고 있었기 때문이다. 나는 집에 들어서면서 앙드레 씨에게 농담 삼아 집이 꼭 '형무소 창고' 같다고 말을 하자 순간 껄껄 웃긴 웃었는데 아무래도 표정이 심상치 않아 보였다. 말을 하고 보니 '아차!' 싶었다. 이 사람들이 손님들을 초대해 놓고 가장 자랑하고 싶어하는 것이 집인데, 아무리 농담이라도 그렇지……

집 안으로 들어가니까 정말로 내가 얼마나 무식한 실수를 했는지 알게 되었다. 앙드레 씨는 1백 년이 넘은 고옥을 사서 겉은 그대로 두고 내부를 그야말로 초현대식으로 고쳐 놓았다. 미술을 한다는 내가 보아도 인테리어가 수준급이었다. 벽에 걸린 수채화 소품들이 모두 프로들의 솜씨였다. 식탁에 앉아서 무언가 만회할 만한 말을 찾아보았지만 음식이 나오고 불어로 대화가 오가는 통에 적절한 기회를 잡기가 곤란했다. 몇 가지 전채요리와 함께 말로만 듣던 달팽이 요리가 나왔다. 치즈소스에 담긴 달팽이가 감칠맛이 있었다. 나는 일단 음식 맛이 기가 막히다고 무조건 칭찬하고 보았다. 앙드레 씨의 표정이 조금 펴지는 느낌이었다. 와인을 곁들여 한참 먹다 보니 아랫녘에서 자꾸 신호가 오는 것이었다. 화끈거리는 얼굴도 식힐 겸 화장실로 갔다. 나는 화장실에서 또 한번 감탄했다. 넓지 않은 공간을 고급스러워 보이는 밝은 주황색 벽지로 싸 바르고 마주 보는 벽에는 작은 수채화 그림을 걸어 놓았다. 허리께에 붙어 있는 선반 위에 자잘한 비품과 함께 앙증스런 꽃병이 놓여 있었다. 마치 일인용 갤러리에 앉아 일을 보는 기분이었다. 헛기침을 하고 돌아와 자리에 앉자 순간 사람들의 시선이 내게로 쏠린다. 나는 틈을 놓치지 않고 한마디했다.

"이 집의 화장실은 내가 여태 가본 곳 중에 가장 아름다운 화장실입니다. 앙드레 씨, 당신의 높은 심미안을 찬미하는 바입니다."

사람들이 웃음을 터트리며 무어라 떠들어대는 가운데 앙드레 씨의 얼굴에 웃음꽃이 가득 피어올랐다.

┃앙드레씨 집 만찬에서.
정면이 앙드레 부부, 오른쪽이 앤-마리.

나는 화장실에서 또 한번 감탄했다.

고급스러워 보이는 밝은 주황색 벽지,

벽에 걸린 작은 수채화 그림,

선반 위에 놓인 자잘한 비품과 앙증스런 꽃병.

마치 일인용 갤러리에 앉아 일을 보는 기분이었다.

앤의 집 창고에는 자전거가 대여섯 대씩이나 있다. 아이들 앞으로 한 대씩 있고 베르나르의 것이 두 대나 된다. 베르나르의 자전거 취미는 우리의 눈으로 볼 때 아마추어 수준은 아니었다. 하루는 학교에서 돌아온 그가 자전거를 타러 가자고 하기에 비상부르 지방의 풍광을 몸으로 체험할 수 있는 좋은 기회다 싶어 얼른 따라나섰다. 나는 그냥 간편한 옷차림으로 나서려고 하는데 그가 벽장문을 열더니 한 무더기의 장비를 꺼내 보이며 착용하라고 한다. 텔레비전 스포츠 중계에서나 보았던 사이클링 선수복과 헬멧이었다. 어렸을 적에 그렇게도 선망하던 자전거를 집에서 끝내 사주질 않아 아예 자전거와는 담을 쌓고 살아온 내게 이런 복장들은 우주복만큼이나 낯설어 보였다. 동네에서 장바구니 자전거나 타고 뛰뛰빵빵이나 하던 사람이 이렇게 요란한 복장을 하고 길거리에 나섰다가 엄한 데 들이박고 공연히 망신이나 당하는 것이 아닌가 하는 걱정이 앞섰다. 내가 쭈뼛거리자 베르나르는 재촉을 하며 여기서는 복장을 제대로 갖추어야 길거리에 나설 수 있다며 으름장까지 놓는다. 할 수 없이 입고 있던 옷을 벗어 던지고 복장을 갖추었다. 헬멧까지 쓰고 나서 거울을 보니 마치 배트맨이 된 기분이었다. 사타구니 부분에 두터운 성기 보호대가 붙어 있는 것이 특이했다. 하긴 좁아터진 자전거 안장 위에서 장시간 비벼대다 보면 성기에 무리가 갈 수도 있겠구나 싶었다.

안장이 높고 타이어 폭이 일반 자전거의 절반밖에 되지 않는 사이클링 전용 자전거에 올라타니 균형 잡는 일이 생각처럼 쉽지 않았다. 그래도 남다른 운동신경에 은근히 자부심을 가지고 있던 터라 죽어라 베르나르의 꽁무니를 뒤쫓았다. 시골 도로라 차량이 많지는 않았으나 좁은 길 저만치서 차가 오는 것이 보이면 마음이 조마조마했다. 한 삼십여 분 달렸을까? 숲 모퉁이를 돌면서 베르나르가 말하기를 여기부터는 독일이란다. 또 십여 분 달리더니 다시 프랑스라고 한다. 국경을 가운데 두고 도로가 구불구불 지나고 있었던 것이다. 한국에서 도(道) 경계를 두고 이런 지그재그 길을 경험한 일은 있었지만 이렇게 국경을 넘나들기는 처음이다. 우리 한국인들에겐 감히 넘볼 수 없는 국가의 경계가 이곳 유럽 대륙의 산골에서는 자전거 산책 코스에 지나지 않았다.

베르나르에게는 사이클링 말고 또 하나의 취미가 있었다. 우표 수집이다. 그의 집 거실 서가에는 우표책이 십여 권 꽂혀 있다. 그는 특이하게도 나비우표 전문 수집가였다. 나비우표만 모은 것이 서너 권은 되었다. 그밖의 우표들도 상당히 많았는데 나는 프랑스의 예술 우표에 관심이 많아서 프랑스 우표책을 들고 유심히 살펴보았다. 예술우표에 관한 한 프랑스는 일본에 필적할 만한 수준을 지닌 나라이다. 일본은 특유의 섬세한 인쇄기술에 힘입은 바가 크지만 프랑스는 역시 예술적 디자인이 뛰어났다. 내가 머리를 처박고 정신없이 들여다보고 있자니까 베르나르는 맘씨 좋은 아저씨의 다정한 목소리로 원한다면 그 책을 통째로 가져도 좋다고 말한다. 그가 우표를 얼마나 촘촘히 넣었는지 그 안에 든 우표의 분량은 통상적으로 정리한다면 우표책 세 권은 필요할 정도였다. 나는 뛸

듯이 기뻤지만 그가 순간적인 호의에서 그런 말을 했을지도 모른다는 생각에 조용히 고맙다고 말하고는 우표책을 서가에 도로 꽂아 두고 나왔다. 수집가의 애착을 모르는 바 아니었기 때문이다. 최근의 우표책이 제대로 정리가 안 된 채 마구 꽂혀 있는 것 같아서 요즘은 우표수집을 하지 않느냐고 물으니, 빤한 수입에 우표수집으로 나가는 돈이 너무 많다고 앤에게 꾸지람을 듣고 나서는 잠시 쉬고 있다고 말한다. 앤의 집을 떠나는 날 식구들이 간단한 선물을 싸서 봉투에 담아 주었는데, 그 안에는 내가 기대도 않고 있었던 프랑스 우표책이 들어 있었다. 오, 베르나르 "You are a really nice person!"

한번은 한국으로 급히 이메일을 보낼 일이 있어서 2층에 있는 베르나르의 서가를 찾았다. 그는 책과 자료들이 빼곡히 들어찬 방에 앉아 무언가 작업을 하고 있었다. 그의 도움을 받아 메일을 보내고 나서 무슨 일을 하고 있는지 물어보았다. 비상부르 지역의 향토사를 정리하고 있었단다. 비상부르 고등학교 도서관 사서로 일하고 있는 것도 어쩌면 이 일과 무관하지는 않겠다는 생각이 들었다. 그는 자기가 펴낸 것이라며 비상부르 지역의 향토사에 관한 오래된 사진집과 안내서 등을 보여 주었다. 전문적인 서적은 아닌 듯했지만 이러한 책들을 마을에 사는 평범한 도서관 사서가 지었다는 사실에 깊은 충격을 받았다. 대국의 자존심이 이렇듯 초야에 묻혀 있는 촌민들의 향토애로부터 비롯된다는 사실에 생각이 미치자 충격은 이내 부끄러움으로 바뀌었다. 우리는 어떤 가? 도시로 도시로만 치닫는 우리는 어떤가? 지금 이 순간에도 이 땅의 향토 구석구석에 남아 있는 우리 선조들의 숨결이 길가에 떨어진 가랑잎마냥 사각사각 여위어 가고 있다.

앤-마리와 베르나르 부부는 둘 다 말이 별로 없고 차분한 것이 비슷한 성격으로 보이지만 베르나르는 맡은 일을 성실히 수행하는 스타일이고, 앤은 일을 조직하고 지시하는 스타일이었다. 그렇다고 해서 여주인이 쥐고 흔드는 분위기는 결코 아니었다. 앤이 일하는 방식은 겉으로는 아무 일도 일어나지 않은 것처럼 보이나 해야 할 일은 착착 진행하는 그런 식이었다. 앰네스티 비상부르 그룹의 리더로서 그녀는 열흘 동안 지루함을 느낄 새 없이 나의 일정을 짜주었지만 나는 그녀가 자신이 무엇을 했노라고 말하는 것을 한 번도 들어보질 못했다. 동양적 의미의 현인이 아닐까라는 생각도 해보지만 이마에 깊이 파인 주름살과 약간 주저하는 듯한 말투로 미루어 보이지 않는 가운데 최선을 다하고자 하는 그녀의 성품을 엿볼 수 있었다. 그녀의 세심한 배려는 나의 파리관광을 순조롭게 해주었을 뿐만 아니라 '리옹의 조우(遭遇)'를 연출하는 데 결정적 계기를 제공하기도 했다.

사진 몇 장 찍고 파리를 보았다고 말하지 말라

프랑스 농부, 크리스티앙 프루그

프랑스 하면 와인, 와인 하면 프랑스가 떠오른다. 와인을 제대로 먹어보지 못한 사람들에게도 이런 인식이 박혀 있다. 그만큼 프랑스는 와인으로 유명하다. 우연히, 그야말로 우연히 와인을 만드는 프랑스 농부를 만나게 되어 같이 하룻밤을 자면서 그의 살림살이를 살펴볼 수 있었다.

내일이면 아쉽지만 다음의 일정을 위해 비상부르를 뜨리라 생각하며 도미니크와 함께 인근 클리부르(Cleebourg) 마을의 와인 공장을 방문하게 되었다. 클리부르는 보르도, 부르고뉴와 함께 유명한 와인생산지이다. 이 일대는 온통 포도밭으로 둘러싸여 있다. 완만한 구릉지대에 끝없이 펼쳐진 포도밭을 감상하는 것은 맛있는 와인을 한 잔 마시고 입맛을 다시는 것과도 같다. 특히 이 마을은 수백 년 된 전통 농가들이 깨끗이 손질된 채 줄지어 늘어서 있어 방문하는 것 자체만으로도 큰 즐거움을 준다. 이 일대의 오래된 농가들이 비교적 잘 보존될 수 있었던 것은 굵직한 목재를 써서 만든 특이한 건축양식에 힘입은 바가 크다. 목재 구조물 사이를 메워 놓은 진흙은 언제든지 헐고 새로 바르면 그만이니까. 아무튼 이 지역은 아름다운 전통 농가와 포도 그리고 주민들의 높은 생활 수준으로 유명하다.

내가 크리스티앙이라는 프랑스 농부를 만난 것은 바로 와인공장에서이다. 이 공장은 농민들이 공동으로 출자해서 지은 협동조합 건물로서 지하층은 와인공장과 저장소로, 그리고 지상층은 와인 시음장으로 사용하고 있었다. 그날은 비가 부슬부슬 내리는 날씨인 데도 농부들이 수확한 포도를 하나 가득 싣고 와서는 공장 앞에 길게 줄을 서고 있었다. 물어보니 포도 품종마다 수집하는 날짜가 다 정해져 있기 때문에 날씨가 웬만큼 나빠도 다 예정대로 한다고 한다. 와인 공장은 완전 자동 시스템으로 되어 있어 집하장에 포도를 쏟아 붓기만 하면 수십 분 내로 주스만 추출되어 저장탱크로 옮겨진 뒤 숙성을 기다리게 된다. 포도를 집하장에 쏟아 붓는 순간 포도의 당도가 자동으로 측정되어 가격이 결정되는 것이 신기했다.

포도를 다 부린 농부들은 공장 한쪽에 마련된 휴게소에서 와인을 마시며 서로 정보도 주고받으며 그날의 피로를 쫓아버린다. 그 곳은 원래 조합원들과 그날 함께 일한 사람들만 출입하게 되어 있는데, 나는 도미니크에게 한잔 마셔 보자고 졸라 무조건 들어가

|와인 협동조합 휴게실에서 만난
술취한 프랑스 군인과
농부 크리스티앙 프루그.
앞은 프루그의 어머니.

서 자리를 잡았다. 와인은 알코올 도수는 낮아도 한 병 두 병 먹다
보면 언제인지도 모르게 취해 버리는 술이다. 그 안에는 이미 상
당히 술기가 오른 농부와 군인들이(이들은 포도수확을 도우러 온 사
람들이라 한다) 왁자지껄 떠들어대며 유쾌한 분위기를 자아내고 있
었다. 내가 한복을 입고 가서인지 한 농부가 신기한 듯 다가와서
는 어디서 왔는지 물어본다. 한국에서 왔다고 하니까 잘 모르는
눈치이다. 중국과 일본 사이에 있는 나라라고 설명해 주니까 고개
를 끄덕이더니 갑자기 당신도 일본 사람들처럼 그렇게 건성으로
관광하지 말라고 야단을 친다. 어리둥절해 있는 내게 일본 사람들

의 관광 행태를 흉내까지 내가며 설명을 한다. 그들은 파리에 와서 사진 몇 장 찍어 가서는 파리를 보고 왔다고 큰소리치는데 제대로 보려면 내부를 들여다봐야 한다며 자기 집에 와서 며칠 자고 가라는 것이다. 갑작스런 초청에 당황해서 어쩔 줄 모르고 있는데, 이번에는 옆에 있던 군인이 다가와서는 자기 집에도 와 달라고 초청을 한다. 도시에서는 도저히 생각할 수도 없는 만남이 시골에서는 이렇게 쉽게 이루어진다. 나는 잠시 고민 끝에 일정을 연기해서 이들의 초청에 응하기로 했다.

다음 날 간편한 차림으로 그의 집에 갔다. 상상했던 것 이상으로 큰 농가였다. 왜 이렇게 큰가 했더니 젖소 사육 때문에 그렇다. 이곳에서는 포도농사를 하면서 젖소를 키우는 농가들이 많았다. 그의 집엔 젖소가 30여 마리 되는데 이들을 키우는 데 보통 공력이 드는 게 아니었다. 사료를 재워 놓은 건물만 해도 몇 층 건물은 될 만큼 높았다. 밀짚과 건초 덩어리를 쌓아 놓은 것이 어마어마했다. 또 한쪽에는 사료용 옥수수를 갈아 놓은 것이 초등학교 교실만한 면적에 높이 1m 정도로 쌓여 있었다. 이 모든 것을 기계로 실어 나르고 작업을 하기 때문에 그 집의 공구실은 자동차 정비공장이 아닌가 싶을 정도로 온갖 기구와 기계들로 가득했다. 그가 부리는 큰 기계만 해도 대여섯 가지가 되는데, 이 큰 기계들을 어떻게 다 구입했냐고 물으니 인근에 있는 농부들과 돈을 합쳐서 샀다고 한다. 기계에 따라서 적게는 3명 많게는 7~8명까지 돈을 합쳐 산다고 한다.

저녁 식사 전에 젖소 먹이를 마저 주어야 한다며 바삐 움직이는데, 사료로 주는 것이 앞서 말한 밀짚과 건초, 옥수수만이 아니었다. 그 위에 콩가루, 인산염(phosphate), 복합사료, 그리고 이름을 알 수 없는 흰 가루까지 무려 7~8가지를 주는 것이었다. 먹이를 주면서 이것을 주면 젖이 더 나오고, 저것을 주면 젖이 더 진해진다고 설명을 한다. 그것만이 아니다. 낮에는 젖소를 풀어 놓아 싱싱한 풀을 뜯어먹게 한다. 그래야만 젖소가 기운을 낸다나. 우리가 슈퍼마켓에서 값싸게 사먹는 우유에 이렇게 많은 농부의 손길이 스며 있음을 보고 한 방울의 우유도 헛되이 흘려서는 안 되겠다는 생각이 들었다. 하긴 그도 우유 생산에 들어가는 비용과 노력에 비해 수익이 적다면서 내년엔 젖소를 팔아 버리고 승마용 말을 맡아서 사육하는 것을 고려하고 있었다.

하루 일과가 끝나자 그는 옷을 갈아입은 뒤 저녁 먹을 생각도 않고 갑자기 수영을 하러 가자고 했다. 웬 수영? 하고 멍하니 있는데, 그는 매주 화요일은 온 식구가 수영을 하러 가는 날이라며 자기 수영복을 빌려줄 테니까 가자고 연신 잡아당긴다. 수영을 별로 즐기지 않는 나이지만 남의 집에 신세지러 왔으니 하자는 대로 해야지 별 수 없었다. 농가 방문하러 왔다가 졸지에 달밤에 수영이라……. 생각만 해도 웃음이 나왔다. 놀랍게도 차로 10분도 안 되는 거리에 수영장이 있었다. 이런 시골구석에 온수 수영장이 있다니 과연 선진국의 복지시설은 다르긴 다르구나 싶었다. 그러나 그는 이웃 동네인 독일엔 더 좋은 수영장이 있다며 은근히 부러워했다. 아이들은 마치 물 만난 고기처럼 즐거워하며 수영을 했지만 나는 목욕하는 기분으로 시간만 때우다 나왔다.

　돌아와서 때늦은 저녁을 먹는데, 세상에, 그는 밥을 먹으면서 끄덕끄덕 졸고 있었다. 하긴 하루 종일 고된 농사일을 하고 저녁에 아이들과 수영까지 했으니 피곤하기도 하겠지. 그래도 밥 먹으면서 조는 사람은 생전 처음 보았다. 그것도 손님까지 불러다 놓고 말이다. 농부의 고단한 삶이 피부로 느껴졌다.

　다음 날은 계획대로라면 그의 포도밭에서 포도 수확을 거들어 줄 예정이었지만, 며칠 동안 내린 비로 하루 연기되었다며 그냥 작황만 살펴보러 가자고 한다. 함께 차를 타고 인근에 흩어져 있는 그의 농지를 살펴보았다. 그의 농지는 모두 70ha인데 인근 5km 이내에 흩어져 있다고 한다. 그중 36ha는 사료용 옥수수밭이고 30ha는 목초지이며, 나머지 4ha가 포도밭이라고 한다. 4ha의 포도밭도 한 군데에 있는 게 아니고 포도 품종에 따라 7군데로 흩어져 있었다. 그러니까 그는 7가지 포도품종을 기르고 있었다. 돌아다녀 보니 그의 밭이 따로 있는 게 아니고 끝없이 펼쳐진 포도밭 가운데 '몇째 줄에서 몇째 줄까지가 우리 것이다' 하는 식으로 구분되어 있었다. 그와 함께 시찰을 하면서 품종에 따라 포도를 실컷 따먹었다. 마침 수확기라서 먹기에도 딱 맞았다. 그는 올해의 작황이 최근 몇 년 가운데 최고라며 기쁨을 감추

지 못했다.

포도밭 시찰이 끝나고 와인 시음장이 있는 협동조합 건물로
갔다. 이 협동조합 센터는 최근에 지은 현대식 건물로서 그 안에
있는 시음장은 시내 레스토랑과 견주어도 손색이 없을 정도로 잘
꾸며 놓았다. 유명한 클리부르 와인을 맛보기 위해 인근 지역의
사람들은 물론 국경 너머 독일에서도 찾아오는 곳이다. 그는 나를
카운터 한 구석에 세워 놓고 여기 있는 와인을 다 맛보게 해주겠
다며 한 병 한 병 조금씩 따라 주었다. 그는 조합원이라서 시음 정
도는 공짜라고 한다. 이런 걸 두고 사람은 오래 살고 봐야 한다는
말이 나온 모양이다. 그가 따라주는 대로 먹다 보니 한 스무 가지

는 맛본 것 같았다. 품종별로는 10가지인데 연도별로 가격이 다 달랐다. 그는 새 와인을 따를 때마다 차이를 설명해 주었지만 솔직히 말해서 아주 특이한 것을 빼고는 맛의 차이를 알 수가 없었다. 하긴 이렇게 무식하게 계속 마셔서는 미세한 맛 차이를 제대로 느낄 수가 없다. 공짜 술에 취한다고 짧은 시간에 여러 잔을 비웠더니 은근히 취기가 올랐다. 하기야 현지인들은 돈을 내야 겨우 몇 가지 정도 맛을 볼 수 있는 와인을 원 없이 마시게 되었는데 대낮에 얼굴이 벌게진들 무슨 상관이랴.

와인 시음을 마치고 아름다운 클리부르 마을을 한 바퀴 돌아 다시 그의 집으로 왔다. 오면서 보니 아직 거두지 않은 옥수수밭도 많이 남아 있었다. 나는 그가 어떻게 저 넓은 밭을 다 관리하는지 궁금했다. 예상과 달리 그는 따로 인부를 사지 않는다고 한다. 부모님이 함께 있으므로 가족노동으로 어렵지만 다 관리하고 있단다. 그는 일주일에 80시간 일한다고 한다. 그것도 많은 기계를 동원해서 하는 일이다. 일반 프랑스 노동자가 주당 40시간 일하는 것에 비교하면 거의 두 배를 일하는 셈이다. 또 기계가 더욱 커지고 개량됨에 따라 생산량이 많아진 만큼 일도 더 많이 해야 한다고 한다.

점심 식사 후 아쉬운 작별인사를 마치고 다시 비상부르로 돌아오면서 명랑하기 짝이 없는 프랑스 농부 크리스티앙 프루그의 어깨 위에 올려진 무거운 바위 덩어리가 내내 눈에 아른

거렸다. 높은 생활수준을 유지하기 위해 더욱 몸부림쳐야 하는 프랑스 농민들, 그가 프랑스 농민의 평균 정도나 되는지 아니면 그 이상인지 모르겠으나, 농부로 산다는 것이 어느 시대 어느 나라이건 쉽지 않은 일임을 다시 한번 확인했다.

저녁에 비상부르에서 저녁 식사를 하면서 독일 텔레비전을 켰더니 마침 와인 생산지 클리부르를 소개하는 프로가 방영되고 있었다. 낮에 보았던 낯익은 풍경들과 마을 사람들을 텔레비전 화면을 통해 다시 보니 흥미로웠다. 여행은 이런 예기치 못한 일들 때문에 그 재미가 더해진다.

바꾸어야 하는 것은 사람들이다

우연, 그리고 마리아 수녀님

클리부르 와인 협동조합을 방문했다가 우연히 만
난 프랑스 농부 크리스티앙 프루그 때문에 비상부르의
일정이 이틀이나 지연되었다. 그러나 내게는 프랑스 농가의 내부
를 들여다볼 수 있었던 소중한 기회였다. 배낭여행을 백 번 한들
그런 기회가 한 번이라도 있을까 싶었다. 나는 이 일을 두고 다시
한번 여행에서 우연의 요소를 생각해 보았다. 만약 여행이란 것이
사전에 계획한 일정대로만 이루어진다면 따로 시간을 내어 여행기
같은 것을 쓸 일은 없을 것이다. 미리 시간표대로 일정을 써놓고
그때그때 감상만 적어 놓으면 그만이니까. 아무래도 여행의 묘미
는 예기치 않은 우연에 있지 않을까?

내가 보기에 우연은 누구에게나 일어나는 일은 아닌 것 같다.
우연을 받아들일 수 있는 여유가 있는 사람에게나 일어나는 것이
다. 마음에 여유가 없는 사람에게는 우연이 찾아와도 그냥 지나쳐

버리기 때문에 세상에 우연은 없다고 단정하는 경향이 있다(물론 우연을 다른 각도에서 보면 필연이라고 말할 수도 있다). 그리고 의식적이든 무의식적이든 늘 새로운 일을 기대하는 사람에게 우연이 일어날 확률이 더 높다는 것이다. 이렇게 보면 결국 우연이란 것도 마음이 지어내는 것임을 알 수 있다.

나는 유럽 여행을 하면서 늘 생활한복을 입고 다녔는데, 이것이 예기치 않은 우연을 불러오는 데 역할을 톡톡히 했다. 와인 공장에서 크리스티앙이 내게 접근한 것도 그렇다. 물론 프랑스 시골에서는 만나기 어려운 동양인이라는 점도 있었겠지만 입고 있었던 제주갈옷이 그의 시선을 사로잡은 것이 분명했다. 만약 내가 양복 정장을 한 일본 사람이었다면 그런 일은 결코 일어나지 않았을 것이다. 그 며칠 뒤 파리의 길거리에서도 비슷한 일이 있었다.

파리에 도착한 첫날 밤 주머니에 현금이 떨어져 길거리에 나가 현금지급기를 찾아 나섰다. 어디가 어딘지 알 수 없었던 나는 무작정 길 가던 정장의 신사를 불러 세워 길을 물었다. "나는 한국에서 온 여행객인데 혹시 이 근처에 현금지급기가 어디에 있는지 가르쳐 주시겠습니까?" 그는 과연 예절바른 신사답게 알아듣기 쉬운 영어로 찬찬히 가르쳐 주었다. 고맙다고 인사를 건네고 막 돌아서려는데 그가 불러 세웠다. "잠깐, 당신의 물음에 대답을 해 주었으니 이번에 제가 하나 물어도 되겠습니까?" "물론입니다."

"당신이 입고 있는 옷은 어느 나라 옷입니까? 정말로 멋있고 매우 우아해 보입니다(extremely elegant). 어디서 그런 옷을 구할 수 있습니까?"

나는 처음에 역시 아름다움을 보는 프랑스 사람들의 눈은 남다르구나 하고 그들을 달리 보았으나 이후 계속된 여행에서 가는 곳마다 이와 비슷한 찬사(?)를 받고 나서는 우리 옷에 대한 자부심을 더욱 굳건히 하게 되었다. 불행한 일이지만 아마도 지구상에서 우리 옷이 가장 홀대받고 있는 곳은 대한민국이 아닌가 싶다. 이 참에 하는 얘기지만, 해외여행을 가고자 하는 분들은 간편한 우리의 생활한복을 입고 가길 권한다. 틀림없이 기분 좋고 재미있는 우연을 많이 겪을 것이다. 품 넓고 편안한 우리 옷을 입고 있으면 먼저 마음이 여유로워진다. 내 마음이 여유로우면 상대방으로 하여금 '저 사람에게 말을 걸어도 무안은 당하지 않겠구나'라는 생각이 들게 마련이다. 게다가 호기심을 자아내는 특이한(그들의 눈에) 옷을 입고 있지 않은가!

앤과 베르나르에게 작별의 인사를 나누고 있는 사이 나를 스트라스부르까지 데려다 주기 위해 도미니크가 왔다. 그녀와 그녀의 가족들은 전날 밤 나를 불러내어 국경 넘어 독일에 있는 큰 중국식당에서 최후의 만찬을 차려 주었다. 참으로 고마운 도미니크. 한때는 그녀가 이상한 집착을 보이는 것 같아서 어색해한 적도 있었으나 누가 뭐라 해도 그녀는 가장 헌신적으로 나를 보살펴주고 안내해준 사람이었다. 도미니크가 비상부르 역에서 기차표를 사러 간 사이 나는 역전 대로변에 서서 담배를 피워 물고 기다렸다. 그때였다. 대로 저편에서 우렁찬 구호소리가 들리더니 데모 행렬이 나타났다. 비상부르 고등학교 학생들이었다. 오늘이 바로 가두시위를 하기로 한 날이었던 것이다. 나는 프랑스 고등학생들의 도전정신에 경의를 표하면서 그들의 행진이 지나갈 때 손을 흔들어 주었다. 그러자 대열에서 나를 알아본 학생들이 손을 흔들어 응답한다. 아마도 일일교사 수업에 참석했던 학생들이리라. 그래, 열심히들 해라. 수업은 교실에서만 이루어지는 것이 아니니까.

스트라스부르 역전. 시간이 남아 도미니크와 함께 역 앞의 카페에 앉았다. 커피와 크로와상을 주문해 놓고 그녀는 가방에서 흰 종이와 펜을 꺼내 내게 건넨다. 기념으로 간직하고 싶으니 한국말로 어떤 말이라도 좋으니 써서 달라는 것이다. 언젠가 한국말을 아는 사람을 만나게 되면 바우를 만난 사실을 자랑하고 싶단다. 나는 누가 읽더라도 번역하기 쉬운 우리말로 비상부르에서의 멋진 추억과 그녀에 대한 감사의 말을 적어 주었다. 글을 쓰는 동안 그녀는 옆에서 열심히 카메라 셔터를 눌러 댔다. 열차 시각이 다 되어 플랫폼에 섰다. 한껏 포옹했던 팔을 풀고 도미니크는 다시 미지의 장소로 떠나는 나를 걱정어린 눈으로 보내 주었다.

차창 밖으로 스쳐 지나가는 프랑스 농촌의 정겨운 풍경을 즐기다 보니 열차는 어느새 리옹 역에 다가서고 있었다. 리옹은 프랑스 내륙 한가운데에 있는 파리 다음으로 큰 도시이다. 리옹에 대해서는 아는 바가 아무것도 없고 원래 일정에도 없었다. 그런데 왜 리옹에 가고 있는가? '마리아' 라고 하는 한국인 수녀님을 만나기 위해서이다. 내가 '리옹의 조우' 라고 이름 붙인 이 사건 역시 기막힌 우연의 연속이 아닐 수 없다. 누구나 한평생 살다 보면 잊을 수 없는 감격적인 만남이 몇 차례쯤은 있을 것이다. 마리아 수녀님과의 조우는 만나고 싶었던 기대치와 만나기 어렵다는 예측의 차이가 가장 컸던 만남이었다.

수녀님은 내가 안동교도소에 있을 적에 교도소를 드나들며 수인들의 교화를 담당하고 계셨는데, 그 무렵 내가 교도소 공소 회장이었기 때문에 특별히 친하게 지낼 수 있었다. 수녀님은 내가 다른 교도소로 이감을 간 이후에도 때때로 찾아와서 위로와 격려를 아끼지 않으셨다. 그러다가 언제부터인가 소식이 끊겨 궁금해하던 차에 우연히 가톨릭신문에 실린 수녀님의 선교보고서를 읽고 머나먼 아프리카의 앙골라에서 목숨을 건 선교사업에 뛰어들었다는 사실을 알게 되었다. 거기에는 정부군과 반군 사이에 치열한 전투가 벌어지고 있는 모습과 그러한 상황에서 벌어지는 위태로운 선교사업이 소상히 적혀 있었다. 기사를 읽고 바로 아프리카로 편지를 보냈다. 시간이 좀 걸렸지만 수녀님으로부터 반가운 답신이 왔다. 그로부터 몇 해에 걸쳐 수녀님과 나 사이에는 신앙과 선교의 본질에 대한 치열한 사색의 결과를 서신으로 주고받는 일이 계속되었다. 둘 다 일반인의 처지에서 보면 극한상황에 처해 있었기

144

때문에 본질적인 물음을 추구하는 데 대한 공감대가 쉽게 만들어지지 않았나 싶다. 지금도 잊혀지지 않는 것은 눈이 몹시 내린 어느 날 함박눈을 뒤집어쓰고 대구교도소로 면회를 온 수녀님의 아름다운 모습이다. 아프리카에서 잠시 휴가차 한국에 들렀다는 것이다. 이태 뒤 나는 출소했고 수녀님의 소식은 오리무중이었다.

비상부르를 떠나기 며칠 전 앤과 내가 이런저런 이야기를 나누다가 해외토픽에 자주 오르내리는 앙골라 분쟁이 화제에 올랐다. 나는 자연스레 그곳에서 일하고 계신 수녀님의 안위가 걱정되었다. 앤에게 내가 알고 있는 수녀님 이야기를 대충 해주자 앤은 수녀원 본부(수녀님이 소속된 수녀원의 총본부가 마침 프랑스 낭시에 있었다!)에 연락하면 소식을 알 수 있다며 전화를 걸기 시작했다. 수녀원 본부가 나왔고 앤은 무조건 그곳에 한국인 수녀가 있으면 아무나 바꿔 달라고 했다. 전화기를 바꿔 든 내 귀에 한국말이 들려왔다. 그런데 그것은 놀랍게도 바로 마리아 수녀님의 목소리였다. "수녀님, 접니다! 바우라구요!" 수화기 저쪽에서도 믿기지가 않는다는 듯 몇 번을 물어본다. 아마도 한국에서 걸려온 전화쯤으로 알았던 모양이다. 내가 낭시에서 그리 멀지 않은 비상부르에 와 있다는 소릴 듣더니 더더욱 놀라는 눈치다. 대충 얘기를 들으니 앙골라에서 선교사업은 계속 하고 있고, 현재 프랑스 본부에서 두 달 예정의 연수 교육을 받기 위해 낭시에 와 있다는 것이다. 그런데 연수 장소가 낭시가 아니라 리옹의 한 예수회 수도원이고, 내일이면 그리로 떠난다는 것이었다. 정말 기적이 따로 없었다. 앤과 대화 중 우연히 튀어나온 앙골라라는 말이 이런 기적과도 같은 만남을 이끌어내다니!

리옹 역에 내리니 변함없는 모습의 마리아 수녀님이 예수회 수도자 한 분과 함께 기다리고 있었다. 수녀님이 지리를 잘 몰라 안내를 부탁했단다. 마음속에 일렁이는 기쁨을 어찌 표현할지 몰라 어설픈 악수로 인사를 대신하고 차에 올라탔다. 시내에서 그리 멀지 않은 언덕 위에 자리한 샤텔라 수도원으로 갔다. 수십 명의 교육생이 있는 데도 수도원엔 발자국 소리 하나 안 들렸다. 수녀님께선 이미 수도원에 나의 방을 하나 잡아 놓고 침대 옆 탁자 위엔 꽃 장식과 함께 환영카드를 올려놓았다. 저녁 식사 후 함께 방에 들어와 그동안의 사정들을 주고받았다. 이야기를 나누면서도 이렇게 프랑스에서 만나 한 방에 앉아 있다는 사실이 믿어지지가 않았다. 수녀님은 여행하느라 이발도 제대로 못한 내 모습을 보더니 가위를 들고 손수 머리를 깎아 주셨다.

다음 날은 마침 일요일이라 교육이 없었다. 수녀님과 나는 마치 소풍 나온 어린이마냥 즐거워하며 리옹의 이곳저곳을 돌아다녔다. 리옹은 스트라스부르와 마찬가지로 고도(古都)의 향기를 그대로 간직한 아름다운 도시이다. 리옹의 지하철은 그때까지 타본 것 중 가장 훌륭했다. 우선 지하철역이 초현대풍의 아틀리에 같았다. 게다가 지하철을 타는 데 강제적으로 차표 검사를 하는 장치가 없었다. 플랫폼 입구에 허리 높이의 조그만 쇠기둥이 하나 있는데

146

거기다 대고 승객들이 알아서 차표를 찍었다. 무임승차를 하려면 얼마든지 할 수 있는 구조였다.

리옹 최고의 명소는 시내에서 가장 높은 언덕 위에 세워진 성모경당이다. 세계대전 중 조국 수호의 염원을 담아 국민성금으로 지어졌다는 이 경당은 프랑스 장인들의 기예를 총동원한 걸작품이다. 경당 내부의 장식과 색채는 절제된 화려함의 극치를 보여준다. 새하얀 경당을 둘러보며 동해 낙산사의 해수관음상을 떠올렸다. 세계 어디를 가나 집안을 지켜주는 자비로운 모성의 이미지는 공통적인 모양이다. 리옹 시민들의 자랑인 테트 도르(Tete D'Or) 공원에서 다리가 뻐근해질 때까지 산책을 하고 다시 수도원으로 돌아왔다. 산책 도중 "내가 사는 방식이 대다수의 사람들과 너무 달라 외롭고 힘들다, 어느 정도는 타협하고 살아야 하지 않겠는가"라고 사회적응의 어려움을 토로하자 "무슨 소리예요, 형제님. 바뀌어야 하는 것은 사람들이지 형제님이 아니예요"라며 일침을 가하는 것이었다. 역시 수녀님다웠다. 어쩌면 위로 받고 싶은 마음에 그런 소릴 지껄였는지도 모르겠다.

다음 날 아침 일찍 일어나 수도원의 지하 성소에서 참으로 오래간만에 묵상기도에 잠겼다.

"주님, 여기서 교육을 마치고 아프리카로 돌아가는 우리 수녀님을 모든 위험으로부터 지켜주시고 바우가 쉽고 편한 길이 아니라 거칠고 험한 길을 택하여 갈 수 있도록 인도하여 주소서."

간단히 아침 식사를 한 후 수녀님은 다음 행선지인 네덜란드로 가는 나를 배웅하기 위해 리옹 역까지 동행했다. 오는 길에 잠시 헤매느라 기다릴 새도 없이 열차가 왔다. 건강하시란 말밖에 달리 할 말이 없었다. 열차에 오르기 전에 나는 서양식 인사법으로 수녀님을 힘껏 끌어안았다. 순간 수녀님의 몸이 굳어짐을 느낄수 있었다. 어쩌면 수녀가 된 이후 처음으로 해보는 남자와의 포옹인지도 모르겠다는 생각이 들었다.

네덜란드

네덜란드 왕실의 '고스트 라이터'

게이 작가, 윔 잘

네덜란드에는 유럽지역에서 나를 위해 석방운동을 했던 사람들을 묶어 사실상 하나의 네트워크를 만든 장본인인 윔 잘(Wim Zaal)이 살고 있다. 그는 앰네스티 회원이 아니라 네덜란드 펜클럽 회원이다. 한때 네덜란드 펜클럽 회장이었고, 지금은 네덜란드 유수의 잡지 「엘제비어(ELSEVIER)」의 편집위원이자 네덜란드 황태자의 연설문 작성자(이를 영어로 Ghost Writer라고 한다)이기도 하다. 바로 그가 감옥 안에 있던 내 야생초 화단에 'Kwon Field'라는 이름을 붙여준 사람이다. 그를 통해 각기 다른 지역에 있는 사람들이 나의 소식을 소상히 알고 있었던 것이다.

기본적으로 나에 관한 모든 정보는 런던에 있는 앰네스티 국제본부가 관장하고 있었고, 앰네스티는 이 정보를 유관 단체에 보내주었다. 나는 정치적 신념을 글로 표현했다가 탄압을 받고 있는 사람으로 분류되어 국제펜클럽에서도 석방운동을 활발하게 해주었다. 네덜란드 펜클럽 회원인 윔은 앰네스티로부터 나에 관한 정보를 받아 나와 교신을 하는 한편, 나의 구명운동을 하는 그룹들을 찾아내어 그때까지 고립 분산적으로 이루어지고 있던 운동을 입체적인 네트워크로 전환시켰던 것이다.

파리에서 열차를 갈아타느라고 시간을 허비한 탓에 네덜란드의 수도 암스테르담에 도착한 것은 저녁 8시가 훨씬 넘어서였다. 역에는 그동안 사진으로 익숙해진 윔이 그의 파트너인 헬무트와 함께 나와 있었다. 이들은 보기 드물게도(게이 부부로 사는 것도 보기 드문 일이지만) 승용차를 갖고 있지 않았다. 버스를 타고 그들의 집이 있는 암스테르담 인근의 뮈든(Muiden: 발음하기가 까다로워 머든처럼 들리기도 한다)으로 갔다.

뮈든은 조그만 바닷가 마을로 동화책에 나올 법한 작은 집들이 옹기종기 모여 있는 예쁜 동네였다. 그들의 집은 동네 한가운데 있었다. 문을 열고 들어서니 현관 바로 앞에 침실 하나와 2층에 응접실과 서재가 있는 아주 작은 집이었다. 집 안은 탁자와 선반 위는 물론 벽까지 온통 자질구레한 인형과 미니어처들로 장식되어 있었다. 둘 다 이런 소품을 수집하는 것이 취미인데, 위층엔 윔의 수집품이, 아래층엔 헬무트의 수집품들이 놓여 있단다. 일반적인 소품 외에 초등학교 여자아이들이나 좋아할 헝겊 인형 따위가 눈에 많이 띄는 데에는 다소 기이한 기분이 들지 않을 수가 없었다. 혹시 성인이 되었는 데도 정서적으로는 아동의 심리상태에 머물러

있는 건 아닌지 하는 의구심에서이다. 아무튼 잘은 모르겠지만 며칠 이들과 함께 살아보니 조그만 물건들을 좋아하고 성격들이 대단히 정밀하며 시간관념이 철저하다는 것을 알 수 있었다. 생활 자체가 마치 시계의 톱니바퀴처럼 정확하고 규칙적이었다. 윔은 2층 서재에 나의 침실을 꾸며 놓았다.

다음 날 아침 일찍 일어나 관광 자원이 되어 버린 바닷가 요새까지 산책 나갔다가 동네를 한 바퀴 둘러보았다. 포대가 설치된 요새 위에서 처음으로 북해(North Sea)의 찬바람을 맞았다. 대단했다. 바닷물은 뻘이 섞여 거무튀튀했고, 그 위로 불어오는 세찬 바닷바람은 낯선 여행객의 혼을 빼놓기에 충분했다. 잦은 폭풍우로 해안선이 수시로 바뀌는 악조건 속에서 세계 일류국가를 건설한 네덜란드인들의 저력이 느껴지는 듯했다.

아침은 정확히 9시에 먹었다. 주방의 주도권을 누가 쥐고 있는가를 알아내려고 식사 준비하는 모습을 유심히 살펴보았으나 분명하지가 않았다. 주방뿐 아니라 며칠을 같이 살아도 남녀의 역할 분담이나 주도권 같은 문제를 전혀 느낄 수가 없었다. 진정한 평등부부 같았다. 아침 식사는 간단했다. 커피 한 잔에, 커다란 접시에 놓인 비스킷 두 개, 케이크 한 조각, 키위(양다래) 한 조각, 그리고 삶은 계란 하나가 전부다. 물론 식탁 위에는 발라 먹는 잼과 버터, 크림 등이 늘 놓여 있다. 내가 이렇게 자세히 적은 이유는 매일 아침 정한 시각에 정량을 정확히 먹기 때문이다.

▎옥중생활 내내 나의 충실한
조언자였던 작가 윔.

　아침을 먹고 윔은 집 근처에 있는 아름다운 뮈든 성과 인근 마
을들을 구경시켜 주었다. 마을 곳곳에 심히 기울어진 집들이 있어
물어보았더니 그곳의 지반이 약해 그렇다는 것이다. 이 마을의 명
물이 된 한 오래된 교회는 건물의 절반이 땅 속에 묻혀 있었다. 이
탈리아에 있는 피사의 사탑은 비교도 되지 않았다. 점심을 먹고
이번엔 헬무트와 이 집의 또 다른 식구인 '후고'라고 부르는 개도
데리고 암스테르담 나들이를 했다. 후고는 스패니얼(Spaniel) 계통
의 예쁘장한 개인데 자식이 없는 이 집의 사실상 자식이나 다름이
없었다. 그들은 어디를 가나 후고를 데리고 다녔다. 정장을 한 환
갑 나이의 두 남자가 귀여운 강아지를 끌고 동네를 나서니 마주치
는 사람들마다 다정스레 인사를 한다. 확실히 세계에서 최초로 게

이 부부를 법적으로 인정한 나라답게 이들을 대하는 사람들의 태도는 아주 자연스러웠다. 하긴 이들은 벌써 25년째 부부의 연을 맺고 있으니 인정하고 말 것도 없었다. 사실 나도 윔과 교유하기 전까지는 게이에 대한 인식이 여느 사람들과 다름이 없었다. 그와 서신 왕래가 잦아지고 내면의 이야기까지 스스럼없이 하면서 게이에 대한 나의 인식도 달라졌다.

감옥에 앉아 편지를 주고받으면서 발견한 재미있는 사실은 편지를 하는 사람들은 밖에 있는 사람을 대할 때보다 감옥에 있는 나에게 훨씬 더 솔직해진다는 것이다. 아마도 감옥에 갇혀 있으니까 얘기가 새어나갈 염려가 없기 때문에 그랬는지도 모르겠다. 어떤 친구는 자신이 바람피운 얘기를 아주 적나라하게 적어 보내기도 한다(감옥에 앉아 있는 사람을 일부러 약 올리려는 건지 아니면 혼자 몰래 맛있는 사과를 따먹고 입이 근질근질한 건지⋯⋯). 윔도 그런 친구 중 하나였다. 한번은 편지에 혼자 게이바에 가서 새로운 파트너를 유혹하여 즐겼다는 이야기를 적고는 마지막에 이런 글귀를 덧붙였다.

"우리는 서로에게 충실하지는 못했지만 배반하지는 않았다-진정으로 중요한 사람은 단 한 사람이었다(We were not faithful, but loyal-there was only one who really mattered)."

그러니까 이들은 부부로서 의무는 다하되 기분이 내키면 서로 양해(혹은 묵인)하고 바람을 피울 수도 있다는 것이다. 영국에 있는 슈마허 대학의 교장인 사티시 쿠마르의 자서전을 보면 이와 비슷한 이야기가 나온다. 그가 암스테르담의 한 미술전시회에 갔다가 그림을 그린 여자 화가에게 '찍혀서' 꼼짝없이 그 여자와 사랑을 나누는데 그녀가 남편에게 양해를 구하는 모습이 가관이다. "여보, 나 오늘 이 남자와 잔다. 지난 20년 동안 당신의 아내로서 바람 한 번 피우지 않았는데 오늘은 이해해 주길 바란다." 네덜란드인들의 성에 대한 관용성을 엿볼 수 있는 대목이다. 하긴 암스테르담 시내에 차도와 인도를 분리하는 쇠기둥의 모양은 모두 남자의 성기를 형상화한 것이니 더 말할 것도 없다.

좌우간 후고와 윔, 헬무트와 함께 암스테르담 시내를 이리저리 거닐다가 한 선착장에 당도하여 운하관광에 나섰다. 운하관광선은 배에 앉아서 사방을 볼 수 있도록 천장이 투명유리로 되어 있다. 안내는 무려 4개 국어로 방송된다. 운하의 도시답게 배를 타고 못 가는 데가 없었다. 어떤 곳에 갔더니 갈대와 부들 같이 물을 좋아하는 풀들이 물길 양쪽으로 나란히 나 있기에 자세히 보니 스티로폼 같은 부유물 위에 심어 놓은 것이었다. 안내원의 설명을 들으니 이 풀들은 운하의 녹화 외에 오염된 물의 정화와 물고기의 서식처 역할도 한다는 것이다. 탁월한 아이디어가 아닐 수 없다. 배를 타고 둘러보니 뒤든에서 본 것처럼 기우뚱하게 기울어진 건물들이 많았다. 또 땅은 좁고 인구가 많아서인지 좁고 높게 올라간 건물들이 많았다. 암스테르담에서 가장 좁은 빌딩을 보여주었는데, 그 폭이 겨우 2미터도 안 되어 보였다. 이렇듯 암스테르담은 좁고 길고 아기자기한 빌딩들이 운하를 따라서 빽빽이 들어선 만화경 같은 도시이다.

저녁에 집으로 돌아와 헬무트가 마련한 닭요리를 먹었다. 식탁을 치우더니 윔이 트럼프 카드를 내놓는다. 카드놀이를 하잔다. 처음엔 손님 대접하느라고 카드를 꺼냈는 줄 알았는데 얘기를 듣고 보니 거의 매일 저녁 식사 후에 소화제 삼아 둘이서 카드놀이를 한단다. 하긴 밥숟가락 놓자마자 텔레비전을 켜는 여느 집보다 낫다는 생각이 들었다. 게임을 하면서 자연스레 그날 겪은 일들을 가지고 이런저런 이야기를 나누니까 말이다. Patience(인내)라는 것을 했는데, 머리를 쓰기보다는 인내심을 가지고 좋은 패가 나오기를 기다려야 하는 게임이었다. 아마도 게임 자체보다 이야기하는 것에 더 무게중심을 두지 않았나 싶다.

이름에서 알 수 있듯이 헬무트(Helmut)는 독일 사람이다. 그는 20대에 정치적 이유로 동독에서 탈출하여 이리저리 떠돌다가 네덜란드에 정착한 뒤 한 게이바에서 윔을 만나 부부의 연을 맺었다. 네덜란드에서 그는 은퇴할 때까지 선박설계사로 일했다. 그래서인지 성격이 매우 치밀하고 작은 것들에 대한 기억력과 취향이 남다르다. 집안에 있는 작은 장난감 같은 소품들은 윔보다도 헬무트의 수집품이 더 많았다. 내가 쓰고 다니던 갈옷 모자의 갓끈이 떨어져 어떻게 고칠까 하고 들여다보고 있는데, 자기가 고쳐주겠다며 가지고 가더니 새로 가죽 끈을 튼튼하게 달아주었다. 손재주

156

가 여간이 아니었다. 집안에 자질구레한 것들이 그렇게 많은 데도 망가진 물건 하나 없이 말끔한 것을 보면 헬무트의 솜씨가 틀림없어 보였다.

다음 날 아침 산책을 가려고 현관으로 나가다가 열려진 문 사이로 윔과 헬무트가 거의 벌거벗은 몸으로 침대에서 일어나는 모습을 보았다. 간밤에 어떻게 하고들 잤을까 생각하니 기분이 묘했다. 불현듯 그 옛날 미국 유학생 시절에 당한 봉변이 떠올랐다.

뉴욕에서 방을 구하러 다니다가 한밤중에 어느 낡은 빌딩의 펜트하우스(옥상위의 집)를 방문한 적이 있었다. 나보다 서너 살 많아 보이는 백인 남자가 맞아주었는데, 단순히 방을 보러 온 방문객에게 너무도 친절하게 대해주는 것이었다. 그동안 백인 집주인에게 하도 박대를 당해온 터라 이런 주인이라면 방을 볼 필요도 없이 계약을 해버려야겠다는 생각이 들 정도였다. 소파에 앉으라고 하더니 커피와 과일을 내어 놓고 계속 말을 걸면서 놔줄 생각을 않는다. 무척이나 외로운 사나이로구나 하고 일일이 말동무를 해준 것이 화근이었다. 이 친구가 슬슬 곁으로 다가오더니 어느 틈엔가 내 넓적다리를 쓰다듬는 게 아닌가! 눈앞이 아뜩했다. 나보다 덩치가 큰 놈이라 섣불리 반항하다가는 더 흉악한 일이 벌어질지도 모른다는 생각이 들었다. 나는 어색한 웃음을 지으며 담배 사러 간다고 핑계를 대고는 그대로 줄행랑을 놓았다. 나중에 알고 보니 그 빌딩이 있는 주변은 게이들이 많기로 뉴욕에서도 유명한 지역이었다.

윔의 주장에 따르면 대부분의 게이는 타고난다는 것이다. 이미 유전자에 찍혀 있다는 말이다. 하긴 우리가 미처 생각지도 않았던 소소한 행위나 질병 따위도 유전자에 찍혀 있다는 보도가 심심찮게 나오는 마당이니 그럴 법도 하다. 그러나 내가 보기에는 사회적 요인이 더 크지 않은가 생각한다. 동양에 비해 서구 사회에 유난히 동성애자가 많은 것을 유전자로 설명하기엔 확실히 역부족이기 때문이다.

공동체적 유대가 끈끈한 동양사회에 사는 사람들은 때때로 개인주의에 근거한 서양인들의 자유분방한 삶을 부러워하기도 한다. 마음만 맞으면 상대가 누구이건 간에 구애됨이 없이 쉽게 연애를 하고 쉽게 헤어진다. 그러나 자유란 그만한 대가를 치러야 하는 법. 내 의지에 따라 마음대로 할 수 있는 여지가 크면 클수록 개인이 책임져야 할 고독의 몫도 그만큼 크다. 특히 모든 면이 너무나 다른 이성과의 교제에서 배타적 개인주의로 인한 잦은 관계 파탄은 교제의 대상을 동성으로 돌리게 하는 경향이 있는 것 같다. 개인의 일탈을 막아온 공동체 윤리가 사라진 사회 환경에서 전통적 의미의 가정이 무너지면 모든 것, 심지어 성(姓)의 선택마저도 개인에게 달려 있는 것이 아닐까.

오후에 윔과 헬무트는 다시 나를 데리고 암스테르담의 구석구석을 구경시켜 주었다. 물론 사랑하는 후고도 데리고. 한참을 돌아다니다가 그들이 시내에 나오면 늘 들른다는 카페로 갔다.

푸치니 카페(Cafe Puccini). 운하 바로 곁의 네거리에 있는 분위기 있는 카페다. 오페라 하우스가 바로 앞에 있어서 이런 이름을 붙인 모양이다. 우리가 들어서자 주인이 반색을 하며 맞아들인다. 벌써 20년이 넘는 단골이라니 한 식구나 다름이 없었다. 창가에 자리를 마련해 주었는데 어이없게도 손님들이 앉는 같은 좌석을 하나 비워 개를 앉힌다. 뿐만 아니다. 개를 위해 케이크 한 접시와 우유 한 컵을 시킨다. 들어오는 손님마다 그런 개를 보고 이상하게 생각하기는커녕 모두 이웃집 아저씨를 만난 양 "헤이, 후고!" 하며 다정한 인사말을 던진다. 이곳에서 '개팔자가 상팔자'라는 말은 풍자의 의미가 아니라 문자 그대로 이해해야 한다.

가만히 보면 네덜란드는 유럽의 어느 나라보다도 사회적 소수자의 권리가 잘 보호되고 있는 나라인 것 같다. 여성, 장애인, 동성애자, 소수 민족 및 동물의 권리와 복지 등이 잘 법제화되어 있고, 이에 대한 일반 국민들의 이해도도 상당히 높은 것 같았다. 네덜란드는 세계 최초로 동성애자의 결혼을 합법화한 것은 물론 매춘과 마약의 판매도 합법화한 나라이다. 없앨 수 없는 것을 굳이 막느니 차라리 합법화함으로써 내부적으로 곪아터지는 것을 줄여보자는 것이다. 이것은 국민들의 높은 시민의식이 전제되지 않으면 실시하기 어려운 조처이다. 여성들의 사회 진출도 활발하여 하원 의석의 1/3을 여성이 차지하고 있다고 한다.

같은 백인들의 나라이지만 여기에서는 미국이나 영국, 프랑스, 독일 등과 같은 큰 나라들에서 흔히 마주치게 되는 백인 우월주의

▌푸치니 카페에서. 왼쪽부터 헬무트, 바우, 윔, 그리고 후고.

가만히 보면 유럽의 어느 나라보다
사회적 소수자의 권리가 잘 보호되고 있는 나라, 네덜란드.
여성, 장애인, 동성애자, 소수민족 및 동물의 권리와 복지 등이
잘 법제화되어 있고,
이에 대한 일반 국민들의 이해도도
상당히 높은 것 같다.

를 별로 느껴보지 못했다. 그도 그럴 것이 네덜란드는 한때 세계를 주름잡던 해상왕국이었지만 강대국에 둘러싸인 조그만 나라이기 때문에 큰소리치며 남을 지배하기보다는 자신감을 바탕으로 남의 좋은 점들을 받아들여 자신만의 독특한 문화(Dutch Style)를 일구는 지혜를 길러 왔다. 확실히 네덜란드는 비교적 선입견 없이 세계 여러 나라의 풍물과 문화를 받아들이는 몇 안 되는 나라 중의 하나이다. 암스테르담 시내를 걷다 보면 온갖 인종들을 다 만나는 것은 물론 제3세계의 문화가 거리 곳곳에 자리하고 있는 것을 보게 된다. 특히 오랫동안 식민 지배를 했던 인도네시아와 인도, 중국, 아프리카의 풍물이 눈에 띈다.

이틀을 더 암스테르담 인근을 다니며 구경하다가 떠나기전날 벼르고 벼르던 빈센트 반 고흐 미술관엘 갔다. 계속 윔의 시간을 빼앗는 것이 미안하여 이날은 나 혼자 다녀오겠다고 말하고 집을 나섰다. 뮈든 버스 정류장에서 버스를 기다리는데 길 저쪽에서 커다란 카메라를 든 사람들이 부산을 떨며 내게 다가왔다. 어디로 가느냐기에 암스테르담에 간다고 했더니 잘됐다며 잠시 카메라 모델이 되어줄 수 없겠냐고 묻는 것이었다. 무얼 찍느냐고 했더니 자기네는 광고회사 직원들로 지금 텔레비전 광고용 CF를 촬영 중이라고 한다. 새로 나온 컴퓨터 마우스에 관한 광고를 찍고 있는데 협조 좀 해달라는 것이었다. 재미있겠다 싶어 마음대로 찍으라고 했다. 이들은 내가 버스를 기다리는 장면에서부터 버스에 올라타서 자리를 잡는 데까지 계속 카메라를 들이댔다. 아마도 낯선 얼굴에 이상한 복장(제주 갈옷)을 한 모습이 신기했던 모양이다. 차 안에 자리를 잡자 PD가 신제품이라는 마우스와 어린이 그림책을 가지고 와서 촬영 개념을 설명한다. 지금 시골 사람이 버스를 타고 서울구경을 하러 가는데 여기 있는 마우스를 클릭만 하면 굳이 서울을 가지 않더라도 온갖 것을 다 구경할 수 있다는 내용이다. 그러면서 내게 쥐(마우스) 그림이 그려져 있는 그림책을 보고 있으란다. 내가 그림책을 들고 보는 척하자 이들은 카메라를 들고 다가오면서 책에 있는 쥐 그림을 클로즈업 하고는 바로 옆에 놓아 둔 마우스에 포커스를 고정시켰다. 재미있는 광고 컨셉이었다. 어찌되었건 나는 이들의 촬영의도에 꼭 들어맞는 인물이었다. 촌놈의 서울 나들이라……

　반 고흐 미술관은 시내에서 그리 멀지 않은 곳에 있었다. 숲과 공원이 어우러진 광장에 박물관 몇 개가 서로 마주 보고 있었다. 그중에 가장 현대식으로 보이는 것이 고흐 미술관이다. 1999년에 확대 개장했다고 한다. 엄청난 규모와 시설이었다. 수장품은 말할 것도 없고 장애인을 위한 완벽한 시설과 연구자들을 위한 도서관까지 정말 부럽기 짝이 없는 미술관이다. 이곳의 수장품은 우리가 미술책에서 많이 보았던 유명한 것들은 없지만―그것들은 세계의 다른 유명 미술관에 전시되어 있다―고흐의 작품들이 전 시기에 걸쳐 골고루 분포되어 있어 그의 화풍의 변화를 일목요연하게 볼 수 있다. 특히 뒤늦게 화가가 되어 그리기 시작한 초창기의 작품들이 많이 있어 고흐의 초기 시절에 관심이 있는 연구자들은 꼭 가보아야 할 장소이다.

　사람들은 왜 고흐에 열광하는가? 살아 생전 전혀 인정을 받지 못하고 자살로 마무리한 그의 생애에 호기심이 가는 것도 사실이지만 무엇보다도 살아 움직이는 듯한 그의 그림이 말해준다. 보통 사람이 보기에는 그저 그런 풍경인데 그의 붓끝을 거치고 나면 전혀 다른 세계가 펼쳐지는 것이다. 그는 보통 사람들이 보지 못하는 것을 볼 수 있는 특이한 심미안과 보통의 화가들이 함부로 흉내낼 수 없는 신묘한 붓 터치를 가지고 있다. 그가 그린 소재들을 보면 우리가 상식적으로 볼 때 도무지 작품이 될 것 같지 않은 것들이 많다. 그러나 그의 붓끝에서 재구성된 대상은 우리가 전혀 예상치 않았던 사건들을 이야기해 준다. 확실히 그는 다른 차원에서 사물을 보고 있었음에 틀림이 없다.

　어떤 연구자는 고흐 그림의 이러한 특징을 그의 정신병력에서 찾기도 한다. 시신경과 연결된 뇌에 이상이 생겨 그의 눈에는 달리 보인다는 것이다. 예컨대 〈삼나무와 별이 있는 길〉(1890년)을 보자. 우리는 학교 미술시간에 풍경화를 배울 때 절대로 화폭 한가운데에 대상물을 놓지 말라고 배웠다. 화면이 이등분되기 때문이다. 그러나 고흐는 이런 이론에 아랑곳하지 않는다. 그는 화폭의 정면에 커다란 삼나무 하나를 그려 놓고 밑에는 길, 위에는 밤하늘 밖에 없는 단순한 구도를 잡아 놓고 신들린 듯 붓을 놀려 댄다. 마치 빛깔 있는 공기가 일정한 방향으로 춤을 추는 듯하기도 하고,

고흐 '삼나무와 별이 있는 길'.

유리판 밑에 있는 말굽자석을 따라 휩쓸리는 쇳가루의 형상 같기도 한 그의 터치는 보는 이로 하여금 현기증을 느끼게 한다. 하긴 터치가 이렇게 분방한데 구도까지 복잡하면 정신이 없을 것이다.

미술관을 나오며 한 시대를 치열하게 살다 간 화가의 운명을 생각해 보았다. 그가 한 시대를 살았다는 것은 미술사에 획을 긋는 한 사조를 온몸으로 구현해냈다는 의미에서이다. 그러나 그것과 개인의 행복은 별개의 문제이다. 고흐 생애의 어느 구석에서도 행복이란 말을 찾아내기는 쉽지 않다. 특히 그가 정신병으로 시달리던 말년에 많은 작품을 남긴 것을 보면 그에게 그린다고 하는 행위는 현세의 고통을 잊는 하나의 수단이 아니었을까라는 생각이 든다. 어쩌면 그는 후세의 인간들에게 예술이라는 이름의 위안을 선사하기 위해 자신은 극도의 궁핍 속에 시달리면서 붓 한 자루에 온몸을 내던져야 하는 운명을 타고났는지도 모르겠다. 그렇게 우리는 알게 모르게 남의 덕으로 살고 있는 것이다.

이튿날, 아침 식사를 마친 나는 네덜란드 내의 또 다른 행선지로 떠나기 위해 윔과 헬무트에게 작별 인사를 했다. 작가라는 직업이 결코 한가한 직업이 아닐 텐데 거의 일주일 가까이 데리고 다니면서 먹이고 재우고 구경시켜 준 윔에게 어찌 감사해야 할지 몰랐다. 그는 기차역으로 나를 데려다 주면서 돈 봉투를 불쑥 내밀었다. 앞으로도 갈 길이 먼데 여비에 보태 쓰라는 것이다. 난감했다. 공짜로 온갖 구경을 하며 일주일을 머문 것도 미안

Decisive things usually happen when one is very young. In my case: second world war, lawless world, anger and in 1944-45 a winter of starvation, I saw people dying silently in the streets, and if the war had lasted a few months longer our family would not have survived. No unhappy childhood, though, since everybody was in the same situation, and I was too small to compare it to 'normal' times. At our liberation, in May 1945,

———→ to II

II

I was nine years old, and I knew that from now on the world would flourish. Whatever would happen, survival was sure, the worst part was behind me: I could always earn a piece of bread and I needed nothing else. No high demands. Even now everything seems luxury to me, from the soft toilet paper to the fact that I can buy an orange – I saw the first one when I was 11 or 12. I live in paradise. I think my work for imprisoned writers (3 AI-groups are active for 3164. I sent them letters) has to do with that feeling, though it does not mean that I am overflowing with idealism. I am simply aware that all the luck of the world is mine, since May 1945.

It means too, that I feel rather independent, socially spoken. In Holland that is normal (we are a nation of individuals), but it becomes striking when I am in Germany, where people are educated as obedient subjects, especially in the former communist part of the country. Under this paternal rule they never learnt to say 'as a free citizen I don't agree or don't obey'; instead they said (after Hitler and after the communist period) 'I only did my duty' — indeed, they never questioned their orders and they let others decide what their duty was. The younger generation has another way of thinking, but it always means a conflict with the traditional way.

• 윌잘이 보낸 편지 중에서

친애하는 바우에게 (1996. 5. 26)

(생략) 한 사람의 인생에서 아주 어렸을 적에 결정적인 일이 일어나곤 합니다. 나의 경우, 무법천지였던 2차세계대전, 1944-45년의 그 기근과 좌절 속에서 소리 없이 길거리에 쓰러져 죽어가는 사람들을 보았을 때가 그랬습니다. 만약 전쟁이 몇 달만 더 계속되었다면 우리 가족은 살아남지 못했을 것입니다. 모두가 똑같은 처지였기 때문에 특별히 불행한 어린시절은 아니었지만, 나는 정상적인 시절과 비교해 보면 너무도 작은 아이였습니다. 해방이 되던 1945년 5월에 나는 9살이었습니다. 그때부터 세계가 번창하리라는 것을 나는 알고 있었습니다. 어떤 일이 벌어지건 간에 생존은 확실했습니다. 나는 언제나 한 조각의 빵 정도는 얻을 수 있었기 때문에 최악의 상황을 마주치는 일은 없었습니다. 그밖에 필요한 것은 없었습니다. 나의 기대치가 크지 않았거든요. 지금도 부드러운 화장지에서부터 오렌지를 살 수 있다는 사실에까지 주변의 모든 것이 내게는 사치스럽게 느껴집니다. 내가 11살인가 12살 때 처음으로 오렌지를 보았습니다. 나는 지금 천국에 살고 있는 것이지요. 내가 옥에 갇힌 작가들을 위해 일하는 것은 그러한 느낌과 관련이 있습니다(3개의 앰네스티 그룹이 바우를 위해 일하고 있고, 나는 그들에게 편지를 썼습니다). 그렇다고 해서 내가 지나치게 이상주의에 빠져 있다는 것은 아닙니다. 나는 단지 1945년 5월 이래로 나의 운이 아주 좋다는 것을 알고 있을 따름입니다. (이하 생략)

한데 여비까지 받아 가다니. 나는 손사래를 쳤다. 그러자 내가 감옥에 있을 때부터 출소하면 주기 위해 모아 두었던 것이라며 부디 받아달라고 주머니에 밀어 넣는다. 코끝이 찡했다. 사실 나는 지금까지 그에게 받기만 했지 무엇 하나 그를 위해 베푼 게 없었다. 있다면 석방되어 그를 기쁘게 해준 것 말고는 아무것도 없다.

한국에서 우리는 자신의 생계를 위해 하는 일 말고 이런 형태의 자원활동을 '운동'이라는 말로 표현한다. '인권운동을 한다', '환경운동을 한다' 하면서 스스로 대견스레 생각하고 남과 비교해 보곤 한다. 그러나 웜을 보면 그가 운동을 하고 있다는 생각은 도저히 할 수가 없다. 그의 하루가 마치 톱니바퀴처럼 정확히 돌아가듯이 그는 일주일 중 정한 날짜가 되면 자신의 메일링 리스트에 있는 세계의 양심수들과 해당 정부에게 편지를 쓰고 관련 사항들을 점검한다. 우리가 운동이라고 부르는 일이 그에겐 당연히 해야 하는 생활의 일부일 뿐이다.

나는 감옥 안에서 많은 외국인들과 서신을 교환했는데 그중 웜의 편지는 늘 기다려질 만큼 각별했다. 만년필로 또박또박 쓴 그의 편지는 읽기도 쉬웠을 뿐 아니라 문장이 간결하고 함축미가 있어서 읽는 맛이 여간 아니었다. 그러고 보면 웜은 시집을 여러 권 낸 시인이기도 하다. 나는 편지를 쓸 때 그의 영어 문장을 흉내내보려고 애를 써보기도 했지만 그게 흉내낸다고 될 일이 아니었다. 욕심 같아서는 그의 영어문장을 텍스트 삼아 하드 트레이닝을 벌이고도 싶었지만 게으른 데다 시간 안배마저 잘 되지 않았다. 어쨌거나 웜은 편지를 통해 내게 가장 큰 영향을 끼친 사람이다. 내가 징역살이를 하면서 겪는 크고 작은 고민들을 그에게 털어 놓으면, 그는 내게 성심껏 조언을 해주었다. 베테랑 작가로서 그의 열린 지성과 인류애는 한 평짜리 독방에 갇혀 있는 나를 사로잡고도 남았다.

윔은 네덜란드의 보수적인 가정에서 태어나 11살에 예수회 학교에 입학하여 답답하기 그지없는 가톨릭 규율 속에서 교육을 받았다. 17세 되던 해에 예수회 신부들의 고루함과 위선 그리고 숨막히는 가부장 질서를 견디지 못하고 학교를 뛰쳐나왔다고 한다. 이후로 그는 다양한 인생 역정을 통해 자신만의 세계를 구축하며 성공적인 작가의 길을 갔지만 가톨릭 교회로 돌아가지는 않았다. 말년에 그는 한 출판사의 제의로 '365일 성인력'(하루에 한 명씩 천주교 성인을 배치하여 놓고 성인의 행적을 기록한 책)을 집필했는데, 잘 알려진 동성애자 작가에게 그런 책의 집필을 요구하는 사회 분위기가 놀랍기만 했다. 예상대로 교구의 반응은 싸늘하기만 했다고 한다. 윔은 나에게도 그 책을 부쳐주었으나 네덜란드어로 쓰여 있어 읽을 수가 없었다.

열차가 왔다. 성품 그대로 담담히 객을 떠나보내는 그의 얼굴을 보면서 그 주위에 프레임만 해 달면 영락없이 램브란트의 초상화 중의 하나일 거라는 생각이 들었다. 윔, 당신은 그저 일상의 한 부분으로 내게 편지를 보내왔는지 모르지만 그것이 내게는 인격이 지배하는 새로운 세상으로 다가왔다는 사실을 아시는지요?

천사의 노래

리스 데 종

지금 가는 곳은 네덜란드의 중심부에 있는 큰 도시 유트레히트에서 동쪽으로 50km 지점에 있는 베네콤이라는 작은 마을이다. 여기에는 리스 데 종(Lies De Jong)이 살고 있다. 그녀와는 비교적 늦게 서신 교환이 시작되었지만 그녀가 보여준 한결같은 성실과 꾸준함으로 인해, 나의 여행 경로가 아무리 에둘러 간다 해도 꼭 인사를 드려야겠다고 생각했다. 그녀는 편지를 쓸 때마다 간단한 근황 아래 꼭 음미할 만한 성서 구절이나 아름다운 시편을 적어 넣었다. 시와 노래를 무척이나 좋아한다는 그녀는 틈틈이 시를 쓰는 한편 동네 교회에 나가 성가대 활동도 열심히 한다고 한다.

기차 정거장이 있는 에데 역에 내리니 리스가 차를 가지고 마중 나와 있었다. 50대 중반의 온화한 느낌을 주는 중년 여인이

었다. 숲이 우거진 길을 한참 달리니 아름다운 정원과 집들이 즐비한 마을이 나타났다. 그녀가 살고 있는 동네다. 아담하게 꾸며진 그녀의 집에 들어서니 뜻밖에도 많은 식구들이 나와 맞아준다. 마침 그날이 바로 대학에 다니는 막내딸의 생일인데다 장기간 해외로 출장 나가 있던 남편 윔(네덜란드에서 아주 흔한 이름이란다)도 잠시 귀국 중이라 한다. 생일을 축하해 주려고 다른 형제들도 식구를 동반해 왔으므로 리스의 집은 졸지에 사람들로 버글버글해졌다.

한바탕 인사가 끝나고 리스는 남편 윔의 서재에 나의 숙소를 마련해 주었다. 찬찬히 둘러보니 좋은 재료를 써서 대단히 실용적으로 지어진 집이었다. 윙의 책상 위에는 축산에 관한 책과 젖소 형상의 기념품들이 많았다. 평생 축산업에 종사했다더니……. 아직 저녁 식사 때까지는 시간이 남아 있어 머리도 식힐 겸 동네를 한 바퀴 돌아보려고 집 문을 나섰다. 사실은 담배가 다 떨어져서 담배를 구하는 게 더 급했다. 리스는 내가 길을 잃을까 봐 걱정했으나 조그만 동네에서 길을 잃어야 거기서 거기려니 하며 큰소리를 치고 길을 나섰다. 한국 같으면 웬만한 동네 모퉁이마다 구멍가게가 있어 담배 구하는 것이 일도 아니었으나 여기는 그게 아니었다. 일단 주택지에는 상점이란 것이 일체 없었다. 물어물어 겨우 상점들이 몰려 있는 타운센터 같은 곳엘 가서 담배를 사긴 했다. 그러나 돌아가는 것이 문제였다. 가는 김에 다른 곳도 구경할 겸 돌아간다는 것이 엉뚱한 데로 와버린 것이다. 길 찾기가 쉽지 않은 것이 워낙에 나무들이 많고 집들이 비슷비슷하여 영 헷갈리는 것이었다. 길 가는 행인이라도 있어야 묻기라도 할 텐데, 도무지 사람이라고는 보이질 않았다. 엄청나게 헤맨 끝에 결국 리스의 집으로 돌아오기는 했는데, 시골동네라고 만만하게 보았다가 큰 낭패를 볼 뻔했다.

덕분에 구경 하나는 잘했다. 정말로 멋진 전원 주거단지였다. 이곳에 오기 전에 영국이 세계에 자랑하는 전원도시인 웰윈 가든 시티에서 한동안 살았지만 주거지역만 놓고 본다면 이곳이 모든 면에서 한 단계 위였다(이곳은 주거지역이라 도시기능이 없음). 우선 집들이 영국보다 예쁘고 잘 지어졌다. 공간도 훨씬 더 넓고 나무와 숲으로 둘러싸인 정원들이 기가 막히게 아름다웠다. 특히 길가에 붙어 있는 작은 화단에는 집집마다 경쟁이라도 하듯이 여러 가지 화초들을 심어 놓아서 꽃구경만 해도 산책길이 전혀 심심치가 않았다. 대로변에는 상수리나무가 즐비했는데, 때마침 가을이라 땅바닥에는 탱탱하게 영근 도토리가 지천으로 깔려 있었다. 나무가 어찌나 큰지 웬만큼 멀리 떨어지지 않고는 꼭대기를 볼 수가 없을 정도였다. 그나저나 저 많은 도토리를 어쩐다냐? 도토리묵을 모르는 이 사람들은 청소차를 들이대고 쓸어버릴 것이 틀림없었다. 나는 한국에 돌아가서 싹이나 좀 틔워볼 심산으로 그중 실한 놈을 몇 개 주워 주머니에 담았다.

저녁에 막내딸 소피아의 생일 축하상이 차려졌다. 모두들 생일선물을 하나씩 들고 왔기에 나도 가방을 뒤져 이럴 때를 대비하여 가지고 다니던 선물중 하나를 내어 테이블에 올려놓았다. 장식용 꽃신과 노리개였다. 한국 선물은 처음 받았다며 몹시 좋아했다. 그런데 소피아의 모습이 이 집 식구들하고는 조금 다르게 생겨서 리스에게 물어보았더니 보통 사연이 아니었다.

리스는 네덜란드 앰네스티 회원으로서 십여 년 전부터 루마니아의 한 양심수 가족을 후원하고 있었는데, 소피아는 그 집안의 장녀였단다. 아버지는 옥에 갇혀 있고 집안은 찢어지게 가난한 탓에 학업은 생각도 못할 처지였다고 한다. 이런 사정을 알게 된 리스는 공부가 하고 싶은 소피아의 꿈을 실현시켜 주기 위해 네덜란드

Human beings. How good we are created!
How beautifull we belong together!
I am in love with all of you, but
I go to sleep with one eye open:
Somewhere, for sure, your tremendous frightful
weapon is almost ready.

Leo Vroman (writer).

Why must we always fight, <u>why can't we live in peace?</u>
It seems so easy yet so difficult. But I always keep on
hoping and I try to live the way God wants us to live
with one another. We shall have to make peace first in
our own family, neighbourhood and that sometimes is
difficult because we all want our rights or whatever
you think your rights are.
I once wrote down in my little book _ Silly people demand
their rights, wise people seek for justice, but God
give them both!
I was born during world war II on the 8 of july 1942
and my parents suffered a lot because the town was
several times bombed and they became refugees.
They met nice people in the country taking them and their
children in their house and we stayed there till the end
of the war. When we came back in our town we were lucky
because our house was still there. Most of our street
was bombed and as a child I remember playing on
the ruins of the houses. There was no luxury but we had
loving parents and they tried to make things better
and did it together because every one had a difficult time
Now we live in luxury <u>and that is even harder to live with,</u>
not to be dragged along with material things and live
for oneself but to care for one another and share things.

● 리스테 종이 보낸 편지 중에서

"인간들.
우리가 이렇게 살아 있다는 것, 얼마나 좋으냐!
우리가 서로에게 속해 있다는 것, 얼마나 아름다우냐!
나는 당신들 모두와 사랑에 빠져 있지만,
한쪽 눈은 뜬 채 잠자리에 든다.
어디에선가, 분명히, 당신의 무시무시한 무기가
언제라도 사용될 수 있도록 준비되어 있기 때문이다."
- 레오 브로만(작가)

우리는 왜 항시 싸워야 하는가, 우리는 왜 평화롭게 살지 못하는가?

그것은 아주 쉽지만 아주 어려워 보인다. 하지만 나는 희망을 버리지 않고 하느님이 우리 서로 어떻게 살아야 할지 바라시는 대로 살려고 애쓴다. 우리는 먼저 가족과 이웃 안에서 평화를 이루어야 한다. 하지만 그렇게 하기 힘들 때가 있다. 왜냐하면 우리는 모두 자신의 권리만을 주장하거나 자신이 생각하는 것은 모두 자신의 권리라고 여기기 때문이다.

언젠가 나는 내 작은 노트에 적은 적이 있다. 어리석은 사람은 자기 권리를 요구하지만, 현명한 사람은 정의를 추구한다. 하지만 하느님은 그 둘을 다 주신다.

로 데려와 양녀로 입양시킨 다음 고등학교를 마치게 해주었다는 것이다. 지난해에 좋은 성적으로 학교를 졸업한 소피아는 학업에 대한 강한 열망을 가지고 현재 암스테르담의 한 대학에 다니고 있다. 물론 리스 가족이 학비를 모두 대주고 있는 것은 말할 것도 없다. 온 집안 식구들이 마치 친자매처럼 대해 주는 것을 보며 참으로 대단한 사람들이라는 생각이 들었다. 양심수를 후원하다가 그 자녀까지 맡아 교육을 시키다니……. 남의 나라 사람들의 인권은 고사하고 가족 이기주의에 사로잡혀 있는 우리의 현실에서는 정말 소설에서나 봄직한 이야기였다. 이날 저녁 식사는 갓 출소한 한 양심수와 가난한 양심수의 딸을 위한 인류애 넘치는 잔치상이 되었다. 리스가 편지를 할 때마다 늘 "하느님은 사랑이시다"라고 쓰는 이유를 눈으로 확인하는 자리이기도 했다.

다음 날 리스와 윔은 나를 그곳에서 그리 멀지 않은 곳에 있는 오텔로의 쾰러-뮐러 미술공원으로 데려갔다. 가는 곳마다 사람들은 나의 취미가 야생초와 미술이라는 것을 알고 우선적으로 그 지역의 유명한 미술관이나 식물원으로 데려간다. 쾰러-뮐러 미술공원이 어떤 곳인가? 그곳은 세계에서 암스테르담의 고흐 미술관 다음으로 많은 고흐의 작품을 소장하고 있는 곳이다. 고흐의 작품이 무려 272점이나 있다! 단 며칠 사이에 고흐의 작품을 이렇게 많이 대면하다니 정말 복이 터졌구나 싶었다. 미술관은 숲으로 둘러싸인 널찍한 공원 안에 자리 잡고 있었다. 공원이 워낙 넓어서 도저히 걸어 다닐 엄두가 나질 않았다. 아니나 다를까. 저쪽에 보니 하얀색을 칠한 자전거 수백 대가 나란히 놓여 있었다. 공원 입장객은 누구나 마음대로 이용할 수 있단다. 자전거를 타고 대충 둘러보니 미술관으로서의 기능보다도 자전거 공원 또는 조각공원으로서 기능이 더 큰 것 같았다. 공원 안은 곳곳마다 기묘한 형태의 야외 조형물들이 눈을 즐겁게 해주었다. 어떤 것은 규모가 몇 층 높이의 빌딩만한 것도 있고, 어떤 것은 그냥 아이들 놀이터같이 생겼는데 그것도 조각품이란다. 아이들은 자전거를 타고 그 곁을 씽씽 내달렸다. 건강과 예술이라는 두 개의 컨셉을 이상적으로 결합시킨 공원이었다.

미술관은 낮은 직사각형 건물을 몇 개 이은 형태로 되어 있었다. 북서쪽은 벽돌로 막혀 있고 동남쪽은 온통 유리로 해 놓았다. 주변에 숲이 우거져 있어서 최대한 빛을 많이 받아들이기 위해서인 것 같았다. 건축물의 단순함에 비해 내부에 들어 있는 소장품은 눈이 휘둥그레질 정도로 유명한 작품들이 많았다. 암스테르담에서는 볼 수 없었던 고흐의 낯익은 작품들이 여럿 있었고, 그밖에 근·현대 유명 작가들의 대표작들이 공간을 빽빽이 채우고 있었다. 다른 건 그만두고라도 고흐의 그림 중 내가 가장 좋아하는 <두 여인이 있는 사이프러스>를 만날 수 있어 너무 행복했다. 오텔로의 이 그림은 고흐의 사이프러스 연작 중에 가장 완성도가 높은 것이다. 나는 그림 앞에 서서 사이프러스 나무의 검푸른 기운이 다 빠져나올 때까지 움직이지 않았다.

| 퀼러-뮐러 미술공원의 자전거 보관소.

| 거대한 야외조각.

오슬로의 일정이 임박하여 리스의 집에서 이틀 밤 이상은 잘 수가 없었다. 저녁에 리스는 환송만찬으로 외식을 예약해 놓았다. 또 중국 식당이었다. 조그만 시골 마을이지만 제법 그럴듯한 중국 식당이 있었다. 영국에서부터 확인한 바이지만 중국 식당은 유럽의 웬만한 시골구석에까지 없는 데가 없었다. 하긴 어느 인류학자가 쓴 아프리카 여행기를 읽어 보니 줄루족이 사는 시골 오지 마을에서 헤매다가 중국 식당을 발견하고는 두 손 두 발 다 들었다는 얘기도 있다. 중국은 인구로서뿐만 아니라 이미 음식으로 세계를 제패한 것이나 다름이 없다. 내가 동양사람이다 보니 서양 친구들은 외식하면 무조건 중국 식당으로 데려가고 본다. 그런데 나는 아무래도 여행객인 만큼 현지인들이 주로 먹는 음식을 먹고 싶었다. 어쨌거나 덕분에 유럽의 중국 음식은 골고루 맛볼 수 있었다. 내 식견(食見)에 문제가 있는 건지 모르겠으나 세계에 퍼져 있는 중국 음식의 편차가 오히려 한국 음식의 그것보다 적은 것 같았다. 이것은 나쁘게 말하면 그 맛이 그 맛 같다는 것이고, 좋게 말하면 맛의 표준화에 성공했다는 것이다.

　리스의 가족은 내가 보기에 기독교 신앙을 바탕으로 한 서구 중산층 가정의 전형을 보여준다. 서구에 기독교가 몰락하고 전통적인 가족개념이 무너졌다고는 하지만 아직도 리스네와 같은 풋풋한 인정미가 넘치는 보수적 가정이 서구 사회의 근간이 되고 있음은 두말할 여지가 없다. 나는 윔에게 다음에 목축을 배우러 또 찾아올지도 모른다고 조크를 던지고 암스테르담행 열차에 몸을 실었다.

노르
웨이

앰네스티, 오슬로를 점령하다

노르웨이 앰네스티

암스테르담 국제공항을 떠날 때는 날씨가 흐리기만 했는데 오슬로 상공에 이르니 비가 내리고 있었다. 노르웨이 앰네스티가 국영 텔레비전을 이용하여 거국적인 모금행사를 하기 전날인 토요일 오후에 비가 부슬부슬 내리는 오슬로 공항에 도착했다. 공항 입구에서는 'BAU—Amnesty Norway' 라고 크게 쓴 종이를 들고 서 있는 노르웨이 남녀 두 사람이 나를 맞아주었다. 남자의 이름은 에이슈타인으로 앰네스티에서 재정을 담당하고 있으며, 토·일요일 이틀간 나의 안내역을 맡은 사람이다. 여자는 그의 친구인데 자기 차를 몰고 와서 말하자면 운전기사 역할을 하고 있었다.

그들은 먼저 나를 이틀 동안 묵을 호텔로 데려갔다. 오슬로 중심가에 있는 초고층 건물인 플라자 호텔이었다. 이런 비싼 호텔에서 묵어 본 일이 없는 나는 속으로 몹시 불안했지만 겉으로는 태연하게 그들이 잡아 놓은 방에 들어가 여장을 풀었다. 내 방이 있는 21층에서 내려다보니 오슬로 시내가 한눈에 들어왔다. 날씨 탓인지 전체적으로 분위기가 우중충하고 묵직했다. 나중에 안 일이지만 이날 행사를 위해 노르웨이 앰네스티는 유럽 여러 나라의 앰네스티 디렉터들을 초청했지만 최고급 호텔인 플라자에 방을 배정한 사람은 나 말고 앰네스티 사무총장인 피에르 사네밖에 없었다. 이것은 이날 행사에서 나의 출연을 아주 중요시하고 있음을 말해 주는 것이었다.

호텔 밖으로 나오니 에이슈타인이 먼저 무엇을 했으면 좋으냐고 묻는다. 나는 한여름에 유럽에 왔기 때문에 미처 겨울옷을 준비하지 못했다. 그래서 우선 찬바람을 막을 겨울 재킷을 하나 사야겠다고 했다. 하긴 홑바지 저고리 차림을 하고 있는 내가 그들 눈에도 꽤나 춥게 보였을 것이다. 그들은 나를 근처에 있는 대형 상가로 데려갔다. 제품은 그다지 다양해 보이지 않았다. 그런데 값이 너무 비싸서 좀 세련되어 보이는 것은 아예 쳐다볼 엄두도 내질 못했다. 싼 것을 고른다고 몇 군데를 전전한 끝에 겨우 하나를 골랐다. 그런데 아무리 들춰보아도 생산지 표시가 없었다. 그 정도 가격이면 틀림없이 아시아 국가에서 만든 것일 테지만 물건이 제법 튼튼하고 따듯해 보였다.

값을 지불하려고 계산대로 가니까 에이슈타인이 앞을 가로막으며 자기가 내겠다는 것이다. 그것은 곧 앰네스티가 지불하겠다는 것인데, 나는 "이것은 당신들 계획에 없는 것이다. 나는 원래 이곳에 올 때 날씨가 추워지면 하나 사려고 생각하고 있었다"고 말하며 단호히 거절했다. 쓸데없이 이것저것 공짜로 받아먹다 보면 사람이 추해지는 법이다. 나는 이들의 초청으로 외국을 다니면서 이 신조만은 꼭 지켰다. 그들의 계획에 없는 일이 벌어졌을 때 부득이한 경우가 아니면 반드시 내가 부담한다는 것이다. 외투를 입고 밖으로 나오니 한결 따뜻했다.

그들은 오후 시간 동안 나를 데리고 다니며 노르웨이를 대표하는 화가인 뭉크 미술관과 바이킹 박물관을 구경시켜 주었다. 네덜란드에 고흐가 있다면 노르웨이에는 뭉크가 있었다. 오슬로의 뭉크 미술관은 고흐의 그것에 미치지는 못하지만 뭉크의 모든 것을 보여 주기에는 부족함이 없었다.

뭉크(1863~1944)에 대해 그동안 내가 알고 있었던 것이라고는 표현주의 화법의 대가로서 해골바가지 같이 생긴 사람이 다리 위에서 절규하는 듯한 그림을 그렸다는 것이 전부였다. 이 〈절규〉라는 그림을 어려서부터 너무나 많이 보았기 때문에 어떻게 그림 하나로 그렇게 유명한 화가가 되었는지 늘 궁금하던 차였다. 그리고 그의 그림은 색깔도 제대로 다 칠하지 않고 거친 선으로 스케치하듯 대강 그려 놓은 것이라서 우연히 그림 하나가 비평가들의 눈에 들어와서 유명해진 것이 아닐까 하는 생각을 하기도 했다. 그러나 그게 아니었다. 그는 죽기 전에 이미 남의 손에 넘어간 것을 제외하고도 1,008점의 유화, 15,391점의 판화프린트, 4,447점의 소묘와 수채화, 6개의 조각, 그리고 많은 양의 편지와 메모를 남겼다. 그는 자신의 작품을 자식과 같이 여겨 남에게 '팔아넘기는' 것을 혐오했다고 한다. 그것이 고스란히 뭉크 미술관에 모셔져 있는 것이다. 그리고 그가 그렇게 유명하게 된 것은 한창 잘나가던 때에 베를린과 파리를 무대로 자신의 표현주의 화법을 널리 퍼뜨렸기 때문이다. 노르웨이로서는 가히 국보급 화가라고 할 만했다.

고흐와 뭉크는 같은 시대를 살았지만 그림의 스타일은 너무도 달랐다. 고흐는 분절된 터치를 일정한 리듬에 따라 마치 바위에 각인하듯 찍어 대는 수법을 썼지만, 뭉크는 캔버스에서 붓을 떼지 않고 의식의 흐름에 따라 구불구불 선을 긋듯이 그렸다. 그림 그리는 데 드는 물감은 수시로 찍어 바른 고흐 쪽이 곱쟁이로 많이 들었지만 강렬한 효과는 마찬가지였다. 뭉크는 의식의 내면을 그린 화가로 유명하다. 그의 그림을 보고 있노라면 그가 어떤 정신상태로 그렸는지 느낌이 그대로 전달되어 온다. 말년에 고흐는 정신분열증을, 뭉크는 신경쇠약증을 앓다가 죽었는데, 이 증상은 그들의 그림에 고스란히 나타나 있다.

바이킹 박물관에서 만난 목선은 하나의 충격이었다. 천여 년 전에 만든 목조 배가 지금까지 고스란히 남아 있는 것도 그렇지만 그 부드러운 곡선미가 우아하기 그지없다. 이들과 같이 선이 굵고 우락부락한 사람들의 손에서 그렇게 아름다운 곡선이 만들어지다니! 그 뒤로 이 세상에 수많은 목선이 만들어졌지만 이 바이킹 배의 아름다움에 버금가는 배는 없다고 그들은 믿고 있다. 나는 배에 대해 잘 모르지만 그들의 믿음에 적극 동의하고 싶다.

날은 이미 어두워졌지만 약속된 저녁 식사 시간까지는 시간이 꽤 남아 있어서 그들은 나를 앰네스티 오슬로 본부로 데려갔다. 본부는 시내 중심가 근처에 있는데 커다란 빌딩을 통째로 쓰고 있었다. 주말인데도 행사 때문에 꽤 많은 사람이 나와서 일을 하고 있었다. 커다란 노르웨이 전국 지도가 걸려 있는 한 사무실에 들어가니 두 젊은이가 반갑게 맞아주었다. 그들은 앰네스티 조직이 내일 있을 기금조성 전국 캠페인을 어떻게 대처할 것인지 소상히 설명해 주었다. 전국을 세분된 지역 단위로 나누어서 지역 회원들과 자원봉사자들이 길거리 캠페인을 나서는 동시에 집집마다 방문하여 돈을 모은다는 것이다.

한편 국영 텔레비전 방송은 하루 종일 방송을 통해 ARS로 모금을 벌이면서 수시로 전국의 모금 현황을 생중계한다. 노르웨이 국영 텔레비전 방송은 1년 중 하루를 노르웨이에 있는 NGO에게 '하루 방영권'을 줌으로써 해당 NGO의 이념을 대중에게 알리고 동시에 방송을 통해 기금조성을 하고 있다. 이 프로젝트를 그들은 텔레톤(telethon)이라 부른다. 아마도 텔레비전(television)과 마라톤(marathon)의 합성어인 모양이다. 마라톤에 비유했지만 사실은 마라톤보다 더 긴 경기이다. 마라톤이야 2시간 남짓이면 경기가 끝나지만 이것은 24시간 생중계를 해야 하니까. 나는 이러한 일들이 NGO의 활동에 텔레비전 방송국이 협찬하는 것으로 알았으나 나중에 알고 보니 이것은 텔레비전 방송국의 아주 중요한 프로젝트 중의 하나로서 올해로 26년째가 된다고 한다. 사회주의 성격이 강한 노르웨이 정치문화와 국영방송국의 역할에 대해 여러 가지를 생각하게 하는 대목이다.

올해는 앰네스티가 선정되었으며, 14년 전에 처음으로 선정된 이래 이번이 두 번째라고 한다. 이를 위해 이들은 1년 전부터 치밀한 준비를 해 왔으며, 올해 노르웨이 국영 텔레비전 방송국과 함께 브라질, 터키, 한국 등 3개국에 대한 인권 다큐멘터리를 만들었다고 한다. 나는 오슬로 본부를 두루 둘러본 뒤 그곳에서 발행한 여러 가지 자료와 앰네스티 티셔츠, 노르웨이 앰네스티 로고송이 들어 있는 CD 등을 받아들고 나왔다.

오슬로 중심거리는 비교적 짧아서 한 20분이면 이쪽 끝에서 저쪽 끝까지 걸어서 갈 수 있다. 우리는 상쾌한 밤공기를 마시며 부둣가에 있는 식사 약속 장소로 걸어갔다. 공원처럼 꾸며 놓은 부둣가에 있는 아주 멋진 레스토랑이었다. 식사는 오슬로 본부에서부터 동행한 몇몇 디렉터들과 안내자 그리고 피에르 사네 사무총장 등과 함께했다. 해산물로 유명한 노르웨이 바닷가인지라 당연히 각종 해물요리와 와인을 시켜 먹었다. 식사를 하면서 내가 이런데 와서 이렇게 호사를 부려도 되는가, 길거리에서 시민들로부터 거둔 푼돈을 가지고 간부들이 이렇게 비싼 레스토랑에서 고급음식을 먹으며 떠들어도 되는가 하는 의문이 들기도 했으나, 곧 사람들과의 대화에 빠져 들고 맛있는 요리와 와인에 취해서 그런 의구심들은 일단 뒤로 제쳐지고 말았다.

모든 행사를 다 치르고 나서 돌이켜 보니 그러한 생각들은 1970년대 자취방에서 라면을 끓여 먹으며 운동을 하던 시절에 형성된 것이 지금까지 남아 있음을 알게 되었다. 먼저 노르웨이인들의 생활수준이 우리와 비교해 엄청나게 높다는 사실과 큰 규모의 행사를 치르자면 그에 걸맞은 의전과 예식이 필요함을 깨닫게 되었다.

마침 피에르 사네 곁에 앉게 되어 그와 많은 애기를 나눌 수 있었다. 전에 한국을 방문했을 때 기독교 회관에서 있었던 한 인권모임에서 그를 본 일이 있으나 직접 만나 개인적인 이야기를 나누기는 처음이었다. 그는 세네갈 출신의 영국 옥스퍼드 유학생으로 그의 아버지 역시 세네갈에서 정치적 이유로 투옥된 일이 있는 등 아주 반골적인 기질을 타고난 사람으로 보였다. 그러나 국제무대에서 오랫동안 활동한 덕분인지 세련된 매너와 순간적인 유머 감각이 돋보였다. 벌써 앰네스티 사무총장을 10년 가까이 맡고 있는 것을 보면 유색인종으로서의 상징성과 그의 탁월한 업무능력이 많은 사람들로부터 지속적인 인정을 받고 있는 모양이었다.

우연히 프랑스 방문 중에 그곳 앰네스티 지부가 어떻게 하여 나의 존재를 알게 되었는지를 보여주는 문서를 보았는데, 나의 존재를 널리 알린 사람은 바로 다름 아닌 피에르 사네였다. 1992년 오슬로에서 있었던 앰네스티 총회에서 피에르 사네는 사무총장으로서 모두연설을 했다. 그때 그는 참석자들에게 감옥 안에 있는 양심수들에게 관심을 가져 줄 것을 촉구하기 위해 한 양심수의 편지글을 인용했던데, 그것이 바로 내가 그해에 노르웨이 아렌달 그룹에게 보낸 편지였던 것이다.

내가 이 사실을 상기시켜 주자 그는 깜짝 놀라며 무척 반가워했다. 이것도 인연이라면 참으로 기이한 인연이었다. 7년 만에 같은 장소에서 자신이 언급했던 양심수와 한 자리에 앉아 대화를 나누고 있다는 사실이 도무지 믿겨지지 않는 모양이었다. 나 역시 14년간의 감금 끝에 이렇게 넓은 세상에 나와서 많은 사람들을 만나 진기한 경험을 하게 될 줄은 꿈에도 생각하지 못했다. 늦은 시간에 호텔로 돌아온 나는 몇 잔을 연거푸 마신 와인의 취기와 한꺼번에 몰려든 여독으로 인해 그대로 곯아떨어지고 말았다.

다음 날 아침 늦은 시간에 다시 만난 에이슈타인과 그의 여자 친구는 나를 콘티키 박물관으로 데려갔다. 오슬로의 한 바닷가에 위치한 콘티키 박물관은 그 주변 경치가 그만이었다. 콘티키 박물관은 세계적으로 유명한 노르웨이의 해양탐험가 토르 헤이에르달(Thor Heyerdahl)의 유품과 그가 탔던 탐험선 등이 전시되어 있는 곳이다. 그 안에는 태평양 횡단에 성공한 통나무 뗏목선 콘티키(Kon-TiKi) 호와 대서양 탐험에 나선 파피루스 갈대로 만든 라(Ra : 고대 이집트인들이 섬겼던 태양신) 호가 원형 그대로 보존되어 있었다. 이렇게 원시적인 배를 가지고 지구를 한 바퀴 도는 탐험을 했다니

(헤이에르달은 1969년 7명의 동지들과 함께 대서양 항해를 시도했지만 실패하고 만다. 그리고 이듬해인 1970년 '라 2호'로 마침내 성공을 거둔다)!

그는 노르웨이인들이 가장 존경하는 위인으로서 나중에 내가 들른 노르웨이인 가정마다 그에 관한 책이 없는 집이 없었다. 그것도 몇 권씩. 노르웨이 어린이들은 어려서부터 그들의 선조인 바이킹의 역사와 함께 헤이에르달의 대탐험 얘기 속에서 자라나 점차 세계인으로서의 의식을 갖게 된다. 바이킹 박물관에서 확인한 바이지만 그 옛날 바이킹들의 활동 범위는 실로 광대해서 멀리는 북아메리카 캐나다에서 오늘날 러시아의 흑해에까지 미치고 있었다. 현재에도 북극권에 인접해 있는 그린란드, 아이슬란드, 스코틀랜드 등의 나라에는 바이킹 문화가 뿌리 깊이 박혀 있다. 헤이에르달은 그러니까 그들에게 바이킹의 가장 자랑스러운 후예인 셈이다. 나는 너무도 매혹적으로 생긴 라 호 앞에서 사진을 몇 장 찍었다. 일본에서 수학여행을 온 학생들이 떼로 몰려오는 바람에 우리는 서둘러 박물관을 빠져 나왔다.

이어서 우리는 시내 중심부에 있는 시청으로 갔다. 오슬로 시청은 벽돌로 지은 특이한 건축양식과 그 안을 장식하고 있는 거대한 벽화로 유명하다. 1990년부터 이 장소에서 매년 노벨 평화상을 수여하고 있다. 시청의 커다란 홀이 이날 실시하는 거리 모금 캠페인의 본부이다. 그러니까 이날의 앰네스티 행사는 정부와 시의회 그리고 민간 NGO가 삼위일체가 되어 치르는 것이다. 홀 안에

|오슬로 거리에서
길거리 모금을 하고 있는
바우와 에이슈타인.

는 모금 캠페인에 참가한 수많은 자원봉사자들로 북적거렸다. 대부
분이 학생들로 보였다. 행사 관계자들은 예년에 비해 훨씬 많은 자
원봉사자들이 나왔다고 상기된 표정이었다. 나도 접수처에 가서 줄
을 서서 등록을 한 뒤 모금 깡통을 하나 들고 거리로 나왔다.

　서울과 비교하면 이곳 오슬로의 거리는 한산한 편이다. 그래도
주말의 마지막 날이라 중심가에는 사람들이 꽤 많았다. 그러나 막
상 깡통을 들고 거리를 도니까 어떤 곳에서는 행인보다 깡통을 든
자원봉사자들이 더 많았다. 무슨 일이든지 처음이 어렵지 일단 익

숙해지면 그 다음부턴 낯짝이 두꺼워져서 쫓아다니며 하게 된다.

제일 먼저 간 곳은 앰네스티와 출판협회가 공동 주관하는 도서 전시장이었다. 이곳에는 도서전시 말고도 포크(folk) 음악과 단막극 등이 오후 내내 공연되고 있었다. 나는 전시장 입구에 있는 '세상에서 제일 큰 노트'에다 '모든 양심수에게 자유를(Freedom for All Prisoner of Conscience)'이라고 기념 사인을 한 후 전시장에 출입하는 관람객 중에서 첫 기부대상자를 찾았다. 마침 우아하게 차려입은 한 부인이 나오기에 용감하게 다가가서 깡통을 내밀었더니 못 본 척하고 그냥 지나쳐 버린다. 나는 겸연쩍어서 한 손에 깡통을 든 채 우두커니 서 있었다. 그런데 웬 아주머니가 반색을 하면서 어젯밤에 텔레비전에서 나를 보았다며 큰 지폐 한 장을 꼬깃꼬깃 접어 깡통에 넣어 주는 것이었다. 어젯밤 내가 앰네스티 간부들과 저녁 식사를 하는 시간에 나에 대한 다큐멘터리가 방영되었던 것이다. 나는 그 아주머니의 격려에 힘입어 큰길로 나가 본격적인 모금활동에 나섰다. 의외로 많은 사람들이 나를 알아보고 흔쾌히 기부금을 내주었다. 대부분 동전을 기부했지만 지폐를 낸 사람도 꽤 있었다.

그중에 기억에 남는 여자가 있다. 왕궁 근처였는데 한 여자가 급한 걸음을 하고 있었다. 그 근처에서 돈맛을 못 본 나는 다짜고짜로 깡통을 들이밀고 앞을 가로막았다. 앰네스티에 기부 좀 하라고. 그녀는 바쁜 듯 그냥 뿌리치고 가려고 했다. 나도 물러서지 않았다. 실은 나는 한국에서 온 양심수다. 당신들의 성원 덕분에 긴 감옥살이에서 죽지 않고 살아남아 여기까지 올 수 있었다. 지금도 제3세계의 독재국가에는 수많은 양심수들이 열악한 조건 속에서 희망 없는 나날을 보내고 있다. 이들을 위해 조금만 성의를 보여 달라. 나는 끈질기게 붙들고 설득했다. 그녀는 내가 쉽사리 물러설 기미를 보이지 않자 할 수 없다는 듯 핸드백에서 지갑을 꺼내어 지폐를 한 장 건네주고는 급히 사라져갔다. 그날 본 가장 큰 액수의 돈이었다. 생각해 보니 그녀는 기부할 만한 잔돈이 없어서 그리 망설였던 것 같다. 나도 성당에서 헌금을 할 때 평소에 내던 작은 돈을 미처 준비하지 못 해 큰돈을 헌금할 때가 종종 있다. 그녀에게 조금은 미안했지만 기분은 좋았다.

길거리에 사람이 안 보일 때에는 레스토랑과 카페 등지를 돌아다니며 모금했다. 몇몇 카페는 들어갔다가 주인과 종업원들을 보고 그냥 나오기도 했다. 모두들 앰네스티 티셔츠를 입고 있었기 때문이다.

왕궁 근처의 큰 광장에 어린이의 초상화가 들어 있는 작은 액자가 수백 개 늘어서 있고, 가운데에는 철조망을 둘러친 거대한 촛불 모형이 서 있었다. 앰네스티의 활동을 상징하는 설치 미술이었다. 제3세계에서 이유 없이 실종된 어린이들을 형상화한 작품이란다. 그 앞에서 나는 뒤따라 온 앰네스티 사진기자의 요청으로 한참 동안 포즈를 취해 주어야만 했다.

시청으로 되돌아가는 길의 바닷가 광장에서는 한 무리의 젊은 남녀들이 앰프를 크게 틀어 놓고 신나게 살사댄스를 추고 있었다. 요즘 유럽에는 젊은이들 사이에 남미의 살사댄스가 크게 유행하고 있는데, 이들도 그런 댄스클럽 중의 하나려니 했다. 하도 동작이 현

|실종된 제3세계 어린이들을 형상화한 설치미술.

란하고 재미있어서 모금할 생각도 잊고 한참을 서서 구경했다. 그
런데 한 곡이 끝나니까 멤버인 듯한 한 젊은이가 앰네스티 깡통을
들고 구경꾼을 상대로 모금을 하는 것이 아닌가! 한마디로 이날
오슬로 시내는 거의 앰네스티가 장악했다 해도 과언이 아니었다.

　시민단체의 모금활동에 대한 오슬로 시민들의 태도는 상
당히 우호적이었다. 이들의 태도는 이날 밤 자정에 나온 모금 최
종집계에서 여실히 드러났다. 길거리 모금은 밤늦게까지 하게 되
어 있지만 나는 저녁 시간대에 텔레비전 토크쇼에 나가기로 되어
있어서 모금 깡통을 반납하고 이른 저녁 식사를 하러 갔다.
　식사 장소는 왕궁 근처에 있는 아주 오래된 레스토랑인데 엊
저녁 함께 식사를 했던 멤버들이 거의 그대로 같이 먹게 되었다.
한창 떠들며 식사를 하고 있는데 어디서인가 나이 지긋한 아저씨
한 분이 앰네스티 깡통을 들고 우리 테이블 곁에 와서는 돈을 좀
내라고 한다. 우리들은 크게 웃으면서 여기 있는 사람들 모두가
앰네스티 회원이라고 일러주었지만 그 아저씨는 가는귀가 먹었는
지 계속 깡통을 들이밀었다. 게다가 한술을 더 떠서 바로 이 자리
에 앉아 있는 사람들이 만든 팜플렛까지 나누어주는 것이었다. 나
는 너무 우스워서 눈물이 나올 뻔했지만, 또 한편으로는 그 아저씨
의 투철한 봉사정신에 감명을 받아 코끝이 시큰해졌다. 안되겠다
싶었던지 좌중에 있던 두어 사람이 지니고 있는 동전을 꺼내 깡통
에 넣고는 한 젊은 간사가 그 깡통을 빼앗아 들고 레스토랑을 한

바퀴 돌아 대신 모금을 해주었다. 그제야 그 아저씨는 만족한 듯이 웃으시며 밖으로 나갔다.

식사를 마친 우리는 서둘러 방송국으로 달려갔다. 방송국 내부는 어찌나 안전시설을 철저히 해 놓았는지 신분확인용 카드가 없이는 어느 곳이고 마음대로 드나들 수가 없었다. 나는 곧바로 생방송이 진행되고 있는 스튜디오로 가지 않고 고립된 어떤 방에 잠시 갇혀 있었다. 그들은 방송의 효과를 극대화하려고 모종의 깜짝쇼를 준비하고 있었다. 생방송 출연 전에 전날 방영했던 다큐멘터리의 하이라이트를 방영하고 대담이 끝나면 10년 가까이 석방운동을 한 아렌달 그룹 사람들과의 첫만남을 계획해 놓았던 것이다. 마치 우리나라의 이산가족 상봉 중계방송처럼 말이다.

나는 그 안에서 간단한 분장을 받고 다음 출연을 기다리기 위해 대기 장소로 갔다. 그곳에서는 지금 진행되고 있는 상황을 가까이서 볼 수 있었다. 놀랍게도 내 앞에는 노르웨이 총리가 나와서 앰네스티에 정부기금을 전달하는 순서가 진행되고 있었다. 수행원도 별로 없이 나온 노르웨이 총리는 우리 돈으로 약 4억 5천만 원을 기부하고는 환한 미소와 함께 물러났다.

방송을 지켜보면서 한편 놀라우면서도 나를 안심시킨 것은 이날의 방송을 진행하는 공동 진행자 중 한 명이 바로 한국을 방문해 다큐를 만든 레니 그 여자라는 사실이다. 그녀와 함께라면 생방송에 나가더라도 결코 두렵지 않을 것이었다. 그녀의 활달 호방

함에는 사람을 편하게 해주는 힘이 스며 있었다. 편집한 다큐 필름의 방영이 끝나고 사회자로부터 필름의 주인공을 만나보겠다는 멘트가 들렸다. 나는 스튜디오 방청석에서 쳐주는 박수소리를 들으며 대담석에 가 앉았다. 14년 동안 영어 한 마디 못 해보다가 두 달 전에 유럽에 와서야 처음으로 말문을 열기 시작했지만 이상하게 하나도 떨리지 않았다. 그녀는 다행히 쉬운 질문만 했고 나는 나름대로 열심히 대답했다. 어떻게 시간이 흘러갔는지도 모르겠다.

드디어 대담이 끝나고 그녀는 나를 한 무리의 사람들이 서 있는 곳으로 안내했다. 감옥 안에서 사진으로 익히 보아온 얼굴들이었다. 그들과 한 사람 한 사람 악수 또는 포옹을 하며 꿈같은 현실을 확인해 나갔다. 나는 그들의 이름을 모두 외우고 있다. 랜디, 니바, 페르, 케리, 페르토르, 키르스티……. 그들은 번갈아 가며 나에게 편지를 해 주었고, 때때로 큰 박스에 먹을 것을 담아 보내오기도 했다. 그러면 나는 그것을 가지고 동료 수인들과 나누어 먹곤 했다. 이 가운데 페르라는 사람은 7년 동안 틈틈이 편지를 계속했는데도 그때마다 불운하게도 서신검열에 걸려 한번도 내게 전달되지 않았다. 그는 앰네스티 신문에 기고한 글에서 이것을 두고 '인내력의 테스트'라고 표현했다. 특히 니바라는 할머니는 연세가 87세나 되는 데도 그 먼 길을 달려왔다(아렌달은 오슬로에서 200km 떨어져 있음).

이분들이 이토록 나를 환영하는 이유는 앰네스티 활동을 하면서 후원하는 양심수로부터 답신을 받는 일이 극히 드문 데다가 이렇게 당사자를 직접 만나는 일은 별로 없기 때문이다. 그러므로 나의 출현은 이들의 활동이 결코 헛된 것이 아님을 확인시켜 주는 동시에 전체 앰네스티 활동을 크게 고무시키는 효과가 있었다.

아렌달 그룹의 회원들과 첫 대면의 기쁨을 나누는 동안에 카메라는 어느덧 무대 중앙으로 옮겨지고 느닷없이 한국 풍물패의 꽹과리 소리가 울려 퍼지기 시작했다. 4명의 한국인 풍물패가 나와서 농악공연을 하는 것이었다. 나는 경악을 금치 못했다. 이게 도대체 어찌된 조화란 말인가? 이날의 방송이 주로 대담과 다큐멘터리 필름을 보여주면서 사이사이에 노르웨이 음악인들의 공연을 끼워 넣는 방식으로 진행되는 것은 알았으나 이들이 한국의 풍물패까지 초청한 것은 전혀 모르고 있었다.

약 5분여에 걸친 그들의 공연이 끝난 직후 나는 복잡한 스튜디오의 한 구석에서 잠시나마 공연단의 리더와 얘기를 나눌 수 있었다. 일단 이런 자리에서 고국의 동포를 만나게 되니 너무도 반가웠다. 그들은 노르웨이 앰네스티의 요청에 따라 한국 정부가 파견한 것이었다. 그러나 그들 역시 자기들의 공연이 나의 출연과 연관이 있는 줄은 전혀 모르고 있었다. 어떻게 된 영문인지 도무지 종잡을 수가 없었다. 우리 정부가 아무리 과거 정권에 비해 민주화되었다고는 하지만 한 장기수가 고문과 사건조작에 대해 증언하는 자리에 축하 공연단을 보냈다? 이건 아무리 생각해도 아니었다. 아니 어쩌면 나의 출연 자체가 한국의 인권상황이 호전되었음을 보여주는 증거이므로 우리 정부는 기꺼이 풍물패 파견 요청에 응했을 것이다. 적어도 그 순간에는 그렇게 생각할 수밖에 없었다.

혼란한 마음을 가까스로 진정시키고 뒤이어 스튜디오의
한 방에서 비공식으로 열린 디렉터 모임에 참석했다. 그 자리
에서 노르웨이의 디렉터는 현재까지의 진행 상황을 점검하고, 각
국의 디렉터들에게 노르웨이 앰네스티 조직이 이 행사를 위해 어
떻게 움직여 왔는지를 설명했다. 나는 이들의 설명을 들으며 대중
을 상대로 NGO를 운영하는 데 재정과 홍보가 얼마나 중요한지를
뼈저리게 느꼈다. 마침 설명을 한 사람은 재정 총괄 담당자였는데,
자기가 이 행사를 위해서 지난 1년 동안 얼마나 혼신의 노력을 기
울였는지를 말하고는 내년에 다시 이 일을 맡으라고 하면 때려 죽
여도 못하겠다며 고개를 절래절래 흔들었다. 그러고는 그 자리에
있던 후임 내정자인 한 젊은 변호사에게 자신이 있냐고 다그쳐 물
으니, "당신의 노하우를 모두 물려주신다면야!" 하면서 자신만만
하게 대답한다. 이 둘은 모두 여성이었다.

그 자리에 모인 각국의 디렉터들은 노르웨이 국영 텔레비전
방송과 NGO의 환상적인 콤비 플레이를 몹시 부러워하면서 오랜
시간 준비해 왔다가 결정적인 순간에 모든 역량을 총동원하여 한
꺼번에 터뜨리는 노르웨이 앰네스티의 집중력에 대해 찬탄해 마지
않았다. 나는 이들의 방대하고도 세밀한 조직 활동을 보면서 노르
웨이 국민 전체가 앰네스티 활동에 가담하고 있는 것이 아닌가 하
는 착각이 다 들었다.

이윽고 자정이 되어 마라톤과 같은 생방송이 막을 내렸다. 방송에 관여한 모든 사람들이 스튜디오 옆의 큰 홀에 모여들었다. 방송을 성공적으로 마치게 된 것을 자축하면서 일 년 동안 이날 하루를 위해 뛰어온 방송국의 프로젝트 리더와 공로자들에게 꽃다발을 증정했다. 마지막 꽃다발은 당연히 온종일 쉬지 않고 카메라 앞에 서서 진행을 맡은 두 사회자에게로 돌아갔다. 그리고 그동안 숨죽여 지켜봐 왔던 모금의 최종집계 발표가 있었다.

우리 돈으로 20억 원!

모두들 환성을 질렀다. 대성공이라는 것이다. 노르웨이 국민은 다 합해 봐야 겨우 4백만 남짓한데, 서울 인구의 절반도 안 되는 국민을 상대로 한 NGO가 캠페인을 벌여 거둔 돈이 하루 만에 20억 원이라니 도무지 믿어지지 않았다. 그 자리에 있던 초청 손님들도 모두 믿을 수 없다는 표정을 지었다. 정말 노르웨이는 엄청나게 잘사는 나라이고 노르웨이인들의 세계시민의식 또한 대단히 높다는 사실을 확인하는 순간이었다.

간단한 자축의 자리가 끝나고 모두들 시내 모처로 자리를 옮겨 밤새 뒤풀이를 한다고 몰려나갔다. 나는 그제서야 이날 하루 종일 사회를 본 레니와 재회의 기쁨을 나눌 수 있었다. 먼저 그녀의 수고와 방송의 대성공에 대해 축하의 말을 해주었다. 그녀는 그 시각 현재 23시간을 쉬지 않고 일하고 있다는 것이다. 워낙 튼튼한 그녀였지만 피로한 기색이 역력했다. 하지만 대성공을 확인한 뒤끝이라 엔도르핀의 상승으로 인해 이날 밤의 뒤풀이까지도 무난히 견뎌낼 것 같았다. 그녀와 함께 스튜디오 뒤꼍의 호젓한 곳에 자리를 잡고 겨우, 그야말로 기회를 엿보다 엿보다 겨우 담배를 한 대 피워 물었다. 그녀 역시 애연가였다. (참고로 이 나라는 금연정책이 워낙 철저해서 담배 피울 공간과 기회를 포착하기가 그만큼 어렵다.) 그녀로부터 자초지종을 듣고서야 저간의 사정이 대충 정리되었다.

먼저 풍물패의 초청은 자신의 아이디어이며 나의 출연 사실은 대사관 측에 알리지 않았다는 것이다. 그녀는 지난 4월에 한국을 방문했을 때 정동극장의 공연을 보고 깊은 감명을 받아 그 공연단의 방문을 요청했으나 사정이 여의치 않아 다른 풍물패가 왔다는 것이다. 결국 우리는 방송국 측의 007작전에 모두들 한방 얻어맞은 셈이 되었다. 그리고 다큐멘터리 필름은 브라질편은 2주 전에, 터키편은 1주 전에, 한국편은 행사 전날인 어제와 오늘 이틀 연속 방영했다는 것이다. 앞의 두 나라는 인권 전반에 관한 일반적인 기록이지만, 한국편은 한 개인에게 초점을 맞추었기 때문에 방송의 극적인 효과를 노려 나의 생방송 출연을 전후해서 집중 방영했다는 것이다. 실제로 방송이 끝난 후 또 한 명의 남자 사회자는 나와 인사를 나누는 자리에서 나의 다큐멘터리와 출연이 이날의 모금 캠페인에서 노르웨이 국민을 감성적으로 자극하는 데 중요한 역할을 했다고 말했다. 그래서 그들은 나의 출연을 노르웨이 총리의 다음 순서에 배치했던 것이다.

파티장으로 갈 차량이 준비되었기 때문에 나는 먼저 자리를 떴다. 시내 중심가에 자리잡은 파티장에는 이미 많은 사람들이 모여서 술잔을 치켜들고 그간의 노고를 서로 달래며 행사의 대성공을 자축하고 있었다. 한쪽에 마련된 무대에는 한 무리의 사람들이 경쾌한 디스코 음악에 맞추어 춤을 추고 있었다. 뒤늦게 도착한 나는 어느 무리에 끼어들지 몰라 맥주잔을 들고 엉거주춤 서 있는데 웬 키가 엄청나게 큰 여자가 다가오더니 인사를 건넸다. 이름은 안느 그레테. 노르웨이 사람이면 누구나 다 아는 인기가수이자 작곡가이다. 그녀가 바로 앰네스티 로고송을 작사 작곡한 당사자이다. 이 로고송은 이날 방송 중 장면이 바뀔 때마다 나왔으므로 내 귀에도 익숙한 노래가 되었다. 한 간사가 영어로 번역해 준 가사의 내용은 우리나라의 '5월의 노래' 만큼이나 처절한 것이었다.

어떻게 이렇게 생긴 여자가, 인기 있는 대중가수가 이런 가사를 쓸 수 있단 말인가? 소음 속에서 나눈 길지 않은 대화였지만 그녀가 남다른 사회의식의 소유자임을 알 수 있었다. 나는 그녀에게 한국에도 당신처럼 대중의 사랑을 받는 민중가수가 있다며 정태춘 씨 얘기를 해주었다. 그녀는 언젠가 따로 만나 이야기를 나누고 싶다면서 동료들이 있는 자리로 총총 사라졌다. 나는 맥주잔을 비운 뒤 무대에 나가 되지도 않는 춤을 몇 차례 흐느적거리다가 파티장에서 새벽 2시에 나왔다. 다음 날 일정을 위해 잠을 좀 자 두어야 했기 때문이다.

측은히 여기는 마음이 없으면 사람이 아니다

앰네스티 아렌달 지부

다음 날(사실은 같은 날) 아침 늦게 일어나 짐을 싸 들고 호텔을 나왔다. 아렌달로 가기 위해서이다. 호텔 앞에는 그동안의 행사를 지휘해온 프로젝트 매니저인 비베카가 나와 있었다. 그녀는 나를 오슬로 버스 종합터미널로 데려가서 아렌달로 가는 버스에 태우고는 일주일 후에 다시 보자고 인사를 나눈 후 총총히 사라졌다. 정말로 회오리바람처럼 지나간 2박 3일이었다. 도대체 나에게 무슨 일이 벌어지고 있는지 가늠할 길이 없었다. 나는 그저 벌어지고 있는 일에 대해 최선을 다하고 예의 주시할 뿐이었다. 아렌달로 가는 버스 안에서 내다보는 노르웨이의 풍광은 그야말로 절경의 연속이었다. 어디를 가나 호수와 바위절벽과 피오르드 협곡이 눈을 즐겁게 했다. 하느님의 축복이란 이를 두고 말함인가? 나는 계속되는 절경에 지쳐 그만 스르르 잠이 들고 말았다.

　　아렌달은 수도인 오슬로에서 남동쪽으로 200km 아래에 있는
인구 4만의 항구도시로 동-아그데르(East-Agder) 주의 도청소재지
이다. 인구가 4만이지만 노르웨이 전체 인구가 430만밖에 안 되니
꽤 큰 도시라고 할 수 있다. 7개의 섬 위에 세워진 도시라서 스칸
디나비아의 베니스라고 불리기도 할 만큼 경치가 아름답다. 나는
감옥 안에서 아렌달의 앰네스티 회원들이 보내오는 화보와 그림엽
서를 놓고 무슨 환타지 여행에서나 보는 풍경이라고 생각했는데
실제로 와서 보니 그대로였다. 먼저 공해가 없으니 눈앞에 펼쳐진

│아렌달 시의 전경.

색깔이 그렇게 선명할 수가 없었다. 바닷가 절벽과 수풀 사이에
마치 알록달록한 장난감 상자처럼 들어선 집들이 회색 도시 풍경
에 익숙한 내 눈에 전혀 비현실적으로 보일 정도였다.

아렌달은 일찍이 근방에서 산출되는 양질의 철광석과 목재로
인해 스칸디나비아 반도에서도 가장 흥청거리는 항구 중 하나였다
고 한다. 1880년대에는 스칸디나비아 최대의 범선 생산지였으나
이후 증기선의 출현으로 많이 쇠퇴했다고 한다. 그렇다 하더라도
요트는 이 지역 사람들에게 자동차를 갖는 것만큼이나 흔한 일이

다. 아렌달 시 최대의 축제일은 매년 여름 이곳에서 열리는 유럽 스피드 보트 경주대회인 것만 보아도 알 수 있다.

아렌달 방문 첫날은 회원들 중 나와 가장 오랫동안 서신교류를 한 랜디의 집에서 묵었다. 랜디는 70이 다 된 미망인으로 집에 정신장애가 약간 있는 아들과 함께 살고 있었다. 딸들이 근처에 있어서 손자들이 자주 놀러와 그리 심심하지는 않다고 한다. 장애가 있다는 아들과 이야기를 나누어 보니 아주 말이 많은 것 말고는 특별히 장애인이라는 느낌이 들지 않았다. 랜디에 의하면 그래 보여도 직장생활은 불가능하단다.

이튿날 잠에서 깨어나니 랜디가 배달되어 온 조간신문을 보여준다. 아렌달 지역신문인데 1면에 어제 내가 방문하는 사진을 크게 실었다. 텔레비전을 통해 노르웨이 전역에 소개된 인물이 지방도시를 방문하게 되니, 아니 그보다도 일부 아렌달 시민이 벌인 인권활동의 성과물(?)이 눈앞에 나타나니 지방에선 큰 뉴스임에 틀림없다고 본 것이다.

아침 식사 후 랜디의 딸 엘리자베스가 차를 몰고 와 다함께 아렌달 시청을 방문했다. 이건 완전히 외국의 VIP를 맞이하는 꼴이었다. 시장실로 안내되어 잠시 기다리니 준수한 모습의 시장이 나타나 인사를 건넨다. 잠시 형식적인 담소를 나눈 뒤 시장이 직접 차트를 보여주며 지방정부로서 아렌달의 기능과 시가 운영하고 있는 여러 가지 시설에 대해 설명해준다. 깨끗하고 멋진 도시를 책

LOKALT 26:OKTOBER

først i Sør

TIPS OSS
T 37 00 37 00
fax. 37 00 37 17
e-post: nyheter@agderposten.no

- Velkommen til frihetsbyen

■ LILLESAND:

Ti boliger i Kjøpmannsvik

ARENDAL: I flere år som samvittighetsfange i Sør-Korea, tenkte Hwan Tae-Kwon på Arendal som selve friheten. I går kunne endelig Amnesty-gruppen i Arendal ønske ham velkommen til Sørlandet.

AV GRY MOVDENÆS STRØM

ENDELIG: Gjensynet var varmt da Hwan Tae-Kwon ble tatt i mot i Arendal av Randi Bendiksen til høyre og Kirsti Horseman fra Amnesty gruppe 83 i går ettermiddag.

Vil bygge på Solflaten

Bør få bygge stall

▌바우의 방문 기사를 실은 아렌달 지역신문.

무슨 환타지 여행에서나 보는 듯한 풍경 그대로를 간직한 아렌달.

공해가 없어 눈앞에 펼쳐진 색깔이 그렇게 선명할 수가 없다.

바닷가 절벽과 수풀 사이에

마치 알록달록한 장난감 상자처럼 들어선 집들이

내 눈에는 비현실적으로 보일 정도였다.

임지고 있다는 자부심이 잔뜩 묻어 있는 설명이었다.

브리핑이 끝나고 시장은 지역을 소개한 화려한 화보집 두 권을 보여주며 그중 한 권을 선물할 테니 고르라고 한다. 두 권 다 갖고 싶다고 했더니 안 된다는 것이다. 공연히 욕심 부렸다가 분위기만 어색해졌다. 할 수 없이 사진이 더 많이 든 화집을 집어들며 겸연쩍은 웃음을 지었지만 속으론 '시장이 책 한 권 가지고 너무 쩨쩨한 것 아니야?' 하며 아쉬워했다. 시장은 우리를 구내 식당으로 데리고 가서 함께 식사를 했다. 시장이건 누구건 식당에서 똑같이 식사를 한다는 것이 신선해 보였다. 하긴 식당 시설이 고급 레스토랑처럼 깨끗하고 밝으니 구태여 밖에 나갈 것도 없었다. 식사 시간 내내 시장은 유쾌하게 말을 건네며 분위기를 이끌었다.

시청을 나와서 우리는 상점들이 즐비한 길거리로 나섰다. 서울처럼 번쩍거리는 간판은 없었지만 가게들 하나하나가 깨끗하고 고급스러워 보였다. 랜디가 갑자기 내 손을 잡아끌고 옷가게로 들어섰다. 보아하니 노르웨이 전통의상을 파는 곳이었다. 날더러 하나 선물할 테니 고르라는 것이었다. 대부분 스웨터 제품인데 전통문양을 짜 넣은 것들이다. 문양이 요란한 것들이 많았는데 축제일에나 입을 수 있지 평상복으로는 좀 곤란하지 않을까라는 생각이 들었다. 나는 그중 문양이 단순한 것을 하나 골랐다. 그런데 가격을 보니 끔찍하게 비쌌다. 우리 돈으로 22만 원이나 되었다. 스웨터 하나에……. 하긴 한국에서도 전통 의상의 가격은 일반 의상보다 훨씬 비싼 것은 사실이다. 나는 랜디가 자기 돈으로 선물하는 것인 줄 알고 그만두라고 말렸으나 허사였다. 알고 보니 회원들이 이미 내가 와서 쓸 경비를 모아 두었다는 것이다.

랜디는 나를 데리고 아렌달 시의 이곳저곳을 구경시켜 주고 맛있는 저녁까지 먹여 준 다음 코앞의 히소야 섬으로 건너가서 키르스티의 집에 내려다 놓았다. 이제부터 이 집에서 묵을 거란다. 랜디네 집은 장애인 아들도 있고 해서 아무래도 식구라곤 없는 키르스티네가 지내기 편하지 않느냐는 것이었다.

키르스티는 이 지역의 한 고등학교 영어교사이다. 그녀는 10년 전에 이혼하고 남편과 살던 큰 집을 위자료조로 물려받아 내내 혼자 살고 있었다. 정말 혼자 살기에는 너무 큰 집이었다. 자녀들은 이미 다 결혼하고 혼자 이렇게 큰 집을 지키고 있으니 심심할 것 같지만 전혀 그렇지 않다. 그녀는 대단히 활동적이어서 집에 붙어 있는 시간이 별로 없다. 매일 학교에 나가는 것 말고도 앰네스티 활동에, 합창단이다 자원봉사 활동이다 하여 몹시 분주한 하루하루를 보내고 있었다. 며칠 후면 합창단 발표회가 있다고 요즘은 밤늦도록 연습에 열중이다.

이날도 저녁에 합창연습을 한다고 나가더니 밤 12시가 되어서야 집에 돌아왔다. 막 잠들려는 내게 커피를 한 잔 타주더니 산책을 가지 않겠느냐고 묻는다. 으잉, 오밤중에 웬 산책? 자기가 낮에 바빠서 이렇게 한밤중에야 산책을 나간다는 것이었다. 그런데 사

실은 자기보다도 기르고 있는 개를 산책시키기 위해 나가는 것이
었다. 무슨 일이 있어도 매일 한 번은 개를 위해 산책을 한다는 것
이다. 아무리 늦게 들어와도 사정은 마찬가지란다. 본인이 집에 못
들어오면 이웃집 사람에게 부탁해서라도 산책을 시킨다니 개를 사
랑하는 마음이 정말로 끔찍했다. 녀석을 끌고 컴컴한 길을 나서니
좋아서 펄쩍펄쩍 뛴다. 바위섬에 집들이 듬성듬성 있어서 길은 어
둡고 경사졌지만 기분은 상쾌했다. 이곳에 며칠 있는 동안 거의
매일 오밤중에 키르스티와 함께 개 산책을 나갔다.

　흥미로운 것은 집집마다 밤중에도 불을 훤하게 켜 놓는다는
사실이다. 게다가 커튼도 활짝 열어 젖힌 채. 호기심에 들여다보니

멋들어진 가구와 실내장식이 볼 만했다. 그렇다면 집 자랑하려고 일부러? 그러나 외부인이라고는 거의 없는 이곳에 그것도 한밤중에 누구에게 보여 준다는 말인가? 나중에 같은 시간대에 시내에 나가 보았더니 상점들마다 모두 불이 훤히 켜져 있었다. 지나가는 사람은 하나도 없는데 상점거리는 대낮처럼 밝았다. 대답은 하나였다. 전력이 남아도는 이 나라 나름의 방범 방법이다. 사실 밖에서 훤히 들여다보이는 집에는 도둑 들기가 더 어려운 법이다. 그렇긴 하더라도 유럽에서 범죄율이 가장 낮은 사회의 야간 점등을 범죄예방과 관련하여 설명하자니 왠지 앞뒤가 안 맞는 것 같기도 하다. 아니지, 이렇게 불을 훤히 켜놓았기 때문에 범죄율이 낮은 것이 아닐까?

다음 날 키르스티가 일찍 학교로 나가고 나는 빈 집에 홀로 남아 오래간만에 호젓한 시간을 가질 수 있었다. 밀린 일기장도 정리하고 친구들에게 엽서도 몇 장 쓰다 보니 어느새 정오가 다 되어 갔다. 문 밖에서 경적소리가 나기에 나가 보니 처음 보는 사람이 서 있었다. 나를 데리러 왔다는 것이다. 이름은 아르네. 직업은 시청 공무원. 머리가 훌렁 벗겨진 중년의 수수한 사나이였다. 작년부터 앰네스티 활동을 시작했단다. 저녁에 있을 환영 리셉션 시간까지 나를 책임져 줄 사람이었다.

우선 시립도서관으로 먼저 가잔다. 차 안에서 건네주는 신문을 보니 인물 동정란에 내가 이날 오후 1시에 도서관을 방문한다는

Hasseldalen 23
N-4816 KOLBJØRNSVIK
NORWAY
19 September 1993

Dear Hwang Tae-Kwon,

Not long ago we were together, the group of friends you have in Norway, but among whom you only know Randi Bendiksen. We have taken part in your story, emotionally, for several years now. We feel that we know you, and when Randi read us your last letters to her, we were much moved and felt a lot closer to you. A decision was made that we should all of us, in turn, write to you and let you fully realise that a whole little "club" knows about you, and feel ourselves your friends. We all admire your spiritual strength and your ability to give your life beauty. I hope your garden of wild flowers will come on beautifully!

Here in Norway now, gardens are going to sleep. We have had frost the last couple of nights, and have woken up to lawns with a sort of icing on them (and a very good word it is, I suddenly realise, for the white sugary stuff we put on cakes) During the day it gets warm and pleasant, but very watery flowers like Bizzy Lizzie and

● 키리스티가 보낸 편지 중에서

Hwang Tae-Kwon
#121 Sangri 3 dong
Pung-san-up Andong-kun (Andong Prison)
KOYUNG BUK
S. KOREA

친애하는 황대권 씨

   얼마 전에 노르웨이에 있는 당신의 친구들이 한자리에 모였습
니다. 그들 중에 당신이 아는 사람은 랜디 벤딕슨뿐일 겁니다.
우리는 지난 몇 년 동안 당신의 이야기를 감동적으로 함께 나누
었습니다. 우리는 당신을 알고 있다고 생각합니다. 랜디가 당신
의 지난번 편지를 읽어 주었을 때 받은 깊은 감동으로 인하여 우
리는 당신과 더욱 가까워진 것을 느낍니다. 그날 결정이 하나
내려졌는데 우리들 모두가 돌아가면서 당신에게 편지함으로써
이 작은 모임 전체가 당신을 알고 있다는 사실을 온전히 알게 하
고, 또 우리들 각자도 당신의 친구임을 느끼자는 것입니다. 우
리는 모두 당신의 강인한 정신력과 자신의 삶을 아름답게 만드
는 당신의 능력을 찬미합니다. 나는 당신의 야생초 화단이 예쁘
게 꽃피기를 기원합니다. (이하 생략)

기사가 실려 있었다. 도서관은 중앙거리가 마주 보이는 곳에 있었다. 완공된 지 몇 년 안 된 새 건물이라는데 겉보기에는 주변의 오래된 건물들과 별 차이가 없는 것 같았다. 그러나 들어가 보니 마치 미술전시를 하는 아틀리에나 갤러리에 와 있는 느낌이 들었다. 중앙에 넓은 공간을 두고 사방에 열람실을 얼기설기 배치해 놓았는데, 아무리 오래 앉아 있어도 지루함을 느낄 수 없는 구조였다. 그리고 곳곳에 창을 만들어 놓아서 어느 방면에서든 빛이 들어왔다. 태양빛이 부족한 북구의 기후조건을 고려한 설계였다. 누가 이런 환상적인 도서관을 설계했느냐고 물으니 이 지역 출신의 유명한 건축가가 했다고 한다.

도서관 입구에 가니 앰네스티 포스터가 걸려 있고 그 옆의 테이블 위에는 앰네스티 안내 책자가 수북히 쌓여 있었다. 나는 말하자면 도서관에서 앰네스티 캠페인을 벌이는 것이었다. 정시가 되자 사람들이 하나 둘 모여들기 시작했다. 대부분 신문기사를 보고 온 사람들이다. 내가 책자를 나누어 주면 모두들 손을 잡고 덕담 한 마디씩 해주고 간다. 어떤 이는 그 고문을 어떻게 이겨냈냐고 눈물을 글썽이기도 한다. 순박한 사람들이다. 갑자기 "안녕하세요!" 하고 명랑한 한국말 소리가 들렸다. 고개를 들어 보니 웬 한국 여자가 서양 아이의 손을 잡고 서 있었다. 이름은 김경화. 12년 전에 노르웨이인 남편을 따라 이곳에 와서 정착했다고 한다. 옆의 아이는 아들인 안드레아. 신문을 보고 너무 반가워서 선물을 하나 싸들고 이렇게 찾아왔단다. 여기서 한국 여인을 만날 줄은 꿈에도

｜왼쪽에서부터 김경화 씨, 아들 안드레아, 바우, 보딜 마리.

생각 못했다. 하긴 그 옛날 미국 유학 시절에 도무지 외국 사람이라곤 있을 것 같지 않은 두메산골에서도 한국 사람을 만나 놀란적이 종종 있었는데……. 경화 씨는 기념사진을 몇 장 찍고 내가묵고 있는 곳의 전화번호를 적고는 아렌달을 떠나기 전에 다시 만났으면 좋겠다는 말을 남기고 총총 사라졌다.

경화 씨와 이야기를 나누고 있는 동안 한 발짝 뒤에서 조용히지켜보고 있던 할머니 한 분이 오시더니 자기를 소개하면서 선물싸오신 것을 내민다. 열어 보니 손수 그리신 성모 마리아 그림이었다. 색연필로 그렸는데 솜씨가 보통이 아니었다. 그 뒤에 서명된 복잡한 스펠링의 이름을 보니 정신이 번쩍 들었다. 보딜 마리 로드산드모엔(Bodil Marie Raudsandmoen)! 그랬다. 1990년대 중반 잠시 나와 편지를 주고받다가 소식이 끊긴 그분이었다. 편지를 받아들 때마다 이름을 어떻게 읽어야 할지 늘 헷갈렸던 그분! 영문 필기체 교본 그대로 쓰는 그분의 글씨체가 아직도 기억에 남아 있다. 편지가 끊긴 이유는 그 뒤로 앰네스티 활동을 중단했기 때문이며 지금은 가톨릭교회에서 사회활동을 열심히 하고 있단다. 이렇게 잊지 않고 찾아와 주시니 너무도 고맙고 반가웠다.

2시간 가까이 앰네스티 캠페인을 벌인 뒤 아르네와 함께 도서관을 나와 거리를 걷고 있을 때였다. 뒤에서 한 여인이 헐레벌떡 뛰어오더니 자기가 좀 늦어서 못 만날 뻔했다며 들고 온 초콜릿 상자를 내밀면서 행운을 빌어주는 것이었다. 그리고는 무슨 말을 할 듯 말 듯하더니 아쉬운 듯 발걸음을 뗀다. 붙들고 얘기라도 하고 싶었던 모양이다. 중앙로를 걷는 중에도 여러 사람들이 내 얼굴을 알아보고 "God Bless You!"를 외쳤다. 잘 알지도 못하는 나라에서 온 한 양심수에게 이렇듯 환대를 베푸는 아렌달 시민을 보며 보편적인 인류애가 결코 관념만은 아니라는 것을 확신하게 되었다.

걸어서 시내에서 그리 멀지 않은 아르네가 사는 집으로 갔다. 시가지가 한눈에 들어오는 언덕배기에 위치한 멋진 집이었다. 근처에 집들이 다 훌륭했지만 마치 휴게소 전망대와 같이 생긴 아

216

르네의 집이 그중 단연 일품이었다. 언덕 꼭대기에 2층으로 올린 집의 기둥과 골조는 콘크리트였지만 나머지 부분은 모두 자연산 목재로 처리하여 쾌적하고 아늑한 분위기를 자아냈다.

집에 들어서니 집만큼이나 아름다운 그의 부인이 맞아주었다. 인사와 함께 차를 대접하는 몸놀림이 매우 세련돼 보였다. 아르네가 극지방 근처에 있는 트롬쇠라는 곳에 놀러 갔다가 한눈에 반해 만난 지 몇 달 만에 결혼했다는 그녀는 피아노 교사로 일하고 있었다. 딸이 영국에서 유학 중이라는 것으로 보아 나이가 상당히 된 것 같은 데도 30대의 미모와 우아함을 지니고 있었다. 아르네의 수수하고 평범한 모습과는 왠지 어울릴 것 같지 않았으나 무언가 부부 나름의 공통분모가 있지 싶었다.

담소를 나누는 중에 바로 옆집에 산다는 토르디스 씨가 왔다. 그는 십여 년 전에 한국의 한 병원에서 일한 적이 있다며 한국의 최근 소식에 대해 궁금해 했다. 십여 년 전이라면 한국에서 민주화 운동이 극에 달했을 때다. 이들은 나의 출현 자체가 한국의 인권 상황이 크게 개선된 것이라고 입을 모았다.

어느덧 시간이 되어 앰네스티 아렌달 지부의 공식적인 환영 리셉션이 열리는 니바(Nyba)의 집으로 갔다. 그녀의 집은 지금까지 가본 곳 중 가장 넓고 근사했다. 그도 그럴 것이 그녀는 아렌달 최고의 부자이기 때문이다. 외동딸인 그녀는 부모로부터 막대한 유산을 물려받았는데, 그 돈으로 호의호식하기보다는 다양한 사회사업을 벌이며 평생을 독신으로 살아왔다고 한다. 너무 고령(87세)이라 젊었을 적의 모습을 그려보기 힘들지만 고운 윤곽선으로 미루어 꽤 미모였지 싶다. 그 정도 재력과 미모라면 주위에 뭇 남성들이 들끓었을 텐데 한눈팔지 않고 사회사업에 일생을 바쳤다면 무언가 특별한 여성임에 틀림없다. 회원들의 말에 의하면 그분은 아렌달에서 최대의 개인 기부자라는 것이다. 아렌달 시가 외부 방문객들에게 자랑하는 보물즈파브리켄 미술관(Bomulds-fabriken Gallery)도 니바가 전액 기부하여 설립되었다 한다. 공명심이 있는 사람이라면 자신의 재단을 만들어 미술관을 만들었음직도 한데 니바는 결코 자신의 이름을 걸고 돈을 사용하지 않는다는 것이다.

니바가 처음으로 내게 편지를 보내온 것은 1993년 내가 안동 교도소에 있을 때였다. 못 쓴 글씨는 아니었지만 어찌나 읽기 힘든지 편지 한 통을 읽는 데 30분이 더 걸렸다. 알고 보니 니바는 81살이었던 그때 나와 교신하기 위해 시내에 있는 시민강좌 코스를 다니며 영어를 배워서 편지를 썼다는 것이다. 대단하다는 말도 함부로 할 수 없는 사람이었다.

만찬 자리에는 회원 거의 모두가 참석했다. 한눈에 보아도 정성을 다한 최상의 디너 테이블이었다. 그룹의 최고령자이자 만찬의 초청자인 니바의 감격 어린 인사말에 이어 기념품 증정식이 끝나자 랜디가 자리에서 일어나 미리 준비한 환영사를 읽어 내려갔다.

사랑하는 바우!

　이 선물을 그대에게 주기 전에 몇 마디 할까 합니다. 이번 주말 우리의 활동에 대한 여론의 주목과 그 중심 인물인 그대의 방문은 우리에게 믿기지 않는 경험이 되었습니다. 1990년부터 우리는 그대의 석방 문제가 우리에게 주어진 책임이라고 굳게 믿고 있었습니다. 그것은 실로 오래고 고된 나날이었습니다. 2,920일 동안 네 명의 대통령이 갈려 나갔는데, 그중 두 명은 장군 출신의 독재자였으며, 마지막 두 명은 민주적 선거를 통해 당선된 대통령이었습니다. 그래도 여전히 행정부뿐 아니라 사법제도와 경찰 내부에는 독재시절의 유산이 그대로 유지되고 있었습니다.

　그대의 편지로 인해 우리의 활동이 계속되었습니다. 런던에 있는 앰네스티 국제본부로부터의 소식은 때때로 긍정적인 것도 있었지만 전체적으로 보아 우리의 활동은 그리 낙관적이지 못했습니다. 우리는 관계당국에 수많은 편지를 띄워 보냈지만 시간이 흐름에 따라 우리의 좌절감은 커지기만 했습니다. 우리는 세계의 여러 인권기구들과 대학에 호소를 해보았지만 별다른 수확은 없었습니다. 앤과 존이 싱가포르에서 연락을 취할 수 있었던 것은 우리에게 큰 위안이 되었고 그것은 그대에게도 마찬가지였을 것입니다. 그리고 어쩌면 교도소 당국으로서도 상당한 외부 압력으로 느꼈을지도 모릅니다. 때때로 우리는 신문지상에 우리의 활동에 대한 기사를 싣는 행운을 얻기도 했지만 많은 경우 그들의 주의를 끌려고 애걸하는 기분이 들기도 했습니다.

　군사독재 시절 양심수였던 김대중 씨가 한국의 대통령이 되자 우리의 기대는 한껏 부풀었습니다. 한때 그가 임명한 각료 중

한 명이 전 안기부장이라는 사실을 알고 잠시 실망하기도 했지만 그대의 마지막 편지를 보고는 안도의 한숨을 쉴 수 있었습니다. 거기에는 'Free at last'라고 단 세 마디가 적혀 있었지요.

노르웨이 국영방송이 매년 실시하고 있는 NGO 기금조성을 위한 지원사업이 올해에는 앰네스티로 선정되었다는 소식을 듣고, 그리고 그대와 우리 아렌달 그룹이 이 행사의 초점이 되리라는 사실을 알고 우리는 대박을 터트렸다는 느낌이 들었습니다. 우리는 그대가 강한 정신력과 평정심을 가지고 이 모든 일들을 잘 소화해낸 것에 대해 긍지를 느낍니다. 우리는 또한 당신이 농장에서의 일과 연구로 인해 바쁜 가운데에도 시간을 쪼개어 앰네스티를 위해 일할 수 있기를 바랍니다.

우리가 이렇게 언론의 주목을 받게 된 것은 참으로 생각할 수 없는 일이었습니다. 그러나 조명이 꺼진 후에도 이전과 다름없이 활동이 계속될 수 있기를 바랍니다. 우리가 기금조성에 일조를 했고 이 기금이 모든 수준에서 앰네스티 활동을 활성화시킬 것이라는 사실로부터 우리는 위안을 얻습니다. 달리 말하자면 우리의 인권지킴이들은 미래의 평화로운 싸움을 위해 각오가 되어 있다는 뜻이지요.

이제 그대가 직접 고른 이 선물에 대해 얘기하겠습니다. 이 것은 양질의 노르웨이산 양모로 만든 것입니다. 그리고 이 옷의 디자인은 아렌달 지역의 한 골짜기에서 전통적으로 전해 내려오는 것입니다. 우리는 이 옷이 그대를 따뜻하게 해주고, 그 따뜻한 느낌으로부터 1999년 10월의 아렌달 방문과 우리를 기억해 주기를 바랍니다.

행운이 있기를!

회원들의 박수 속에 총무인 페르가 스웨터를 건네주었다. 나는 민가협에서 만든 그림엽서 세트를 답례품으로 주었다. 니바의 건배 제의에 맞추어 모두 잔을 높이 들었다.

"바우의 방문을 진심으로 축하합니다."

"브라보!"

감개가 무량했다. 감옥 안에서 과연 지구를 반 바퀴나 돌아서 저 먼 나라에까지 가기는 할까 하며 쓴 편지의 주인공들이 눈앞에서 건배를 하고 있는 것이다. 이들은 편지뿐만 아니라 내가 야생초 공부를 하는 데 책이 필요하다면 야생초 도감을 구해 보내주었고, 그림 그리는 데 물감이 필요하다면 물감을 보내주었다. 해마다 내 생일과 크리스마스 때가 되면 선물이 든 소포를 부쳐왔다. 내 어찌 징역을 홀로 견뎌냈다고 말할 수 있으랴! 사실 이렇게 여러분이 관심을 가져주는 덕분에 교도소 당국도 웬만해서는 내게 함부로 대하질 못했다.

한번은 대전교도소에서 이런 일도 있었다. 이들이 내게 그림물감과 스케치북을 소포로 부쳐 주었는데 내게 전달이 되지 않은 것이다. 편지를 통해 소포를 보냈노라고 분명히 전해 들은 나는 교도소 용도과에 가서 몇 번을 확인해 보았지만 그런 소포는 없었다고 장부까지 보여 주며 헛걸음치게 만드는 것이었다. 이런 일을 한두 번 겪은 것이 아니었기에 나는 언젠가 내가 직접 우편물 창고에 들어갈 기회만 엿보았다. 드디어 우연찮게 그런 기회가 왔다. 내 영치물을 뒤져 본 결과 문제의 소포가 일부 뜯겨진 채 나왔다.

우편물 담당이 기록도 안 하고 창고에 처넣은 게 틀림없었다. 이 사건을 계기로 나는 교도소 당국에 압박을 가하여 공안수들의 처우개선에 획기적인 양보를 얻어냈다. 이런 에피소드들을 나누며 만찬의 밤은 취기를 더해갔다. 한 회원은 이런 말도 했다.

"원래는 우리가 당신을 위로하기 위해 편지를 보냈는데 당신의 편지를 자꾸 받다 보니까 나중엔 누가 위로 받는 것인지 모르겠더라. 당신의 편지는 도저히 독방에 갇혀 괴로워하는 수인의 것이라고 생각할 수 없을 만큼 여유와 생기가 있었다."

어느 정도 얘기가 잦아들자 며칠 전 국영 텔레비전 방송에서 방영된 앰네스티 행사 비디오 테이프를 함께 구경했다. 다큐멘터리 말고 당일 텔레비전에 출연했던 장면은 다들 처음 보는 것이다. 모두들 행복해하는 빛이 역력했다. 노르웨이에 있는 200개가 넘는 앰네스티 지역그룹의 하나에 지나지 않는 아렌달 그룹이 앰네스티 사무총장을 비롯한 유럽 여러 나라의 디렉터들이 모인 자리에 초청되고, 자신들의 활동상이 전국적으로 방영되었으니 어찌 자랑스럽지 않으리오. 테이프가 다 돌고 격려의 박수로써 마무리를 했다.

니바는 돌아가기 전에 나를 따로 불러 작은 선물이라며 앙증맞은 은제 재떨이를 건네주었다. 한국에서 찍은 다큐필름의 인터뷰 장면에 내가 담배를 피우는 것을 보고 준비해 두었단다. 재떨이 바닥에는 'NYBA'라는 글씨가 선명하게 새겨져 있었다.

다음 날 니바의 기부금으로 세워졌다는 보물즈파브릭 미술관엘 갔다. 마치 옛날 공장 같이 생긴 특이한 건물이었는데, 알고 보니 1백 년 전에 지어진 방직공장을 개조하여 만든 것이라 한다. 유명한 파리의 오르세 미술관도 옛 기차 정거장을 개조한 것인데, 이렇게 옛 건물을 철거하지 않고 오늘에 되살려 쓰는 것은 여러 가지로 의미가 있어 보였다. 지역의 역사가 고스란히 살아 있어서 좋고, 주민들에게 친숙한 공간이기 때문에 미술관 드나들기가 아주 쉽다는 것이다. 내친김에 동네에 남아 있는 방앗간이나 대장간 같은 장소도 개조하여 지역 주민을 위한 사랑방이나 작은 전시공간으로 썼으면 좋겠다는 생각이 들었다.

미술관에 들어서니 관장인 졸버그가 나와서 일일이 안내해주었다. 그는 전직 미술교사였는데 그림과 함께 사는 것이 너무 좋아 아예 이곳의 관리 책임을 맡았다고 한다. 내부 공간의 반은 상설 전시장으로, 나머지 반은 임대 전시장으로 쓰고 있었다. 상설 전시장의 한쪽에 대단히 역동적인 사진 작품이 여러 점 걸려 있었는데, 유망한 한국계 사진작가의 작품이란다. 졸버그에 의하면 한국계 입양아 출신의 이 여성은 이제 20대 후반으로 현재 새로운 작업을 하기 위해 한국을 방문 중이라고 했다. 비극적인 민족사의 여파이긴 하지만 북구의 이 먼 구석까지 한국인의 족적이 없는 데가 없구나 하는 것을 새삼 느꼈다. 하긴 나 역시 그러한 비극적 역사의 산물로 여기까지 와 있는 것이 아닌가!

그 옆방에는 작품 전시를 위한 설치작업이 한창이었다. 그런데

Arendal 14/7-97

Dear friend!
I want to send you my heartiest congratulation.
I know the day is on the 17th of July. I am
sorry I am late, but please remember I am old 84 years
of age and in addition I have broken my leg, have to
use sticks. Everything goes slowly, irritating slowly. But
it am ashamed. I belong to groups 83 in Arendal.
We all admire you and appreciate the fine information
we get from you, especially via the letters to Randi
Bendiksen. It is so interesting. It was a pity that you
were moved to another prison. I understand you have
no opportunity to work with flowers there. It is so
splendid that you keep your interest so vivid under the
hard circumstances you live. I have a little small garden
myself, quite pretty in spring, lots of bulps, tulips etc.
This year it is not nice any longer. Due to the broken
leg I do not manage to keep it properly.
The weed is taking over.
I am living in a small house at an island outside
Arendal. I have a wonderful view over the fjord,
the islands and far out the big ocean. I love it.
It changes all the time. You can look and look
at it for hours. I should wish you could visit us
in Arendal. I am sure you would like it
In our group we very often speak about you and
admire you and now we do hope you will have a
nice birthday. Lots of love from Dagny Otterland.

친애하는 친구에게 (1997. 7. 14)

당신에게 최상의 축하 말씀을 전합니다. 생일이 7월 17일인 것으로 알고 있습니다. 늦어서 미안합니다. 그러나 내 나이가 여든네 살인 점을 이해해 주시기 바랍니다. 게다가 근래에 다리가 부러져서 목발을 사용하고 있습니다. 모든 일이 느리고 답답하기 짝이 없습니다. 부끄럽습니다. 나는 아렌달의 앰네스티 그룹 83에 속해 있습니다. 우리는 모두 당신이 보내오는 멋진 글-특히 랜디를 통해서-을 읽고 감탄하고 있습니다. 아주 흥미롭습니다.

당신이 다른 감옥으로 이송되었다니 유감입니다. 거기에서는 꽃을 가꿀 수가 없는 것으로 압니다만. 어려운 환경 속에서도 당신의 취미를 생생하게 살려나가는 것이 참으로 훌륭합니다. 나 역시 조그만 정원을 가지고 있습니다. 봄에는 튤립과 같은 많은 구근화초들로 꽤 아름답지요. (이하 생략)

그림이 아주 특이했다. 커다란 캔버스에 가느다란 펜으로 동그라미 몇 개 그려 넣은 것이 전부였다. 어떤 것은 여러 개 그려 넣기도 했지만 어떤 것은 보일 듯 말 듯한 크기의 동그라미를 한두 개 그려 넣은 것도 있었다. 장난같이 보였지만 작가는 아주 진지한 모습으로 작품을 설치하고 있었다. 무슨 의도로 이런 그림을 그리냐고 물었더니 자기는 동그라미 화가(circle painter)란다. 동그라미 속에 세상의 모든 이치가 들어 있기 때문에 줄곧 동그라미만 그려 오고 있다는 것이다. 그러면서 내게 자신의 화집을 건네주는데 펼쳐보니 거의 백지 묶음이나 다름없었다. 나는 가지고 있으면 언젠가 연습장으로라도 쓸 수 있으려니 하고 받아들었다. 나오면서 그에게 한국에는 동그라미를 진리의 표상으로 삼는 종교가 있는데 혹시 관심이 있다면 자료를 보내주겠다며 그의 주소를 적어 왔다. 원불교를 염두에 두고 한 말이다.

　미술관 마당에 나오니 거대한 석조물이 듬성듬성 서 있는 것이 보였다. 꼭 화강암으로 만든 전봇대를 세워 놓은 것 같았다. 이 작품의 주인공은 노르웨이에서도 알아주는 세계적인 조각가인데 작품의 제작 과정이 우리의 관념으로는 이해가 가지 않을 정도로 엄청났다. 졸버그가 자료실에서 가져온 사진 자료들을 보니 이 작품들은 모두 중국에서 만든 것이었다. 노르웨이에서는 이렇게 덩치가 큰 화강석이 생산되지 않는 데다가 이런 돌을 다룰 석공도 없다는 것이다. 그래서 중국에 가서 돌을 사서 현지의 석공을 고용하여 제작해서는 배로 싣고 왔다는 것이다. 그렇게 해도 여기서 만드는 것보다 돈이 덜 든다나. 이젠 제조업뿐 아니라 예술작품도 중국에 주문하여 생산하는 시대가 되었다고 생각하니 새삼 중국의 자원과 인력의 방대함이 피부로 와 닿았다. 사실 지금 중국은 세계 경제의 제조창이나 다름이 없다.

이날 밤 나는 키르스티가 합창연습에서 돌아오길 기다리며 음악이나 들어 볼까 하고 거실에 있는 구닥다리 전축에 들러붙어 그녀의 애장 음반을 뒤적거리고 있었다. 지금 하고 있는 합창단의 레퍼토리가 재즈곡이어서인지 재즈 음악이 많았다. 그러다가 한 낡아빠진 음반 표지에 '빅토르 하라(Victor Jara)'라고 씌어진 이름을 보고 눈이 번쩍 뜨였다. 아니 눈이 번쩍 뜨인 정도가 아니라 전율이 일었다. 그의 음반을 여기서 만나다니!

나는 1970년대 통기타 음악세대이다. 내가 지니고 있는 저항의식의 절반은 그 시절에 한대수와 김민기의 노래를 읊조리며 형성된 것이나 다름없다. 그때는 기타를 못 치면 바보 취급을 받던 시절이었다. 자연히 모든 집회나 MT 모임에서 기타는 필수 휴대품이었고 이것이 학생운동으로 이어지면서 민중가요로 발전하게 된다. 그 무렵에 자취방에서 소리를 죽여 가며 불렀던 운동가요들이 지금은 민중가요라는 이름으로 버젓이 방송을 타고 있으니 참으로 격세지감을 느끼지 않을 수 없다.

대학을 졸업하고 미국으로 유학을 가서 제3세계 민중들의 사회변혁운동을 공부하고 있을 적에도 나의 삭막한 마음을 달래준 것은 라틴 아메리카 민중가수들의 운동가요였다. 빅토르 하라의 이름도 이때 처음 들었다. 그러나 그의 음악은 듣지 못했다. 그러다가 감옥에 있을 적에 그의 전기가 우리말로 번역되어 나온 것을 보고 그를 자세히 알게 되었다.

빅토르 하라. 칠레의 위대한 민중가수. 노래하는 혁명가. 여러 가지 수식어를 가지고 있는 그는 어떻게 보면 남미 최초의 합법적 사회주의 정권인 아옌데 정권 수립의 일등 공신이라고 할 수 있다. 진정한 사회변화를 요구하는 칠레 민중의 염원과 정서를 그의 노래로 수렴하여 하나의 결집된 힘으로 나타날 수 있도록 했으니까. 그가 피노체트의 쿠데타군에 맞서 군중 속에서 노래를 부르고 있는 장면을 읽을 때는 걷잡을 수 없이 눈물이 나기도 했다.

두근거리는 마음을 달래며 조심스럽게 음반을 턴테이블에 걸었다. 나는 그가 거대한 군중을 상대로 노래했기 때문에 그의 노래 역시 대단히 선동적이고 거칠 것이라 짐작했다. 그런데 그게 아니었다. 스피커에서 흘러나오는 소리는 의외로 아주 섬세하고 부드러운 음성이었다. 어떻게 저런 목소리로 거대한 군중집회를 감당할 수 있었을까 싶을 정도였다. 그러나 자세히 들어보면 힘을 주어야 할 곳에서는 정확하게 힘이 들어 있는 절도 있는 목소리이기도 했다. 한국의 민중가수 정태춘 씨의 노래가 우리 막걸리와 같다면 빅토르 하라의 노래는 칠레산 와인처럼 달콤 쌉싸름했다.

빅토르 하라의 노래를 듣고 있는데 키르스티가 들어왔다. 나이가 환갑이 다 되어 가는데 어찌 저리 에너지가 넘쳐나는지 모르겠다. 음반의 표지를 자세히 보니 25년 전 칠레 산티아고에서 발행한 것이었다. 어떻게 이 음반을 구했냐고 물었다. 자기가 구한 것이 아니라 바로 밑의 여동생이 칠레에서 직접 가져온 것이란다. 얘기인즉슨 키르스티는 그 무렵 동생과 함께 사회주의 사상에 흠뻑 빠져 있었다. 동생이 조금 더 행동이 적극적이었는지 칠레에 사회주의 정권이 들어섰다는 뉴스를 듣자마자 바로 짐을 싸서는 해외 자원봉사자의 일원으로 칠레로 날아갔다는 것이다. 그곳에서 동생은 한 좌파 활동가와 눈이 맞아 결혼을 했고, 이 음반은 그녀가 노르웨이 친정에 나들이 왔을 적에 선물로 들고 온 것이라 했다. 소설과 같은 얘기였다.

이와 비슷한 유명한 사례가 있다. 1967년 볼리비아 산중에서 체 게바라와 함께 게릴라 투쟁을 하다가 숨진 여성 게릴라 '타니아 (Tania, 본명은 Haydee Tamara Bunke Bider)' 이야기다. 원래 체와 같은 아르헨티나 출신이지만 뿌리는 독일계이다. 그녀의 부모는 공산주의자로서 나치의 탄압을 피해 아르헨티나로 이주하여 타니아를 낳았다고 한다. 그녀는 15살에 아버지의 고향인 동독으로 건너가서 국제공산주의 운동에 몸을 던진다. 1960년에 체 게바라가 쿠바 혁명 성공 직후 경제문제를 협의하러 동독에 왔을 때 통역원으로서 체와 운명적인 조우를 한다. 그 이듬해 타니아는 아예 쿠바로 날아가 혁명정부의 일을 돕다가 1967년 체의 볼리비아 작전에 합류한다. 결국 그녀는 체와 마찬가지로 미국 CIA가 지휘하는 볼리비아 정부군의 총탄에 맞아 정글에 묻힌다. 그녀의 나이 29세 때였다.

다음 날 아침 일찍 일어나 키르스티와 함께 식사를 하고 그녀가 나가는 학교에 같이 갔다. 그저께부터 내게 일일교사를 부탁하더니 오늘 학교장의 승낙을 얻어냈다는 것이다. 내가 프랑스에서 일일교사를 했다는 말은 뻥끗도 안 했는데 우째 이런 일이! 학교 선생님의 발상은 다 비슷한 건가? 그녀가 나가는 학교에는 페르 토르라고 하는 또 한 명의 앰네스티 회원이 있다. 30대 중반의 잘생긴 이 선생이 오늘 나를 책임질 '담당'인 모양이다.

교무실에 가서 여러 선생님들과 인사를 나누고 잠시 기다리니 내가 맡을 수업의 담당이라면서 한 선생이 다가와 수업 안내를 한다. 자기는 문화사를 가르치는데 오늘 나갈 진도는 동아시아의 종교라며 그에 대해 수업해 주었으면 좋겠다는 것이다. 몇 학년 교실이냐니까 고3이란다. 나는 인권이나 민주주의 같은 주제를 기대했었는데 전혀 뜻밖이었다. 아마도 다른 수업을 끼워 할 만큼 여유가 없었던 모양이다. 나는 좋다고 했다. 학창시절부터 워낙에 남독(濫讀)을 해서 어떤 주제를 가지고도 1시간 정도는 '썰'을 풀 수 있는 기본이 되어 있다는 게 나와 같은 제너럴리스트(generalist)의 특징이다.

지난 강의에 이어서 계속 진도를 나가는 것이므로 이건 특강

(特講)이 아니라 대강(代講)인 셈이다. 아이들의 눈빛이 호기심으로 반짝반짝 빛났다. 먼저 동아시아의 지도를 그려 놓고 나라들의 위치와 종교분포의 현황을 애기한 다음 유교를 필두로 하여 불교, 도교, 기독교, 신도(神道) 등을 차례로 설명해 나갔다. 사실 나는 신도를 제외한 나머지 모두를 직접 섭렵한 바 있기 때문에 그다지 어려운 수업은 아니었다. 전달하는 언어가 달릴 뿐이지. 동양에서 온 신기하게 생긴 사람이 동양의 종교를 이야기해 주니 선생이나 학생이나 모두 만족해하는 모습이었다.

같은 수업을 연속 두 탕 뛰었더니 몹시 배가 고팠다. 점심을 학교 식당에서 샌드위치로 때우고 페르 토르는 나를 근처의 유명한 관광휴양지인 리쇠르로 데려갔다. 가는 길 주변의 곳곳이 모두 한 폭의 그림이었다. 거기에는 그의 부인 잉게가 관광객을 상대로 아트 숍을 하고 있었다. 잉게는 북구 여인답지 않게 아담한 것이 생긴 모습도 동양풍이었다. 가게를 한 바퀴 둘러보니 그녀의 물건 고르는 안목이 상당한 수준이라는 것을 대번에 알 수 있었다. 원래 그녀는 미대를 나와 그림을 그리다가 이렇게 아트 숍까지 차리게 되었다고 한다. 도자기 세트에서부터 캐주얼 의상에 이르기까지 조금 멋을 부린 물건들은 다 있었다.

그녀는 내가 입고 있는 제주 갈옷을 보고 탄성을 지르며 자기도 한번 입고 싶은데 어떻게 구할 수 없느냐는 것이었다. 그리고 가능하다면 아트 숍에도 갖다 놓고 팔고 싶단다. 사실 가게에 있는 물건들은 물 건너 온 것들이 대부분이었다. 주로 그녀가 여행을 다니며 사온 것들이란다. 아프리카에서 들여온 훌륭한 목각품들이 특히 눈에 띄었다. 가게를 나와 관광타운 리쇠르의 이곳 저곳을 둘러보고 다시 아렌달 시내로 들어왔다.

드디어 이날 저녁 키르스티가 매일 밤 12시 종이 '땡' 칠 때까지 연습에 연습을 해 온 합창단의 발표가 있었다. 나는 몇몇 회원들과 함께 초대권을 받아 들고 다운타운에 있는 키노하우스(KINO House)로 갔다. 발표회장은 입추의 여지가 없었다. 합창단원이 많으니 그 가족들만 해도 이 정도는 될 거라는 생각이 들었다.

레퍼토리는 전곡이 재즈로, 전설적인 재즈 뮤지션 루이 암스트롱의 업적을 기리는 공연이었다. 어려서부터 귀에 못이 박히도록 들어 온 'When the Saints Go Marching In'이 첫곡이었다. 그 옛날 '후라이 보이' 곽규석 씨가 진행하는 <쇼쇼쇼>에서 가수 현미 씨가 이 노래를 자주 불렀던 것으로 기억한다. 그때는 뜻도 모르고 '오 안더 쎄~ 오 안더 쎈치 고마칭인~'을 입에 달고 다녔었다. 나중에 그것이 천국의 도래를 갈망하는 복음성가(Gospel Song)인 것을 알고 실소를 금치 못했지만. 이어지는 곡들도 모두 많이 들어 본 곡들이어서 내내 편안하게 감상할 수 있었다.

우선 합창단의 면면이 이웃처럼 친숙했다. 연령대도 뒤죽박죽인 것 같아 물어보니 최연소가 20세이고 최고령이 69세라 한다.

직장을 다니며 틈틈이 연습을 한 솜씨치고는 대단했다. 원래 미국 남부의 고통스런 인종차별의 현장에서 생겨난 흑인들의 음악이 추운 북구에서 이렇게 인기가 좋다니 놀라운 일이었다.

공연은 그야말로 대성공으로 막을 내렸다. 키르스티가 상기된 얼굴로 무대 아래로 내려왔다. 이렇게 노래로써 많은 사람들과 즐거움을 함께 나누는 것이 너무 행복하다고 한다. 겨울방학 때는 이웃 나라로 원정공연을 갈 계획도 세워 놓았단다. 나에게 합창단 CD를 3장이나 주며 한국에 있는 친구들에게 나누어 주라고 한다.

아렌달에 와서 6일째 되는 날이다. 이날은 학교선생 페르 토르가 나를 포함한 회원들 모두를 자기 집에 초대한 날이다. 하긴 방문기간 내내 회원들 집에 초대되어 갔지만 페르 토르의 집만은 특별했다. 그의 집은 뭍이 아니라 섬에 있었다. 아렌달에서도 꽤 떨어진 오지에 있는 작은 섬이라 자동차는 선착장에 주차시켜 놓고 모터보트를 타고 가야 했다. 선착장에 서서 바다 속을 들여다보고 깜짝 놀랐다. 물이 너무도 맑은 데다 바다 속 모습이 텔레비전 자연다큐멘터리에서 보던 풍경 그대로였다. 이런 풍경을 매일 들여다본다는 것은 분명 큰 행운임에는 틀림없지만 출근할 때마다 배를 갈아타는 수고를 굳이 해야 할까?

그의 집은 건너편 선착장에 내려서도 한 20분은 더 걸어 들어갔다. 그다지 크지 않은 바위섬이지만 듬성듬성 집들이 있었다. 제법 높은 곳에 목재로 된 이층집이 나타났다. 그랬다. 그는 누구에

순대야에 있는 페르 토르의 집 앞에서.
현관 입구에 서 있는 두 사람이 페르 토르 부부.

게도 간섭을 받지 않으면서 자연으로 완전히 둘러싸인 환경을 원했던 것이다. 집에서는 잉게가 점심을 준비하고 있었다. 집 내부는 마치 갤러리를 연상시킬 만큼 많은 미술작품들이 걸려 있었다. 화가이기도 한 잉게의 솜씨였다. 거실에 서서 둘러보니 숲 너머로 바다가 보였고 창문 밖에선 새들이 지저귀고 있었다. 아무리 돈이 많다고 한들 누가 이보다 완벽한 집을 가질 수 있을까!

점심 식탁이 마련되었고, 이날의 특선 요리로 새우가 나왔다. 물가가 비싼 노르웨이인지라 레스토랑에서 새우요리를 시켜 먹으려면 많은 돈을 지불해야 한다. 그것도 새우가 많이 나오는 것도 아닌데. 페르 토르는 가끔 이렇게 친구들을 불러 놓고 인근 수산물 집하장에서 왕새우를 한 대야 가득 사서는 배가 터지게 먹곤 한단다. 나온 것을 보니 요리랄 것도 없었다. 식탁 가운데에 무식하게 많이 쌓아 놓은 삶은 왕새우, 그 옆에 야채와 소스 그리고 식빵이 전부였다. 물론 전식으로 야채수프를 한 그릇씩 먹고 말이다. 정말이지 태어나서 처음으로 왕새우를 질리도록 먹어 보았다. 나는 양껏 먹는다고 먹었는데 모두들 식성이 얼마나 좋은지 접시 옆에 쌓인 새우 껍질을 보니 내 것이 제일로 작았다.

식사를 마치고 산책을 나갔다. 겨우 10여 가구 될까 말까 한 마을 앞을 지나가는데 맞은편에서 웬 계집아이들이 손에 장미꽃 송이 다발을 들고 재잘거리며 온다. "헬로" 하고 인사를 하는가 싶더니만 다짜고짜 장미 한 송이를 안겨 주면서 무조건 사라는 것이었다. 아니 이렇게 외딴 섬에도 통일교도들이 있나 하고 의아해 하는데 다른 아이가 전단지를 건넨다. 노르웨이 말이라 옆의 동료에게 주었더니 이 아이들은 폭력에 희생당한 사람들(Victoms of Violence)을 위한 모금운동을 하고 있다는 것이다. 우리는 장미 세 송이를 사 주었다. 아마도 모금을 하려고 시내로 나가는 길에 우리가 마수걸이로 걸려든 모양이었다. 하여간 유쾌한 아이들이었다.

측은히 여기는 마음이 없으면 사람이 아니다 235

우리는 마을을 가로질러 오솔길을 따라서 섬의 가장 높은 지점으로 올라갔다. 바람이 세어서인지 키 작은 나무들이 빽빽하게 들어차 있다. 바위 꼭대기에서 일망무제의 바다를 바라보며 잠시 공상에 잠겼다. 이런 아름다운 섬을 하나 통째로 구하여 자연과 평화를 사랑하는 사람들과 함께 국제적인 생태공동체를 하나 꾸리면 어떨까 하는.

다시 아렌달 시내로 나오니 지난번에 도서관 방문 일정을 안내했던 아르네로부터 연락이 왔다. 그때 도서관에서 만난 한국 여자에게서 나를 만나고 싶다는 연락이 왔단다. 저녁에 특별한 일정이 없어 약속한 장소로 나갔다. 시내에 있는 한 중국 음식점이었다. 식당에는 그때 만난 김경화 씨뿐만 아니라 놀랍게도 몇 명의 한국 여자분들이 더 있었다. 경화 씨가 급히 연락하여 아렌달 인근에 사는 한국 사람들을 불러 모았다고 한다. 이국에서 때때로 만나 우리말로 회포를 푸는 친구들인 모양이다.

자리에 앉아 한 사람 한 사람 인사를 나누었다. 김경화, 이종숙, 이익분, 구윤경, 모두 네 사람이다. 앞의 세 사람은 노르웨이인과 결혼하여 이민을 온 경우이고, 윤경 씨는 관광산업을 공부하러 온 유학생이란다. 이 근처에 이들 말고도 비슷한 경우의 한국 부인들이 더 있다고 한다. 아렌달은 남동부 지역 해운업의 중심지인지라 해운과 수산업 관계로 한국에 드나드는 노르웨이 사람들이 꽤 많은데, 이들이 한국에 업무차 갔다가 아예 한국인 신부를 업고 들어온 것이다.

얘기를 들으니 노르웨이 남성들 사이에 한국 여성의 인기가 상당히 높단다. 매우 가정적이고 남편을 하늘같이 섬기는 전통적인 현모양처의 모습을 노르웨이 여성들에게서는 좀처럼 찾아 볼 수 없기 때문이라나. 어찌 보면 남성과 동등한 여권이 확립된 사회에서 여전히 남성우월주의를 행사할 수 있는 대상을 한국 여성에게서 찾는지도 모르겠지만 확실히 한국 여성이 서양 여성에 비해 싹싹하고 부드러운 것은 사실이다.

이들은 이런 외진 곳에서 노르웨이 텔레비전에 소개된 한국인을 만나 너무도 반갑다며 그동안 못 나눈 회포라도 풀려는 듯 정신없이 얘기보따리를 풀어 놓는다. 나는 잠시 내가 한국에 와 있는 것은 아닌가 하는 착각 속에 이들의 얘기 속에 빨려들어 갔다. 대부분은 말이 안 통하고 상대할 만한 이웃이 없어 겪을 수밖에 없는 고통과 외로움이었다. 외국에 정착하여 가장 확실하게 적응하는 길은 뭐니 뭐니 해도 하루빨리 언어를 마스터하는 것이다. 사실 한국인 부인들은 일단 아이를 갖게 되면 아이와 함께 거의 집안에 붙잡혀 있기 때문에 현지어를 제대로 배울 기회가 별로 없다. 그런데도 김경화 씨는 이를 악물고 노력한 끝에 거의 완벽한 노르웨이 말을 구사하고 있었다. 남편이 선원이기 때문에 집을 비우는 일수가 길어 나름의 생존술을 터득한 결과이다.

중국집이 문 닫을 시간이 되어 할 수 없이 밖으로 나왔으나 모두들 그냥 헤어지기가 섭섭한 모양이었다. 경화 씨가 자기 집으로 가서 차 한잔 하고 헤어지잔다. 벌써 밤 11시인데…… 놀랍게도 이젠 들어가 봐야겠다고 말하는 이가 한 사람도 없었다. 오히려 홀로 여행 중인 내가 초조해질 지경이었다. 재워 주기로 한 회원이 기다리고 있었기 때문이다. 나를 포함해 다섯 명이 한밤중에 경화 씨 집엘 들이닥쳤다. 집에는 그녀의 아들 안드레아만이 혼자 놀고 있었다. 남편은 지금 해외 출장 중이란다. 선원의 월급이 그리 넉넉하지는 않은지 집은 좀 허술했다. 응접실에 둘러앉자 경화 씨가 작년에 한국의 부모님을 뵙고 오면서 가져왔다는 소주를 꺼내 왔다. 노르웨이하고도 동남단 끄트머리에 있는 아렌달에서 한국 여인들을 마주하고 소주라! 여기에 노래방 반주기만 있으면 완전히 삼박자가 맞아 떨어지는 건데…… 또다시 이야기꽃을 피웠지만 너무 늦은 데다 중국집에서 웬만큼 떠들어 봐서인지 그리 신이 나진 않았다. 여인들이 술을 삼가는 바람에 혼자서 몇 잔을 연거푸 마셨더니 금방 취기가 올랐다.

마지막 날 밤은 그룹의 총무인 페르 하크슈타트의 집에서 자기로 했다. 페르는 간밤에 내가 거의 1시가 다 되어 들어오는 바람에 잠도 제대로 못 잤을 텐데 아침에 일어나서 아무 소리도 하지 않았다. 페르는 그야말로 교과서 같은 사람이다. 그는 전직 교사로 정년퇴임한 후에도 계속하여 시내에 있는 사회교육센터에서 성인들을 대상으로 영어와 스페인어를 가르치고 있었다. 그는 영어를 비롯해 불어, 독일어, 스페인어를 자유자재로 구사한다. 성격처럼 그의 영어는 마치 교과서를 읽는 것처럼 정확하다. 내가 말하는 것도 틈만 나면 옆에서 수정을 해준다. 가르치는 것이 업(業)인 사람은 어쩔 수가 없는 모양이다.

페르는 그룹의 조직과 운영을 책임지고 있다. 그는 내 소식을 부지런히 인터넷 웹사이트에 올리는가 하면, 나를 후원하는 다른 그룹과의 교신도 게을리하지 않았다. 어쩌면 페르 같은 유능하고 부지런한 조직가가 있기 때문에 아렌달 그룹이 '대박'을 터트렸는지도 모르겠다.

페르는 마지막 날 일정으로 아렌달에서 자동차로 한 시간 가량 거리에 있는 힐러스타트가리에(Hillerstadgalleriet) 자연공원을 구경시켜 주었다. 가는 길 자체가 자연공원이나 다름없었다. 기가 막힌 호수와 절벽과 강을 연달아 지나치면서 이렇게 인구가 희박한 나라에서 따로 자연공원을 만들 필요가 있나 싶었다. 자연공원을 만들기보다 국민 한 사람 한 사람을 자연주의자로 만드는 것이 더 효과적일 것이라는 생각을 해 보았다.

공원의 중심부에는 어마어마하게 높은 절벽 위에서 떨어지는 폭포가 자리하고 있었고, 그 밑에 통나무로 만든 커다란 휴게소에는 각종 휴게시설과 갤러리가 있었다. 휴게시설들을 둘러보고 놀란 것은 고품격의 시설에 걸맞은 이용객의 좋은 매너였다. 갤러리의 그림이나 상점에 늘어 놓은 기념품의 품질이 다른 어느 곳에서 본 것보다 훌륭했으며, 실내는 몹시 붐볐으나 결코 소란스럽지 않았다. 이런 품위와 매너는 풍요롭고 넉넉한 자연환경과 적당한 인

측은히 여기는 마음이 없으면 사람이 아니다 239

구 그리고 수준 높은 교육에서 비롯되었을 것이라고 나름대로 추측해 보았다.

사실 노르웨이라는 나라는 1960년대까지 유럽에서도 이류 국가에 지나지 않았는데 어떻게 그렇게 짧은 시기에 높은 경제력과 문화 수준을 갖게 되었는지 궁금했다. 1960년대 후반부터 인근 바다에서 나오는 석유를 팔아 경제가 급속히 발전했다 하지만 문화 수준은 돈을 많이 번다고 해서 짧은 시간에 그렇게 높아지는 게 아니기 때문이다. 가령 노벨 평화상을 수여한다든지 또는 다른 유럽 국가들조차 부러워하는 시민들의 앰네스티 지원활동 같은 높은 세계시민의식 등은 지정학적으로 보아도 쉽게 이해되는 것은 아니다.

마지막 날 저녁 페르의 집에 회원들이 다시 모여 환송 만찬을 가졌다. 마치 오래 전부터 알고 지내던 이웃집 아저씨 아주머니와 같이 친근하게 느껴지는 이들에게 무어라 감사의 말씀을 전해야 할지 막막했다. 이들은 그저 아렌달이라는 조그만 도시 인근에 살고 있는 평범한 주민이다. 직업이래야 주위에서 흔히 볼 수 있는 교사, 공무원, 주부 정도이다. 다른 사람들과 비교하여 특별히 시민의식이 높다거나 별난 정치의식을 갖고 있는 것도 아니다. 그저 인권이 짓밟히고 있는 나라의 양심수에 대한 측은한 마음과 운 좋게 잘사는 나라에 태어나 살고 있다는 부채의식이 전부이다.

240

| 아렌달에서 마지막 만찬 후.
왼쪽부터 87세 고령의 니바, 듀볼트, 랜디, 바우, 키르스티,
그룹의 리더인 페르 하크슈타트.

일찍이 맹자는 측은히 여기는 마음이 없으면 사람이 아니라고 했다. 내가 아렌달에 와서 얻은 가장 큰 수확이라면 인권운동이란 게 결코 특별한 일이 아님을 확인했다는 것이다. 모든 인간은 평등하고, 누군가 부당하게 그 평등성이 짓밟혔을 때 그에 대해 측은한 마음을 느껴 관심을 표현하는 것이 인권운동이라고 정의하면 너무 단순할까?

그런데 우리 사회는 어떤가? 지나친 경쟁과 이기심 때문에 측은지심마저 희박해진 건 아닌지, 설사 측은한 마음이 일었다 해도 너무도 바삐 돌아가는 세상사에 쫓겨 그것을 표현하는 것조차 사치로 여기는 건 아닌지……. 만약 그렇다면 맹자식으로 말해서 우리는 이미 사람임을 포기하는 사회에 살고 있는 것이다. 측은지심이 사라진 사회에 인권이 제대로 보장될 리가 없다. 이런 사회에서는 인권을 주장하기에 앞서 인간 회복이 우선이 아닌가라는 생각이 든다. 인간 회복이 제대로 이루어진 사회라면 따로 인권을 얘기할 필요도 없으니까.

회원들이 노르웨이 말로 떠들며 식사를 하는 사이 우리의 현실을 떠올리며 잠시나마 우울한 상념에 빠졌다.

식사 후 차를 마시면서 회원들이 돌아가며 나의 앞날을 축원하는 덕담을 한 마디씩 해주었다. 그냥 고맙다고 말하기에는 너무 싱거운 것 같아 우리 노래로 화답해 주었다. 마침 응접실에 페르의 딸이 가끔 친다는 기타가 보이기에 기타 반주에 맞추어 영국의 한 음악회에서 선보인 바 있는 '타박네'를 불러주었다.

"타박 타박 타박네야. 너 어드메 울고 가니. 우리 엄마 무덤가에 젖 먹으러 찾아간다."

노래를 마치고 영어로 가사와 의미를 설명해 주었다. 엄마가 죽어 천하의 고아가 된 가엾은 무당의 어린 딸이 마을 사람들의 구박을 피해 산야를 헤매다가 엄마의 무덤가에 자라난 개똥참외를 먹고는 살아생전 엄마의 젖맛을 느꼈다는 내용이다. 처절할 정도로 슬픈 노래다. 노래를 듣고 감동적이라며 박수를 쳐주었지만 노래 속에 담긴 깊은 한의 정서와 희망을 읽어 냈는지는 모르겠다. 그리고 보니 이 역시 인권피해자의 노래가 아닌가!

AMNESTY INTERNATIONAL

Norwegian Section - Norsk Avdeling
Group 83
P.box 524
N-4801 Arendal
Norway

President-elect Kim Dae-jung
National Congress for New Politics
Hanyang Building 4th floor
14-31 Yoido-dong , Youngdungpo-gu
SEOUL
Republic of Korea

Dear President-elect ,
Congratulations on your election as the new President of the Republic of Korea .
In his inauguration speech nearly 4 years ago the former president promised that "justice will
flow like a river through this land" . Nevertheless , since then thousands of innocent people
have been arrested and sentenced to stiff prison terms , simply for having exercised their
legal right of freedom of expression and assembly , which is part of the Universal
Declaration of Human Rights and your country's Constitution .
Still there are hundreds of prisoners of conscience in South Korean prisons , arrested and
sentenced on the most dubious of pretexts under the two former presidents Chun and Roh .
One of these is Hwang Dae-kwon , a Christian student of political science in the USA , who
was arrested when returning in good faith to Seoul to see his family in 1985 .
He was then subjected to extremely harsh torture and forced to say that he had betrayed
state secrets to which no student can possibly have any access .
Based on this false confession , he was sentenced to life imprisonment , subsequently
reduced to 20 years , of which he has now served 12 years in Taejon Prison , Yusong .
My friend Hwang Dae-kwon and many other students were sentenced under the corrupt legal
systems of former presidents Chun and Roh , who were sentenced to death and to 22 years
of imprisonment for their crimes against the Korean people .
I feel it would be a good omen for the start of your presidency to put the old wrongs right
again by freeing long-term political prisoners who were accused and sentenced under these
two presidents for acts that are completely legal in all other industrialized countries .
I am referring to people who are only exercising their democratic and human rights .
It would be an act of reconciliation and good-will for which you will be remembered
with gratitude , admiration and sympathy by democratic forces in all freedom-loving
nations .
After the amnesty granted to the two former presidents , who inflicted so much pain on
the Korean people , it would be logical and fair to grant an amnesty to their victims as well .
I therefore urge you to grant an amnesty at least to all those who have served half their
prison terms , or more , as your first generous and far-sighted presidential act .

Arendal , 5/2 1998 .

Respectfully yours

친애하는 김대중 대통령 당선자님께

대한민국의 대통령으로 당선되심을 진심으로 축하 드립니다.

김영삼 전 대통령은 4년 전 취임사에서 "이 땅 위에 정의가 강물처럼 흐를 것입니다" 라고 말했습니다. 그럼에도 불구하고 그후로도 수천 명의 죄 없는 사람들이 표현과 집회 의 자유라는 합법적인 권리를 행사했다는 이유로 체포되어 중형을 선고받았습니다. 표현 과 집회의 자유는 세계인권헌장과 귀국의 헌법에도 명시되어 있는 바입니다.

아직도 남한의 감옥에는 전두환과 노태우 전 대통령의 집권 동안 아주 의심스런 구실 하에 체포되고 형을 구형받은 수백 명의 양심수들이 있습니다. 그중 미국에서 정치학을 공부하던 유학생 황대권이 있습니다. 그는 1985년 가족을 만나기 위해 서울로 돌아왔다 가 그 다음 날 체포되었습니다. 그는 아주 혹독한 고문을 받았으며 학생의 신분으로서는 접근할 수조차 없는 국가의 비밀을 누설했다고 말하도록 강요받았습니다. 이렇게 그릇된 고백에 근거를 두어 그는 무기징역을 선고받았고, 나중에 20년으로 감형되었는데, 지금은 유성에 있는 대전 교도소에서 12년째 형을 살고 있습니다.

나의 친구 황대권을 비롯한 수많은 학생들이 전 대통령 전두환과 노태우의 부패한 법 체계 아래에서 구형을 받았는데, 그 두 전 대통령은 대한민국 국민을 대상으로 저지른 범 죄로 각각 사형과 22년형을 구형받은 사람들입니다. 대통령께서 다른 모든 선진국에서는 완전히 합법적인 것으로 간주되는 행위로 인해 두 전 대통령이 집권할 때에 기소되고 구 형받은 장기수들을 석방하여 오랜 잘못을 바로잡는 것으로 국정을 시작한다면 좋은 전조 가 되리라고 봅니다.

나는 민주적이고 인간적인 권리를 행사했을 뿐인 사람들에 대해 말하고 있습니다. (당신 이 그렇게 해 주신다면) 그것은 화해와 선의의 행위로서, 자유를 사랑하는 모든 나라의 민 주 세력들은 감사와 찬미 그리고 호감을 가지고 이를 길이 기억할 것입니다. 대한민국 국 민에게 많은 고통을 가져다 준 두 전 대통령을 사면한 후에, 그들의 희생자들도 사면하는 것은 합당하고 또 공정하다고 봅니다. 그러므로 나는 대통령 당선자께서 첫 번째의 너그 럽고 장기적인 안목을 가진 대통령의 행위로서, 적어도 형기의 반 또는 그 이상을 산 사 람만이라도 사면해 주시기를 촉구하는 바입니다.

1998 2/5 아렌달

노르웨이의 숲

레니, 안느 그레테, 야네

버스를 타고 다시 오슬로로 돌아왔다. 꼭 1주일 만이다. 그런데 분위기가 이상했다. 버스가 오슬로 터미널에 다가서자 근처에 짧은 이스라엘제 우지 기관단총을 든 경호원들이 삼엄한 경계를 펴고 있는 것이 보였고, 터미널 대기실에 사람이라고는 아무도 없었다. 노르웨이 같은 나라에 쿠데타가 일어났을 리는 없을 텐데 하고 상황을 알아보니 버스터미널 바로 옆에 있는 플라자 호텔에 미국 대통령 클린턴이 와 있어서 그렇다는 것이다. 클린턴이 노르웨이를 방문했는데 내가 일주일 전에 묵었던 바로 그 플라자 호텔을 통째로 빌렸다는 것이다. 20층이 넘는 호텔의 전 층을! 하긴 세계를 지배하는 제국의 대통령으로서 저 정도는 되어야 하겠지 하고 끄덕이면서도 은근히 부아가 났다. 아무리 그렇다 해도 터미널 폐쇄는 너무했다.

그나저나 방송국 PD인 레니가 마중 나오기로 했는데 큰일이었다. 어찌할 줄 모르고 혼자 남아 끙끙대고 있는데 버스기사가 오더니 얼마 전 텔레비전에 나온 한국 사람 아니냐고 하면서 알아보는 것이었다. 그러더니 이리저리 전화를 해본 뒤 내 트렁크를 번쩍 들고 터미널 밖으로 나가 레니가 기다리고 있는 곳까지 안내한다. 허허, 유명세가 좋을 때도 있네그려. 버스기사에게 백배 감사를 드리고 레니의 차에 올라탔다.

레니. 노르웨이 국립 텔레비전방송 프로듀서 겸 아나운서. 활화산 같은 에너지를 지닌 여자이다. 마음 씀씀이가 웬만한 남자 저리 가라 할 정도로 화통하고 개방적이다. 나는 그녀가 한국에 다큐멘터리를 찍으러 올 때부터 알아보았다. 오슬로에 오면 꼭 자기 집에서 묵었다 가라는 요청도 있었고 해서 공식일정은 끝났지만 노르웨이 구경을 조금 더 하고 가야겠다는 생각으로 그녀의 집으로 가려는 것이다.

털털한 그녀의 성격이 말해 주듯 오래된 낡은 집을 수리하여 수수하게 살고 있었다. 집에는 남편 톨레이프슨(Tholeifsson)과 고등학교를 다니는 두 딸이 기다리고 있었다. 마침 점심시간이라 겸사겸사하여 모두들 모여 있었던 모양이다. 거구의 톨레이프슨은 내가 만난 노르웨이 남성 중 최고의 미남이었다. 레니의 활달한 성격이 저런 미남을 낚아채지 않았나 싶다. 남편만 조금 온순할 뿐 여자 셋이 모두 걱실걱실한 게 거침이 없다. 한국에서라면 남자들만 사는 집이 아니냐고 물 법도 하다. 아마추어 화가인 톨레이프슨이 인테리어 색상을 실험한다고 여기저기 벽면에 페인트칠을 해 놓아서 집안 분위기가 더욱 어수선했다. 이렇게 정돈되지 않은 집이 나 같은 방문객에게는 오히려 부담이 없다. 실수로 어딜 망가뜨려도 별로 눈에 띄지 않기 때문이다.

적당히 점심을 먹고 레니 부부와 함께 자전거를 타고(식구 수대로 자전거가 있음) 집에서 그리 멀지 않은 비겔란 공원으로 갔다. 집이 오슬로 국립대학 옆이라 먼저 학교부터 구경했다. 날더러 농업을 공부하고 싶으면 여기도 좋다면서 여러 가지 구미가 당기는 말을 했지만 아무리 수업을 영어로 한다 해도 노르웨이 말을 잘 몰라서는 공부하기가 어려울 것 같았다.

먼저 도서관엘 가봤는데 노르웨이 건물들이 대개 그렇듯 일직선으로 크고 썰렁하기만 했다. 그러나 시설만큼은 일류였다. 로비에 걸린 벽화가 너무 맘에 들어 그 앞에서 톨레이프슨과 사진을 한 장 찍었다. 도서관 앞의 게시판에 온갖 공고가 덕지덕지 붙어 있는 중에 '심층 생태학(Deep Ecology)'의 창시자인 노르웨이 철학자 아르네 네스(Arne Naess)의 강연공지가 보였다. 한번 가보고 싶었으나 말도 못 알아듣는 데다 혼자 마음대로 돌아다닐 계제가 아니라서 참아야만 했다.

우리는 대학을 빠져나와 시내를 가로질러 비겔란 공원으로 갔다. 미리 얘기하자면 이날부터 3일간 오슬로에 있었는데, 어찌어찌 하다 보니 3일 내리 비겔란 조각공원엘 가게 되었다. 밖에 나

와서 레니를 만나기 위해 아는 장소를 찾다 보니 그렇게 되기도
했지만 비겔란과는 알지 못할 인연 같은 것이 있었는지도 모르겠
다.

비겔란(Vigeland, 1869~1943)은 노르웨이의 국민적 예술가이
다. 노르웨이가 세계에 자랑하는 국민적 예술가는 회화에 뭉크
(Munch), 음악에 그리그(Grieg), 문학에 입센(Ipsen), 조각에 비겔
란을 꼽는다. 이들은 모두 독자적인 박물관을 가지고 있을 정도로
유명하고 그만큼 국민들의 사랑도 절대적이다. 비겔란이 다른 예
술가들과 다른 점은 자신의 작품전시관을 스스로 만들었다는 것이
다. 비겔란 조각공원이 그것이다. 그는 조수나 다른 일꾼들의 도움

아렌달에서 선물받은 전통문양 스웨터를 입고, 비겔란 조각공원에서 레니와 함께.

을 받지 않고 손수 작업을 하여 그 엄청난 조각공원을 완성한 것으로 유명하다.

조각공원에는 모두 192점의 조각품이 전시되어 있는데, 이것들은 1907년에 시작하여 1943년에 죽기까지 계속된 작업의 결과이다. 평생 작업의 결과가 192점이라면 적다고 말할지 모르겠으나 이곳에 있는 작품들은 규모도 규모이거니와 하나하나가 걸작이다. 특히 공원의 중앙에 우뚝 서 있는 인간탑은 작품의 내용이나 규모가 가히 충격적이다. 통짜배기 돌을 쪼아 만든 14m 높이의 이 작품은 맨 하단에서 꼭대기에 이르기까지 온갖 형태의 인간들을 마치 시루떡 쌓듯이 쌓아 놓은 모습을 하고 있다. 이것을 도대체 어떻게 해석해야 하나? 어찌 보면 집단학살당한 사람들을 마구잡이로 쌓아 놓은 것 같다. 하지만 사람들의 팔다리가 핑핑한 것을 보면 그건 아닌 것 같고. 얽히고 설켜 집단으로 살아갈 수밖에 없는 인간군상을 그린 것일까? 거대한 진공청소기의 흡입 파이프를 사람의 왕래가 빈번한 도심지역 아무데나 대고 구멍이 막힐 때까지 빨아들인 다음 그대로 빼내면 꼭 같은 형태가 나오지 싶다. 진공청소기가 없던 시절에 비겔란이 그런 끔찍한 생각을 했을까? 하여간 기괴하기 짝이 없는 이 작품 앞에 서서 나는 그저 탄성을 지르는 것 말고는 달리 할 일이 없었다.

넓디 넓은 공원에 흩어져 있는 비겔란의 작품들은 대부분 가족과 아이들을 주제로 한 것이 많다. 그렇다. 가정의 평화와 세대 간의 화합이야말로 비겔란 조각의 영원한 화두이다. 불행하게도 비겔란은 2차세계대전 당시 독일군이 노르웨이를 점령하고 있을 때 나치에게 협력했다는 불명예를 안고 있다. 가족의 안전이 보장된다면 어떠한 정치체제도 받아들일 수 있다고 생각했을까? 그는 독일이 항복하기 직전에 죽었기 때문에 사람들로부터 직접적인 수모를 당하는 일은 면했으나 대신 '나치협력자'라는 꼬리표를 달게 되었다. 그러나 노르웨이 사람들의 혼과 육체를 완벽하게 구현한 비겔란의 위대한 예술적 업적 앞에 나치에 부역한 일 따위는 큰 흠이 될 수 없었나 보다. 오늘날 비겔란 조각공원은 현지인뿐 아니라 외국인들이 가장 자주 찾는 관광 명소로 되어 있다.

비겔란의 조각 '인간탑'.

제법 일찍 저녁 식사를 마치고 레니 부부와 한담을 나누고 있는데 이웃에 산다는 중년의 남자 둘이 찾아왔다. 아마도 톨레이프슨이 집에 재미난 친구가 와 있으니 한 번 놀러오라고 그랬나 보다. 한 사람은 직업이 연극배우이면서 발명가이기도 했다. 그는 자신이 발명한 것이라며 이상하게 생긴 가방을 보여주며 7~8가지가 넘는 가방의 다른 용도를 설명해 주었다. 대단한 발명품으로 보였다. 이름하여 'Free Bag'.

　또 한 사람은 행정 공무원인데 낼모레면 스리랑카 정부의 초청으로 행정자문관으로 일을 하기 위해 출국한다고 한다. 그의 이야기 가운데 내가 존경해 마지않는 요한 갈퉁 교수의 이름이 나오기에 아는 체를 좀 했다. 오슬로에 세계 최초로 '평화연구소'를 설립한 요한 갈퉁 교수는 세계 사회과학계의 거두이다. 나는 여지껏 현대제국주의 이론을 갈퉁 교수만큼 요령 있게 설명한 사람을 알지 못한다. 정평 있는 그의 평화론은 제국주의에 대한 정확한 이해에 기초한 것이리라. 한때 정치학을 공부하던 시절 그의 글이라면 만사를 제쳐놓고 읽은 기억이 있는 나로서는 교수에 대한 호감어린 말이 나오기를 기대하며 귀를 기울였으나 그의 입에서 나온 단어는 'arrogance'였다. 거만하다는 것이다. 학문적 토론이 아닌 학자와 공무원 사이에 불거진 불협화음이라면 그럴 수도 있으려니 했다.

　우리의 대화는 나의 출신 배경으로 인해 자연스레 동양철학과 생태학으로 옮겨갔다. 이들은 생태환경에 대해서는 상당한 식견을 가지고 있었으나 동양철학에 대해서는 별로 알고 있는 것이 없었다. 특히 노자와 장자의 이름조차 모른다고 할 때는 솔직히 경악을 금치 못했다. 우리는 아무리 몰라도 소크라테스나 플라톤의 이름 정도는 알고 있지 않은가! 내가 노장사상의 요체를 몇 가지 이야기해 주자 톨레이프슨은 눈을 반짝이며 듣는다. 그러면서 다음에 만날 때는 동양철학에 대해 깊이 있는 토론이 될 수 있도록 공부 많이 해두겠노라고 다짐했다. 나도 그에게 한국에 돌아가면 노자의 『도덕경』을 보내주겠다고 약속했다. 그랬더니 그는 서재로 가서 책을 하나 들고 와 테이블 위에 놓는다. 자신이 읽으려고 사두었으나 내게 필요한 책일 것 같아 선물하고 싶다는 것이다. 묵직한 하드커버의 영어책인데 이곳의 물가로 보아 상당한 값을 치렀을 터였다. 노르웨이 생태사상가들의 글을 모아 놓은 것이었다. 맨 앞에 아르네 네스의 이름이 보였다. 부제가 '노르웨이 심층생태학의 기원(The Norwegian Roots of Deep Ecology)'이었다. 유럽의 어느 책방에서도 구할 수 없는 귀한 책을 선물한 톨레이프슨에게 거듭 감사의 말을 했다.

다음 날 점심을 먹고 레니와 함께 자전거 투어를 떠났다. 유명한 스키 점프대가 있는 산으로 가서 자전거를 타고 시내로 내려온다는 것이다. 산 위에까지는 전철을 타고 갔다. 오슬로의 전철은 자전거의 반입이 허용되어 있어 자전거를 끌고 집을 나서도 아주 먼 거리까지 이동이 가능했다. 그래서인지 차폭도 엄청 넓었다.

어떤 네거리를 지나는데 보니까 스키복 차림의 한 남자가 스키를 신고 양손으로 스틱을 휘저으며 길을 건너고 있었다. 가을의 길바닥에 눈이 있을 리가 없다. 레니에게 물으니 가끔가다 저렇게 겨울이 오기 전에 미리 스키에 익숙해지기 위해 길거리에서 연습하는 사람들이 있다고 한다. 참으로 별난 사람이로고!

산 위로 올라가니 울창한 침엽수림이 일망무제로 펼쳐진다. '노르웨이의 숲'이란 말이 공연히 나온 게 아니었다. 저 멀리 산 밑에 오슬로 시가 보였다. 저곳까지 이 연약한 자전거로 갈 수 있으려나? 경험자인 레니의 꽁무니만 뒤쫓으면 되겠지. 자, 가자. 처음 한동안은 내리막길이 계속되어 별 어려움이 없었다. 그러나 한 덩어리로 된 산이 아닌 한 오르막이 있으면 내리막도 있는 법. 중간에 야트막한 산 하나를 넘을 때에는 숨이 턱까지 차오르고 다리에 힘이 풀려 주저앉고 싶은 마음이 굴뚝 같았다. 그러나 레니의 체력은 정말 알아줄 만했다. 아무리 경험자라고 하지만 그래도 여자인데 힘들다는 내색 하나 없다. 오히려 내가 쉬었다 가자고 간청할 정도였다. 하긴 지난번 앰네스티 행사 때 24시간 논스톱 방송을 하고도 끄떡 않는 것을 보고 알아보긴 했지만……. 중간 중간 멋들어진 호수가 아름다움을 뽐내고 있어 결코 지루하거나 험한 코스는 아니었다. 다만 산 아래 급경사 지역에서 기분낸다고 속력을 내다가 아찔한 순간을 몇 차례 겪기는 했다. 마지막 경사지가 끝나는 지점에 망아지가 풀을 뜯고 있는 멋진 들판이 나왔다. 한쪽에 커다란 휴게소가 보였다. 땀으로 곤죽이 된 몸도 쉴 겸 휴게소로 들어갔다. 엄청 넓었다. 주말에는 발 디딜 틈도 없이 꽉 찬다고 한다. 커피를 한 잔 시켜 놓고 숨을 골랐다. 레니는 틈만 나면 온 식구가 자전거를 끌고 나와 이 코스를 달린다고 했다.

내가 만난 노르웨이인들의 생활 패턴을 보면 지극히 단순하고 가정적이다. 주중에 열심히 직장에 다니고 휴가 기간엔 철저히 밖으로 나돌아 다닌다. 레니네도 겨울엔 온 식구가 스키를 둘러메고 북쪽 산악지대로, 여름엔 요트를 타고 남쪽 바다로, 주말에는 자전거를 타고 인근 공원으로 나간다. 노르웨이는 어디를 가나 시내만 벗어나면 때 묻지 않은 자연으로 둘러싸여 있어 자연친화형 스포츠 레저가 잘 발달되어 있다. 이렇게 세상사의 부침에 관계없이 가족들끼리 풍요롭게 살 수 있는 곳에서 세계시민의식이 높다는 것은 아무래도 공교육의 역할이 크기 때문이 아닌가 생각한다.

휴게소에서 지체하고 있는 사이 어느덧 사위가 어두워졌다. 이곳에서 시내까지 가려고 해도 한 시간은 족히 걸리지 싶었다. 오슬로 시와 가까운 쪽의 코스여서인지 산중에 난 길인데도 가로등이 훤히 켜져 있었다. 아무도 없는 산중에 불은 뭣 하러 켜두냐고 물으니 저녁에 운동하러 오는 사람들을 위해서란다. 그러나 밤 10시가 넘으면 불을 끈다고 한다. 전력을 아끼기 위해서라기보다 나무들의 휴식을 위해서란다.

다시 레니의 집으로 돌아와 부랴부랴 몸을 씻고 저녁을 먹으러 밖으로 나가야 했다. 일전에 앰네스티 행사장에서 만난 키다리 여가수 안느 그레테(Anne Grete)가 내가 다시 오슬로에 왔다니까 저녁 식사를 같이 하고 싶다고 자기 집으로 초대했다는 것이다. 1994년에 발표한 <밀리미터(Millimeter)>라는 앨범이 크게 성공한 이후 정상의 인기를 유지하고 있는 안느 그레테는 인권문제와 같은 정치적 이슈와 관련된 콘서트에는 빠지지 않고 등장하는 대중가수이다.

오슬로 시내의 조용한 주택가에 자리한 그녀의 집은 중후한 고전미를 지닌 북구 스타일의 저택이었다. 재미있게도 도로에서 현관에 이르기까지 촛불을 밝혀 놓았다. 레니에게 물으니 집에 특별한 손님을 초대하게 되면 이렇게 촛불로 길을 밝히는 풍습이 있다는 것이다. 함께 간 사람들은 레니와 나 외에도 다큐필름을 찍기 위해 한국에 왔던 안느와 롤프도 있었다. 현관에 들어서니 안느 그레테가 반갑게 맞아준다. 악수를 하고 옆에 서보니 나보다 머리 하나는 더 크다. 키가 2m나 되는 그녀는 아마도 전세계를 통틀어 키가 제일 큰 여자가수가 아닐까 싶다. 현관 로비에서부터 집안 거실에 이르기까지 구석구석에 갖가지 달마상을 모셔 놓은 것이 특이했다. 거실 겸 서재로 쓰는 커다란 방에는 책들로 가득했고 한쪽 구석에는 기타와 첨단의 오디오 장비가 자리하고 있어 싱어송라이터로서 남다른 사회의식을 가지고 있는 그녀의 일면을 엿볼 수 있었다.

응접실의 한쪽 벽을 모두 차지하고 있는 커다란 그림이 눈에 띄었다. 무표정한 얼굴의 소녀를 하나 그려 놓았는데 발과 머리가

■노르웨이 민중가수 안느 그레테.
키가 2m나 된다.

액자 가장자리에 닿을 정도로 크게 그렸다. 그런데 끔찍하게도 그
아이의 손은 자신의 아빠인 듯한 남자의 목을 움켜쥐고 있었다.
정말 기괴한 그림이었다. 감히 그녀에게 그림에 대해 설명해 달라
고 묻기가 두려울 정도였다. 그녀는 지나가면서 짤막하게 "제가
좋아하는 그림이에요(I like this painting)!"라고 말할 뿐이었다.
어쩌면 이 그림이 안느 그레테의 의식세계를 그대로 드러내 보이
는지도 모르겠다. 화면을 가득 채우고 있는 소녀는 세상을 지배하
고픈 욕망을, 아버지를 손에 움켜쥐고 있는 모습은 남성이 지배하
는 가부장적 질서를 끝장내고 말겠다는 굳은 의지를 나타내는 것

258

이 아닐까? 하긴 조금 허스키하면서도 깊이가 느껴지는 그녀의 목소리는 결코 나긋나긋한 여성의 그것이 아니다.

식탁에 자리하고 앉으니 어김없이 중국 음식이 나왔다. 내가 동양에서 왔기 때문에 일부러 주문한 것이란다. '아, 이 사람들아! 내가 동양인은 틀림없지만 중국 사람은 아니라네. 게다가 서양의 중국 음식은 당신네들 입맛에 맞추어 만든 것 아닌가!' 라고 말하고 싶었지만 꾹 참고 앞에 있는 접시를 묵묵히 비워냈다. 차를 마시며 이런저런 이야기를 나누다 보니 어느덧 시간이 많이 흘렀다.

집을 나올 때 그녀는 자신의 사인이 담긴 CD를 선물로 주면서, 또 하나는 내가 얘기한 정태춘 씨를 위해 준비한 것이니 한국에 가면 전해 달라는 부탁의 말도 잊지 않았다. 차를 타기 위해 거리로 나서며 레니에게 저렇게 큰 집에서 혼자 살기에는 너무 적적한 것 아니냐고 하니 귓속말로 하는 말이 자기도 주위에서 들은 말인데 동성애 파트너랑 함께 살고 있다나. 음.

다음 날은 종일 한국 사람을 만나 시간을 보냈다. 먼저 시내에 있는 한국대사관에 찾아갔다. 아무래도 지난번 나의 텔레비전 출연과 관련된 일련의 활동이 향후 나의 해외 체류에 미칠 영향 등에 대해 가늠해 볼 필요가 있을 것 같아서였다. 마침 대사는 자리에 없었고 참사관 둘이서 맞아 주었다. 그들은 그렇지 않아도 궁금했었다며 제 발로 찾아와 준 내게 반가움을 표시했다. 아무 것도 모르는 상태에서 고문과 사건 조작에 관한 나의 증언이 텔레비전에 방영되어 처음엔 몹시 당황했다고 한다. 이것을 본국에 어떻게 보고해야 할지 논란을 벌인 결과 오랫동안 옥살이를 하고 나온 나의 장래를 생각하여 긍정적인 말로 보고했다고 한다. 하긴 과거 군사정권 시절에 있었던 인권침해 사실을 밝혔다고 하여 그것을 두고 새 정권의 사람들이 고깝게 여길 일은 아니었다.

형식적인 인사말들을 나눈 뒤에 대사관을 나서려는데 박이라고 이름을 밝힌 참사관이 이따가 저녁에 식사대접을 하고 싶은데 나와 줄 수 있느냐는 것이었다. 순간 나는 이 사람은 틀림없이 대사관에 파견 나와 있는 안기부 직원이라고 판단했지만 쾌히 그러마고 했다. 어차피 나는 '보안관찰법'에 묶여 있는 사찰대상자였기 때문에 쓸데없는 오해나 억측을 피하기 위해서라도 나의 행동거지가 좀더 공개적일 필요가 있다고 생각하고 있었다. 지금까지 내가 경험한 바로는 공개적으로 활동하는 사람보다 그렇지 않은 사람에게 안기부의 공작 가능성은 더 크다.

오후에 만난 사람은 입양한국인협회의 회장인 야네(Jahne)라는 젊은이. 그와는 혼란스런 방송국의 무대 뒤에서 얼떨결에 만나 인사하고는 이날 다시 만나는 것이었다. 당시 그는 한국에서 온 사물놀이패를 위해 통역 자원봉사를 하고 있었다. 만나기로 한 오슬로 시청 앞에 나가 보니 뜻밖에도 생활한복을 입고 서 있었다. 반갑고 놀라운 나머지 어찌된 일이냐고 했더니 지난해 한국을 방문했을 때 사온 것이라 한다. 한국에서 한복을 입고 온 사람을 만나러 가니 마침 좋은 기회라고 생각했는지도 모르겠다. 유럽에 와

| 노르웨이 입양한국인협회 회장 야네와 함께.

서 처음으로 우리 옷을 입은 젊은이를 만나 얼굴이 허연 사람들 사이를 어슬렁거리니 어쩐지 뿌듯한 기분이 들었다.

우리는 가까운 식당에서 간단히 요기를 한 다음 그가 자주 간다는 재즈바로 갔다. 낮이라 손님이 별로 없어 시끄럽지도 않고 커피는 공짜였다. 야네는 몇 년 전 한국에 갔을 때 연세대학교 한국어학당에서 우리말을 배우다가 아리따운 한국 아가씨와 눈이 맞아 결혼에 성공, 노르웨이로 돌아와 지난해에 아기를 가졌다고 한다. 그는 현재 오슬로 대학에서 박사공부를 위한 준비를 하고 있는데, 낮에는 생계를 위해 호텔 리셉션에서 일을 하고 저녁에는 입양한국인들을 위해 한국문화교실을 열어 우리말을 가르치고 있다.

아무도 알아주지 않는 곳에서 너무나 열심히 살아가는 그의 모습이 그렇게 대견스러울 수가 없었다.

어둠이 내리자 박 참사관이 저녁을 사겠다는 한국식당으로 갔다. '남강'이라는 간판이 붙은 이 식당의 주인은 분명 한국 사람이지만 식당의 메뉴는 사실상 일식이었다. 교민들이 얼마 되지 않는 오슬로에서 노르웨이인들에게 낯선 한국식 식당을 하기에는 아무래도 무리였나 보다. 박 참사관은 호기있게 사시미와 스시 그리고 사케를 주문했다. 평소에 값이 비싸서 사먹을 엄두도 못 내던 사시미를 물가가 높기로 유명한 오슬로에서 먹게 되니 황송한 기분이 들었다. 설마 자기 돈으로 계산하는 건 아니겠지 하는 안이한 생각으로 마음 놓고 먹기로 했다.

그는 생각했던 것 이상으로 소탈하게 자신의 생각과 감정을 털어놓았다. 처음에 이곳에 왔을 때에는 갑갑하고 외로워서 무척 힘들었다고 한다. 일이 끝나고 밖으로 나오면 갈 데가 없다는 것이다. 한국처럼 마음 놓고 술 먹을 데가 있나 노래방이 있나. 한국적 의미의 놀이문화가 없었기 때문에 결국은 이 사람들 하는 식으로 시간이 나면 넓은 자연으로 나가서 낚시도 하고 등산도 하니까 그럭저럭 적응이 되더라는 것이다. 이 나라는 사람의 건강에 해로운 것, 즉 술이나 담배, 매춘 따위는 몹시 비싼 반면 건강에 좋은 스포츠나 자연취미 등은 비교적 싸다고 한다. 우리가 북구 하면 프리섹스 따위를 떠올리지만 사실은 우리와 비교할 수 없을 정도

262

로 건전한 사회라는 것이다. 그것은 주마간산 격으로 돌아다닌 내가 보아도 그렇다. 사실 말로는 동방예의지국이니 하지만 우리나라만큼 내부적으로 음탕하고 비도덕적인 나라도 없다. 이 사람들은 겉으로 좋으면 좋다 하고 그대로 해버린다. 그게 프리섹스로 비쳐지는 것이다. 우리는 겉으로는 아닌 척하면서 속으로 온갖 짓을 다한다. 대단한 관광국가도 아니면서 우리만큼 여관과 호텔이 많은 나라도 없다. 이 숙박업소들이 대부분 불륜에 봉사함으로써 수입을 올리고 있다는 것은 공공연한 비밀이다. 이러한 문화가 해소되기 위해서는 성(性)을 좀더 공공 영역으로 끌어내고, 사람들의 취미를 다른 쪽으로 유도할 수 있는 사회 환경을 만들어 주어야 한다.

노르웨이 사회와 한국을 안주삼아 박 참사관과 두런두런 이야기를 나누다 보니 신분 관계를 떠나 끈끈한 동포애 같은 것이 느껴졌다. 이 끈끈함이 지나쳐서일까? 그는 이후 나의 베르겐 일정에서부터 오슬로로 돌아와 공항을 뜨기까지 나의 지근거리 안에 있었다.

베르겐의 수호신

타냐와 앰네스티 베르겐 지부

베르겐으로 가는 밤열차. 오슬로에서 베르겐까지 거친 산길로만 장장 500km. 일주일간의 오슬로 체류를 기억의 저편으로 밀어 놓고 눈 덮인 고원지대를 가로지르는 밤열차에 몸을 실었다. 창밖은 깜깜하고 옆에 앉은 거구의 노르웨이 신사는 연신 코만 골고 있다. 무료함도 달랠 겸 가방을 뒤적여 워크맨을 꺼냈다. 책 한 권과 테이프도 함께. 이 테이프는 프랑스에 있을 적에 쓰레기통에서 우연히 주운 것이다. 담배꽁초를 버리려고 쓰레기통을 들여다보았더니 멀쩡한 음악 테이프가 버려져 있는 것이었다. 그 유명한 헤르베르트 폰 카라얀의 심포니 나인. 주머니에 챙겨 넣었다. 그 사이 한번도 제대로 호젓한 시간을 가져보지 못했던 터라 지금이 기회이다 싶었다. 이어폰을 귀에 꽂고 시작단추를 눌렀다.

"아~!"

나도 모르게 짧은 한숨이 나왔다. 예전에 심포니 나인을 다방

264

이나 길거리에서, 조그만 나의 하숙방에서 여러 번 들었지만 이렇게는 않았다. 책을 손에 들기는 했으나 도무지 책장을 열 엄두가 나지 않았다. 환희에 몸을 떨며 꼼짝없이 전곡이 끝날 때까지 처음의 그 자세를 유지해야만 했다. 이역만리 노르웨이의 깊은 산중, 그것도 눈 덮인 고원지대를 달리는 밤 열차 안에서 긴 여행에 지친 나그네의 귓전을 때리는 심포니 나인이란……

　두 번째부터는 온몸에 긴장을 풀고 좀더 편안한 마음으로 감상할 수 있었다. 테이프를 세 번째로 돌릴 때에서야 겨우 책의 첫 페이지를 읽기 시작했다. 제목은 장 지오노(Jean Jiono)의 『나무를 심은 사람(A Man Who Planted Trees)』. 제목은 수없이 들었지만 읽기는 이번이 처음이다. 런던의 왕립식물원을 방문했을 적에 동행했던 웰윈 그룹의 리더 레지가 사준 것인데, 이날 제대로 읽을 시간을 만난 것이다. 아주 짧은 소설이다. 그러나 이 짧은 소설이 주는 감동은 가히 메가톤급이었다. 이 책은 한 인간의 무사무욕이 대자연 속에서 실천을 통해 드러났을 때 일어나는 기적을 간결하고도 깊이 있게 그렸다. '환희의 찬가'는 바로 이런 인간을 두고 연주되어야 마땅하리라 생각했다.

　심포니 나인을 들으면서, 장 지오노의 소설을 읽으며 가는 베르겐행 밤열차는 정녕 꿈의 여로 그것이었다. 그리고 이 상쾌함은 앞으로 벌어질 베르겐에서의 사흘이 어떠할 것인가를 알려주는 전조이기도 했다.

베르겐에 도착한 것은 정확히 밤 10시 30분. 오슬로를 출발한 지 여섯 시간이 지난 뒤다. 어둑한 역 앞에서 무거운 트렁크를 끌고 두리번거리자니 웬 묘령의 아가씨가 다가와서 한국에서 온 바우냐고 묻는다. 오슬로의 앰네스티 본부에서 급히 연락해 불러낸 앰네스티 베르겐 지부 간사인 타냐라는 아가씨였다. 친구에게 빌렸다는 자동차에 짐을 옮겨 싣고는 베르겐 산중턱에 있는 자기 집으로 데려간다.

연립주택의 1층인데 방 하나에 응접실이 있는 작은 공간을 차지하고 있었다. 내 나이를 물어보기에 마흔넷이라고 했더니 자기보다 꼭 열한 살 많다고 한다. 노르웨이인 어머니와 영국인 아버지 사이에 태어나서 아버지 직장 때문에 여러 나라를 전전하다가 2년 전에 어머니 고향인 이곳 노르웨이 베르겐에 아주 정착하게 되었다는 것이다. 결혼은 아직 안 했고—또 현재로선 생각도 없고—사귀던 남자친구와는 얼마 전에 헤어져서 지금은 '프리'한 상태라고 한다. 집은 장식도 별로 없이 아주 간결하고 깨끗했다. 첫날 밤은 이런저런 얘기만 나누다 그냥 잠들어버리고 말았다.

다음 날 아침 일찍 일어나서 그녀가 일하고 있는 앰네스티 사무실로 갔다. 꽤 먼 거리인데도 그녀는 매일 걸어 다닌다고 한다. 걷는 것을 워낙 좋아한다고는 했지만 아무래도 몸매 유지를 위한 운동과도 무관하지 않을 듯싶었다. 한 30분 걸렸는데 걸음이 어찌나 빠른지 평소에 너무 빨리 걷는다고 친구들로부터 핀잔을 듣곤 하는 나조차도 허덕거릴 지경이었다. 남자 체면에 좀 천천히 걷자고 할 수도 없고 해서 그녀의 페이스에 맞추어 주었다.

사무실은 강 하구를 내려다보는 멋진 자리에 위치한 오래된 건물에 들어 있었다. 이 건물은 인권단체들이 돈을 갹출하여 구입한 것인데, 다음 날 '인권의 집(Human Rights House)'이라는 이름으로 공식적인 개소식을 한단다. 그 건물에는 앰네스티를 비롯하여 이민자 단체, 소수민족 권익 단체, 난민 단체 등 대여섯 개의 인권단체 사무실이 들어 있었다.

10시쯤 되어 상근 간사들이 속속 모여들자 그녀는 간단한 다과 자리를 마련하고 나를 그들에게 일일이 소개시켜 주었다. 한 가지 놀라운 일은 이곳에서 일하는 여성 간사들이 모두 하나같이 미인인 데다 패션 감각이 일류 모델 뺨친다는 사실이다. 한국의 경우 인권단체 같은 '운동권'에서 일하는 여성들은 미모나 패션 같은 것에 별로 구애받지 않는 것이 보통인데 이곳은 달랐다.

오슬로에서도 여성 간사들이나 자원봉사자들이 모두 미모에 첨단 유행의 옷을 걸치고 있어서 깜짝 놀랐는데 여기도 예외는 아니었다. 오슬로의 한 여성 간사는 빡빡머리에다 혀에는 구멍을 뚫고 쇠고리를 달아서 말할 때마다 입 속의 쇠구슬이 반짝거리는 바람에 마치 외계인을 대하는 듯했다. 예쁘기는 또 얼마나 예쁜지. 며칠 후에 또 다른 자리에서 만났을 때에는 머리에 가발을 쓰고 마치 1930년대 무성영화에 나오는 영화배우처럼 꾸미고 나와서 또 한번 놀란 일이 있다. 저 정도 미모에 패션감각이면 훨씬 보수가 좋은 다른 일자리도 있을 텐데라는 생각이 들 정도였다.

그러나 노르웨이는 생각보다 훨씬 건전한 나라여서 미모의 여자들이 일할 만한 그렇고 그런 직업이 별로 없다. 그저 자기가 좋아하는 일자리에서 여성의 아름다움을 거침없이 드러낼 뿐이었다. 특히 앰네스티 상근 간사는 상당히 인정받는 사무직인 것 같았다. 타냐도 대우 좋은 보험회사 직원을 그만두고 이리로 왔다고 한다. 물론 직장을 앰네스티로 옮긴 데에는 남다른 사회의식이 가장 중요한 동기였음은 말할 것도 없다.

이날 사무실에서 만나 이야기를 나눈 메테(Mette)라는 여성 간사는 배꼽이 훤히 보이고 젖가슴이 반쯤은 드러난 야릇한 복장을 하고 나와서 정신이 아찔(?)하기도 했다. 우리의 상식으로 볼 때 도저히 근무복장이라고 할 수 없는 차림이었다. 아무튼 이곳 베르겐의 인권센터는 미모의 여성간사들 때문에라도 자주 드나들고 싶은 그런 곳이다. 나의 이런 묘사가 수구적 남성관을 그대로 드러낸 '반인권적' 태도인지는 모르겠으나 확실히 멋진 여성을 보면 눈이 번쩍 뜨이는 건 모든 남성들의 숨길 수 없는 본능이지 싶다.

오후가 되어 나는 타냐에게 그 유명한 피오르드 관광을 요청했다. 이리저리 전화를 돌려보던 그녀는 안타깝게도 지금은 피오르드 관광 시즌이 아니라며 대신 나를 '프로이엔'이라고 하는 산꼭대기로 데려갔다. 베르겐 시를 한눈에 내려다보는 전망대가 있는 곳으로 케이블카를 타고 올라간다. 베르겐은 노르웨이 서쪽

해안의 복잡한 피오르드 절경을 관광하는 기지도시인지라 성수기인 여름에는 발 디딜 틈도 없이 시내가 붐빈다고 한다. 시즌이 아니라서 거리는 한산했지만 복잡한 해안선과 가파른 바위산 사이에 촘촘히 들어선 하이얀 목조건물들이 멋지게 어울린 매력적인 도시임에는 틀림없다. 산꼭대기는 바람이 어찌나 센지 날아갈 것만 같았다. 바람이 이렇게 센데 경이롭게도 키가 큰 시프러스 나무들이 빽빽이 들어서 있었다. 전망대 근처에 거대한 원반이 시내를 내려다보고 있기에 무슨 안테나인가 싶어서 가까이 가보니 나무로 만든 조각품이었다. 안내판을 읽어 보니 콘택즈 렌즈를 형상화한 것이었다. 아마도 눈 나쁜 조각가가 렌즈를 깜빡 잊고 이곳까지 올라왔다가 멋진 베르겐 시를 제대로 보지 못한 것이 한이 되어서 저런 조각품을 남겨 놓았을지도 모른다고 멋대로 생각하고는 다시 케이블카를 타고 산 아래로 내려왔다.

어디로 가고 싶냐고 묻는 타냐에게 나는 도보로 시내관광을 하고 싶다고 했다. 우리는 곧 좁고 구불구불한 베르겐의 오래된 길거리를 걷기 시작했다. 이때까지만 해도 타냐는 나를 그저 동양에서 온 특별한 남자 정도로 생각했을 뿐 별다른 감정을 보이지 않았다. 또 둘 사이에 그런 감정을 가질 만한 이야기도 없었고. 그러나 잠시 후 한 사건을 겪고 나서 그녀는 자고 있던 의식이 깨어난 듯 적극적인 관심을 가지고 나를 대하기 시작했다.

골목길을 걷다가 자연스럽게 어느 빵가게 앞에 멈춰 서게 되었다. 'ORGANIC'이라는 글자가 눈에 들어왔기 때문이다. 유기농업(Organic Farming)에 관심이 많은 나는 어디서나 이 글자만 눈에 띄면 멈춰 서서 살펴보는 습관이 있다. 나는 그녀에게 배도 출출하고 하니 들어가서 빵이나 하나 먹고 가자고 했다. 그녀가 흔쾌히 동의하고 함께 문을 열고 들어가려는 순간이었다. 빵집 안에서 서너 명의 손님이 나오는가 싶더니 갑자기 "오우, 바우!" 하면서 큰 소리로 외치며 앞을 가로막았다. 놀란 눈을 하고 바라보니 레니와 그녀의 남편 톨레이프슨 그리고 아들 마크였다. 엊그제 헤어진 레니와 여기서 또 마주친 것이다. 아들이 베르겐 대학에 다니기 때문에 아들도 볼 겸 베르겐에서 주말을 보낼 것이라는 얘

270

기는 들었지만 이렇게 다시 만나게 될 줄은 정말 몰랐다. 톨레이프슨은 그렇지 않아도 빵집에서 「오거닉(Organic)」 식품 잡지를 들춰보면서 내 생각을 하고 있었다며 레니와 함께 호들갑을 떨며 좋아하는데 내가 다 어리둥절할 지경이었다. 레니는 특히 그 육중한 몸으로 나를 감싸 안으며 기뻐했다. 그들은 다음 약속 장소로 가야 했기 때문에 내일 다시 만나기로 하고 바로 헤어졌다.

이 광경을 옆에서 지켜보고 있던 타냐는 "Coincidence(우연)!"라고 한 마디를 던지더니 의미심장한 미소를 지었다. 그녀는 레니 부부의 환호하는 모습과 우연의 일치에 의해 깊은 감명을 받은 듯 "그러고 보니 오늘 아침부터 지금까지 우연의 일치가 대여섯 번은 되네요" 하며 하나하나 짚어보는 것이었다. 이 얘기를 하려면 다시 아침시간으로 돌아가야 한다. 오전에 인권센터에서 여러 간사들이 모여 간단한 다과를 나누는 동안에 '우연의 일치'라는 주제를 가지고 제법 심각한 논쟁이 있었다. 논쟁의 불길을 당긴 이는 중동 문제를 담당하고 있는 팔레스타인 난민 출신의 아브라힘이었다. 그는 반전에 반전을 거듭한 자신의 삶을 뒤돌아보며 "인생은 우연의 일치의 연속이다"라고 찍어 말했다. 그러자 옆에 있던 동료들이 저마다 자기 의견을 앞세워 그렇지 않다는 반론을 제기하는 것이었다. 대체로 인생살이의 부침이 적은 노르웨이 사람들은 본인의 계획과 의지를 강조하는 쪽으로 이야기를 펼쳐나갔다. 모든 것이 안정된 민주사회에 사는 그들에게 자기의 계

획과 상상을 벗어나는 일이 벌어지는 경우는 아주 드물기 때문이
다. 이때 내가 끼어들어 이들의 '믿음'에 심각한 의문을 던졌다.
요지는 다음과 같다.

"나는 아브라힘의 의견에 동의한다. 물론 각 개인의 계획과 의
도도 중요하다. 그러나 일이 되어지는 데에는 개인의 사고를 뛰어
넘는 그 어떤 것이 더 중요하게 작용하고 있음을 알아야 한다. 이
것을 종교에서는 '신의 뜻' 또는 '섭리'라고 말하기도 하고 좀더
차원 낮게는 '운명'이라는 말로 표현하기도 한다. 내가 오늘 이 자
리에서 여러분을 만나 이런 이야기를 하게 된 것은 전혀 나의 의
도가 아니다. 내가 가지고 있는 경향성과 그밖에 내가 인지할 수
없는 무수한 요인들이 복합적으로 작용하여 이런 우연을 만들어
낸 것이다. 인간의 이성으로는 동시에 작용하는 이 무수한 요인들
을 헤아릴 길이 없다.

예를 하나 들겠다. 옛날 중국에 한 유학자가 있었다. 그는 평소
에 사람들이 미신 믿는 것을 못마땅하게 여기고 있었다. 그는 사
람들의 믿음이 잘못된 것임을 증명하기 위해 어느 날 항아리를 하
나 사 들고 점쟁이를 찾아갔다. 거기서 그는 점쟁이에게 항아리의
운명을 점쳐 달라고 했고, 점쟁이는 항아리가 아무 날 아무 시에
박살이 날 것이라고 말해 주었다. 유학자는 이성적으로 도저히 이
해할 수 없는 점쟁이의 말에 강한 불신을 품은 채 항아리를 가지
고 집으로 돌아왔다. 집에 돌아온 유학자는 점쟁이의 말이 틀렸음
을 확인하기 위해 항아리를 자기 방의 책상 위 한가운데 올려놓고

지켜보기 시작했다. 그렇게 몇 날 며칠을 꼼짝 않고 지켜보았다. 자, 과연 항아리의 운명은 어찌 되었을까?

결론부터 말하면 점쟁이가 예언한 그날에 항아리는 박살나고 말았다. 바로 그날 오줌이 마려운 유학자가 잠깐 자리를 비운 사이 항아리를 들여온 날부터 이상해진 아들의 행동을 보고 참다못한 어머니가 몰래 방으로 들어와 항아리를 박살내고야 만 것이다. 항아리의 운명에 유학자의 어머니가 개입될 줄 그 누가 짐작이나 했으랴!

우리네 인생도 그렇다. 물론 우리는 자신이 알고 있는 범위 안에서 계획을 세우고 자신의 의지를 실천에 옮긴다. 그러나 정작 일은 자신의 의지를 벗어난 영역에서 결정되는 경우가 더 많다. 우리는 다만 일이 벌어지고 난 후에야 사건의 인과관계를 추론할 뿐이다. 일이 벌어지는 그 순간에 무엇이 어떻게 작용하여 어떤 결과를 가져올지 알 수 있는 사람은 세상에 없다. 있다면 '육감' 정도일 것이다."

얘기하다 보니 강의 비슷하게 길어지고 말았지만 누구 하나 내 말에 강력하게 반발하는 사람은 없었다. 아브라힘은 나의 지원에 지극히 만족해하는 표정이었고, 나머지 노르웨이 간사들은 반신반의하는 모습이었다. 타냐는 되도록 말을 아꼈지만 무언가 충격을 받은 듯 깊이 생각에 잠겨 있었다.

타냐는 길거리에서 우연히 마주친 레니 부부와의 만남을 계기로 그날 하루 있었던 일들을 우연의 관점에서 다시 보게 되었고 그제서야 나에 대해 전적인 신뢰를 보이기 시작했다. 우리는 빵집에서 간단한 요기를 한 후 베르겐 시내를 두루 걸어 다닌 끝에 다시 타냐의 집으로 돌아왔다. 시내를 걸으면서는 봇물이 터진 듯 많은 이야기를 나누었다.

저녁 먹을 때까지 아직은 시간이 좀 있어서 그녀는 잠시 휴식을 취하자고 하고는 자기 방에 들어가 잠이 들어버리고 말았다. 나는 낮 시간에는 웬만큼 피곤하지 않고는 잠드는 습관이 없기에 텔레비전을 보며 그녀가 적당히 자고 일어나 저녁 차려 주기를 기다렸다. 그런데 웬걸. 30분만 자고 일어나겠다는 그녀는 무려 2시간을 내리 자버린 것이다. 아무리 걷기에 자신이 있는 그녀였지만 그토록 빠른 걸음으로 몇 시간을 내리 걸었으니 피곤하기도 했을 것이다. 나는 그녀에게 당신이 하도 빨리 걸어서 시내 구경할 틈조차 없다고 불평을 했지만 그래도 그녀는 걸음의 속도를 늦추질 않았다. 자존심이 무척 강한 여자임에 틀림없다. 나는 속으로 '당신 오늘 무리하는 것 아니야?' 하면서 걸음을 더욱 재촉하는 수밖에 없었다. 걸음이 이렇게 빠른 여자는 난생 처음 보았다. 나중에 그녀는 다른 자리에서 친구들과 환담 중에 내가 걸음이 어찌나 빠른지 자기가 무리를 했다고 고백하는 것이었다. 어쩌면 우리 둘 다 고집쟁이인지도 모르겠다.

어쨌든 저녁 먹을 시간이 훨씬 지나서야 일어난 그녀는 당황해 하면서 부랴부랴 저녁 식사를 차리기 시작했다. 나는 거실에서 계속 텔레비전을 보고 있었고 잠시 후 식사 준비가 되었다고 부

274

르기에 부엌으로 가보니, 세상에……. 생선필렛을 오븐에 넣고 구웠는데 반쯤은 새까맣게 타버린 것이다. 뒤늦게 몇 개 새로 굽기는 했지만 그것도 색깔이 거의 탄 것과 비슷했다. 아마 당황한 가운데 급히 조리를 하다 보니 그렇게 된 것 같았다. 계속 미안하다며 어쩔 줄 몰라 하는 그녀에게 말했다.

"You burnt them all! It's funny, and fun is good!"

그러고는 덜 탄 부분만 골라서 그녀가 구워 놓은 것들을 다 먹어버렸다. 이 장면에서 그녀는 시쳇말로 '뼉-가고' 만 것이다(참고로 배가 고프지 않고는 이렇게 하기 힘듦). 그녀는 식사를 하면서도 내가 즉석에서 만든 삼단논법을 신기한 듯이 되뇌었다. "탔다―탄 것은 재미있다―재미있는 것은 좋다. 고로 탄 것은 좋다." 말도 안 되는 삼단논법이지만 이 경우에는 그녀의 무안함을 달래주는 유일한 조크가 되었다.

나중에 이 장면을 회상하면서 어떻게 그 순간에 그런 위트가 튀어나왔는지 신기했다. 만약에 어줍지 않게 그녀를 달랜다고 누구나 실수는 하게 마련이라느니 또는 나는 탄 음식을 특별히 좋아한다느니 하고 설명하려 들었다면 결코 그녀의 무안함은 사그라지지 않았을 것이다. 이때부터 그녀는 이틀 동안 내가 떠날 때까지 앰네스티 행사 일로 눈코 뜰 새 없이 바쁜 와중에도 거의 초인적인 정성과 노력으로 나를 보살펴 주었다. 나는 나중에 오슬로를 떠나면서 오슬로 본부에 전화를 걸어 베르겐에서의 일정을 보고하고는 '완벽한 보호자'를 소개해 주어 고마웠노라고 말해 주었다.

저녁 식사를 마치고 그녀는 나를 좀 전에 언급한 바 있는 메테의 집으로 데려갔다. 앰네스티 간사들과 친구들이 그녀 집에 모여 파티를 하고 있다는 것이다. 집은 베르겐 대학 안에 있었다. 대학 안이라고 하니까 이상하게 들릴지 모르겠는데, 베르겐 대학은 시내 중심부를 상당히 넓게 차지하고 있어서 대학 건물이 다른 일반 건물들과 뒤섞여 있다. 베르겐 대학을 중심에 놓고 보면 베르겐은 대학도시라 해도 크게 틀린 말은 아니다.

그녀는 굉장히 큰 구식 건물의 2층에 살고 있는데 거실로 들어가는 입구에 거대한 레닌의 초상화가 걸려 있었다. 그리고 문 양옆에는 뭉크의 〈절규〉와 〈마돈나〉가 각각 걸려 있고. 타냐에게 그녀의 전직을 물어보니 귓속말로 어느 바에서 호스테스로 일하다가 손님들이 주는 팁에 모욕감을 느껴서 그만두고 앰네스티 일을 한다고 한다. 메테라는 여자의 주변을 장식하고 있는 소품들을 대충 살펴보고는 도무지 그녀의 정체성을 종잡을 수가 없었다. 아무튼 무척 흥미로운 여자임에 틀림없다.

거실 안에는 이미 7~8명의 남녀가 소파에 앉아 맥주 파티를 벌이고 있었다. 나도 그들 중간에 앉아서 맥주잔을 집어 들고 자연스럽게 대화에 끼어들었다. 내일 있을 행사와 나의 감옥 경험에 대한 질문과 답변이 주된 화제였다. 내 얘기 중 가장 그들의 관심을 끈 것은 감옥에서 술을 담가먹은 이야기였다. 그들은 엄격한 독방 생활 속에서 어떻게 그런 일이 가능했는지 몹시 의아해했지만, 아무리 혹독한 조건에 놓여 있을지라도 인간은 어떻게 해서든지 그

276

안에서 살 방도를 찾게 마련이라는 말로 답변을 대신했다. 나는 특히 그 안에서 담가먹었던 측백나무술의 우수성과 향미를 설명하고는 그들에게 한번 해보라고 강력히 권유했다. 노르웨이는 공기가 깨끗하고 습기가 많아서 질 좋은 측백나무가 많았기 때문이다.

파티는 자정이 거의 다 되어서야 끝이 났다. 문을 나서면서 메테와 타냐는 내게 어디 더 가고 싶은 데가 없냐고 물어본다. 한국에 있을 때 하룻밤에 서너 차례 술자리를 갖는 것에 이력이 나 있는 내가 그냥 헤어지자고 할 리가 없다. '간단하게' 기네스나 한 잔 하고 갔으면 좋겠다고 말했다. 그들은 나의 말을 듣고 잠시 토론을 벌이더니 그렇다면 잉글리시 펍(English Pub, 영국풍의 술집)으로 가자고 한다. 그곳에 가면 확실히 기네스를 마실 수 있으니까. 술집은 시내의 번화가 중심에 자리하고 있었다. 자정이 넘었는데도 길거리에는 많은 사람들이 서성거리고 있었다. 주말의 첫 밤이라서 마음 놓고들 노는 모양이다. 날씨는 제법 쌀쌀했지만 내복을 입고 있어서 하나도 춥지 않았다. 이 내복. 서양사람들에게는 개념조차 없는 이 내복 때문에 잠시 후에 얼마나 고생을 하게 되는지⋯⋯.

술집에 당도했을 때에는 오는 도중에 갈 사람은 다 가고 나를 빼고 네 사람만 남았다. 그것도 젊고 아리따운 처녀만 넷이. 타냐와 메테, 그리고 헬렌과 일레느. 헬렌 역시 앰네스티 일꾼으로서 기금 조성하는 일을 담당하고 있으며, 일레느는 헬렌의 친구로 앰네스티 자원봉사자이다. 이들 모두 날이 밝으면 역사적인 인권센터 개소식 행사로 바쁘게 뛰어다녀야 할 몸이었지만, 멀리 지구 반대편에서 온 '귀한 손님'을 위해 늦게까지 기꺼이 놀아 주었다.

술집은 그야말로 초만원이었다. 문을 열고 들어서는 순간 엄청난 굉음과 열기로 숨이 턱 막히는 듯했다. 앉을 좌석은 물론 없었다. 우리는 댄싱 플로어(Dancing Floor)를 둘러싸고 있는 난간 한 구석을 간신히 차지하고 거기다 외투를 벗어 걸쳐놓고 비벼댈 공간을 확보했다. 댄스음악을 얼마나 크게 틀어 놓았던지 도무지 마주 대하고는 얘기를 나눌 수가 없었다. 하긴 이런 곳에 와서 무슨 대화가 필요할까? 그냥 즐겁게 마시고 소리 지르며 율동을 통해 온몸의 긴장을 풀어 버리면 그만이지. 새까만 기네스가 도착했다. 영국을 떠난 이래 처음 마시는 기네스였다. 모두들 맥주잔을 높이 치켜들고 건배를 외쳤다.

"스콜(SKOLL)!"

'스콜'은 이곳 말로 영어의 '스컬(skull)'과 같다. 옛날에 바이킹들은 해골바가지에 술을 담아 마셨다고 한다. 그런데 언제부터인가 술잔으로 쓰이던 해골(skull)이 건배할 때 외치는 말이 되고 말았다. 확실히 바이킹들은 좀 무지막지한 데가 있다.

플로어는 방금 한바탕의 군무가 끝났는지 텅 비어 있었다. 나는 이 굉음과 소란을 최대한으로 즐길 수 있는 것은 춤밖에 없음을 알아차리고 이들의 손을 잡아끌고 플로어로 내려갔다. 춤이라고는 '엉거주춤'밖에 모르는 나이지만 이날의 분위기에 압도되어

| 베르겐의 잉글리시 펍을 휘젓는 앰네스티 여성 일꾼들.
왼쪽부터 헬렌, 메테, 타냐.

음악에 몸을 내어 맡긴 채 제멋대로 흔들어댔다. 자연스럽게 네 처녀들은 나를 둘러싸고 춤을 추는 형세가 되고 말았다. 모두들 춤 솜씨가 보통이 아니었다. 플로어 근처에서 술을 마시고 있던 노르웨이 남자들이 부러운 시선으로 바라보고 있었다. "저 쪼끄만 동양 녀석은 무슨 재주로 어여쁜 노르웨이 처녀를 넷씩이나 거느리고 춤을 추고 있는 거야?" 나는 속으로 대꾸해 주었다. "야, 이 놈들아! 재주라고는 징역 오래 산 재주밖에 없다."

곁에서 춤을 추던 머리를 박박 민 노르웨이 청년이 계속 우리 사이를 비집고 들어와 끼워 주기를 바랐지만 하도 이상야릇한 춤만 추는 바람에 몇 번 상대해 주다가는 다들 외면해 버린다. 처녀들은 춤추는 중간중간 플로어 밖으로 나가 쉬곤 했지만 나는 쉬지 않고 계속 춤을 추었다. 내가 춤을 워낙에 좋아해서가 아니다. 힘 자랑하자는 것도 아니다. 빌어먹을 내복 때문이었다. 상상해 보라. 내복을 입고 몇 시간을 계속해서 춤추는 모습을. 춤을 중단하면 땀에 절은 내복이 몸에 달라붙어 도무지 그 불편함을 견딜 수가 없었다. 방법은 오직 하나. '중단 없는 전진'뿐이었다. 속도 모르는 처녀들은 그러한 나를 보고 스트롱맨이라고 감탄한다. 그런데 참으로 신기한 것이, 쉬지 않고 계속 춤을 추니까 땀이 다 빠지고 나중에는 내복이 마르기 시작하는 것이었다. 덕분에 몸 안에 누적되어 있던 긴장과 스트레스가 말끔히 사라지고 정신은 더욱 명료해졌다. 그들은 내게 놀고 싶을 때까지 놀라고 했지만 내일(실은 오늘)을 위해 이쯤에서 중단하는 게 좋을 듯싶어 옷을 챙겨 입고 술집을 나섰다. 새벽이 가까운 시각이었다. 몸은 거의 탈진 상태였지만 새벽공기가 그렇게 상쾌할 수가 없었다.

'다음 날' 당연히 늦은 아침 식사를 한 타냐와 나는 부랴부랴 인권센터로 달려갔다. 벌써 식은 진행되고 있었다. 초청인사들로 홀 안은 만원이었다. 나는 할 수 없이 맨 뒤에 서서 지켜볼 수밖에 없었다. 노르웨이 정부의 인권장관이 나와서 연설을 하고 있었다. 연설이 아니라 원고를 보고 읽어내려 가는데 어찌나 오래 읽는지 지겨워서 혼났다. 노르웨이 말을 알아들을 수도 없고.

베르겐의 인권센터는 유럽에서 여섯 번째로 문을 여는 곳이다.

| 베르겐 인권센터 앞에서 여성 일꾼들과. 왼쪽에 메테, 오른쪽에 타냐.

인권에 관한 모든 문제를 종합적으로 다루는 비정부기구(NGO)로서 앞으로 유럽의 각 주요 도시마다 설립하여 국제적인 네트워크를 만들고자 하는 야심에 찬 계획을 세워 놓고 있었다. 인권 선진국인 노르웨이 정부가 이런 행사를 가벼이 넘길 리가 없었다. 연설이 끝나자 현재 미얀마에 연금 중인 아웅산 수치 여사의 아들이 나와서 테이프를 끊었다. 일반 개소식처럼 가위로 테이프를 끊는 대신에 억압의 상징인 가시철사 줄을 커터로 끊는 것이 이채로웠다. 모두들 일어서서 오랫동안 박수를 쳤다. 이층 회의장 벽에 아웅산 수치의 커다란 초상화가 걸려 있는데, 그들은 수치 여사를 이 집의 수호자(protector)로 삼고 그렇게 모셔 놓았다. 그래서 오

늘 역사적인 개소식에 그녀의 아들을 초청하여 테이프를 끊도록
한 것이다. 행사는 중간중간에 공연을 곁들여 세 시간이나 계속되
었다. 끄트머리 무렵에 인권센터에서 일하는 간사들의 소개시간에
타냐는 나를 불러내어 한국에서 온 양심수라고 소개하여 많은 박
수로 환영을 받았다.

　오후 3시가 되자 전날 길거리에서 우연히 마주 친 레니와
톨레이프슨이 인권센터로 찾아왔다. 정식으로 작별인사를 하기
위해서이다. 우리들은 길거리로 나와서 잠시 차를 마시며 얘기할
곳을 찾았다. 톨레이프슨이 앞장서서 근처에 있는 카페로 들어갔
다. 그런데 들어가 자리에 앉고 보니까 분위기가 좀 이상한 카페
였다. 벽에는 온통 근육질의 벌거벗은 남자 그림들만 잔뜩 걸려
있고 손님들 중에 여자는 찾아볼 수가 없었다. 말로만 듣던 게이
바에 들어온 것이다. 잠시 있다가 갈 것이므로 개의치 않고 음료
와 간단한 요깃거리를 시켰다. 그런데 카운터에서 계산을 마치고
돌아서던 레니 부부가 맞은 편 자리에 앉아 있던 한 중년 남자를
발견하더니 카페가 떠나갈 듯 큰 소리로 반기는 것이었다. 레니는
그가 자기와 사촌형제지간이며 역시 게이인데, 이 지역에서 오랫
동안 활동한 화가라고 소개했다. 이 사람도 목소리가 얼마나 큰지
세 사람이 반갑다고 떠드는 소리에 카페 안에 있는 모든 사람들이
무슨 사고라도 났는가 하고 쳐다보는 것이었다.

　호방 활달함은 이 집안의 내력인가 보다. 특히 레니의 거침없

는 태도는 내가 깜짝깜짝 놀랄 정도이다. 그녀가 나의 농장에 촬영을 하러 왔을 때의 일이다. 점심 식사를 마친 후 잠시 쉬고 있는데 용무가 급하다면서 화장실을 찾는 것이었다. 나는 짓궂게도 큰 거냐 작은 거냐 하고 물었다. 작은 것 같으면 근처 숲속에 가서 해결해도 되니까. 그녀는 큰 거라면서 발을 동동 굴렸다. 그 산속 농장에 수세식 변소가 있을 리도 없고 해서 할 수 없이 임시로 쓰고 있는 간이 재래식 변소로 안내했다. 그녀는 잠시 후 일을 마치고 나오더니 내 앞에서 태연히 옷을 추스르며 (재래식 변소가) 재미있다고 말하는 것이었다. 우리는 게이바에서 잠시 환담을 나누며 아쉬운 작별인사를 했다. 그녀는 내년에 꼭 다시 만날 수 있기를 바란다며 만약 자기네 여름휴가에 맞춰서 오슬로에 온다면 5주 동안 마음 놓고 자기네 집을 써도 좋다고 했다.

레니 부부를 보내고 다시 인권센터로 돌아오니 날은 이미 어두워져 있었다. 타냐와 메테가 보이지 않기에 물어보니 저녁 8시부터 시작되는 밤샘파티를 위해 잠시 눈을 붙이러 갔다고 한다. 그때 전날 메테의 집에서 만난 스바인이란 친구가 나타나서 타냐의 부탁을 받았다며 나를 데리고 다시 시내로 나갔다. 무엇을 하고 싶으냐고 묻기에 그냥 산책이나 하자고 했다. 스바인은 고등학교 교사로서 현재 베르겐의 한 로컬그룹을 관리하고 있다고 한다. 부인과 몇 년 전에 이혼하고 지금은 혼자 살고 있다는데 성격이 아주 과묵하고 진중한 사람이다. 그와 두 시간이 넘게 베르겐의 밤거리를 걸으며 많은 이야기를 나누었다. 그의 이야기 중 특별히 흥미로웠던 것은 그의 아버지가 나치캠프에서 겪은 일이다.

2차세계대전 동안 노르웨이는 줄곧 독일군의 지배 아래 있었는데, 하루는 독일군 장교가 학교에 와서 학생들에게 독일을 찬양하는 글을 써서 제출하도록 강요했단다. 그때 그의 아버지를 포함한 몇몇 학생들이 글쓰는 것을 거부하자 독일군 장교는 그들을 독일에 있는 집단 수용소로 보냈다고 한다. 거기에는 유태인을 비롯해 각 나라에서 붙들려 온 온갖 '비협조자'들로 가득 차 있었는데, 그의 아버지는 수용소에서 비교적 고생을 덜했다고 한다. 왜냐하면 독일군들이 노르웨이인에게는 비교적 관대하게 처우해 주었기 때문이다. 히틀러는 그 무렵 인종 청소와 '종자 개량'을 통해 게르만족을 가장 잘생기고 우수한 종족으로 만들려는 실험을 계속하고 있었다. 그런데 노르웨이인들은 잘생긴 데다 금발에 신체도 장대해서 '종자 보존'의 목적으로 특별대우를 했다고 한다. 기가 막혀서 말이 안 나왔지만 독일 여행을 해 보니 왜 히틀러가 그토록 '종자 개량'에 관심을 가지게 되었는지 대충 짐작이 갈 것도 같았다(물론 순전히 주관적인 느낌이지만).

하도 떠들면서 걸었더니 배도 고프고 피곤하기도 해서 다리쉼이나 할까 하고 영화관엘 들렀다. 극장은 그리 커 보이지 않는데 놀랍게도 무려 14개 프로를 동시에 상영하고 있었다. 그런데 역시 주말이라 가까운 시간대는 표가 거의 매진되고 없어서 그냥 나오고 말았다. 배가 몹시 고팠기에 밥이나 먹으러 가자고 했다. 그는

나를 근처에 있는 중국 식당으로 데리고 갔다. 어마어마하게 큰
식당이었다. 3층으로 되어 있는데, 비수기인 데도 손님이 꽤 있는
편이었다. 아마도 관광 시즌이 되면 이 넓은 홀이 꽉 차지 싶었다.
메뉴가 엄청나게 다양했다. 보통 중국 식당에 가면 메뉴 읽다가
시간 다 보내기 일쑤지만 이 집은 한술 더 떠서 아시아 각국의 요
리도 한두 가지 이상은 적혀 있었다. 혹시나 해서 살펴보니 한국
의 불고기도 있었다. 나는 스바인에게 불고기를 권유하고 호기심
에 말레이시아 요리를 주문했다. 그러나 막상 음식을 먹어 보니
흉내만 냈을 뿐 모두 서양식 중국 음식이었다. 베르겐이 국제적인
관광도시라서 되도록 많은 여러 나라 사람들을 끌어들이기 위해
이런 만물상과 같은 메뉴를 꾸민 것이다.

국적 불명의 음식으로 배를 가득 채운 우리는 다시 인권센
터로 돌아왔다. 타냐와 메테도 어느새 돌아와서 바쁘게 파티 준
비를 하고 있었다. 2층 홀에서 칵테일 파티가 시작되었다. 모두들
술잔을 손에 들고, 서서 혹은 의자에 앉아서 이야기에 열중이었다.
나는 낮부터 하도 입을 쉬지 않고 놀려서 좀 쉬어 볼까 하고 구석
진 자리에 앉아 조용히 와인을 들이키고 있었지만 이런 자리에서
그런 호젓함이 허용될 리 만무했다.

전날 여러 사람들과 인사할 적에 한국 문제에 관심이 많다는
한 젊은 친구가 나랑 꼭 토론을 하고 싶다고 했는데 이 친구가 나
를 발견한 것이다. 대학에서 국제관계를 전공했다는 그는 과연 여

느 사람들과는 달리 한국 문제에 관하여 상당히 구체적으로 알고 있었다. 이 친구의 끊임없는 질문 공세에 일일이 답변을 하다 보니 이젠 더 이상 말할 기력조차 없었다. 나는 이 친구의 호기심이 어느 정도 가라앉았다고 판단되는 순간 화장실에 간다고 말하고선 밖으로 도망쳐 나왔다. 몸이 말할 수 없이 피곤했다. 밖에는 부슬비가 내리고 있어서 어디 서 있을 데도 없었다. 근처를 배회하다가 베르겐 대학의 기숙사 로비로 들어갔다. 밤중이라 아무도 없었다. 벤치에 기대어 담배 한 대를 맛있게 피우고는 죽은 듯이 누웠다. 오후 3시부터 밤 10시까지 쉬지 않고 사람들을 만나 낯선 영어로 떠들어댔으니 무리도 보통 무리를 하고 있는 것이 아니었다. 한참을 그렇게 쉬고 났더니 어느 정도 기력이 회복되는 것 같았다.

다시 몸을 추스르고 파티 장소로 돌아왔다. 이번에는 장소를 1층 홀로 옮겨서 초청가수 공연이 진행되고 있었다. 칠레의 군사정권 아래서 저항운동을 하다가 해외로 나와 노르웨이에 정착한 망명가수란다. 이곳에서 노르웨이 여인을 만나 가정을 꾸렸다고 하니 망명한 지는 꽤 되는 모양이었다. 그는 노르웨이 말로 중간중간 자신의 경험담을 코믹하게 엮어 가면서 주로 스페인어 노래를 기타를 쳐가며 불렀다. 대부분의 스패니시(Spanish) 가수들이 그렇듯 그의 기타 솜씨도 보통이 아니었다. 그의 다양한 레퍼토리 중에는 칠레의 위대한 민중가수 빅토르 하라의 노래도 들어 있었다. 공연이 길어지면서 피곤도 피곤이지만 내일 아침 9시에 타야 할 비행기가 걱정되었다. 사람들 틈에서 조용히 타냐를 불러냈다. 내일을 위해 이만 돌아가야 할 것 같다고 얘기했다. 타냐는 택시를 불러서 나를 자기 집에까지 데려다 주고 자기는 손님 접대를 계속해야 한다며 다시 택시를 타고 파티 장소로 돌아갔다. 고마운 타냐…….

다음 날 아침 자명종 소리에 깨어 일어나 보니 타냐는 언제 돌아왔는지 여전히 자고 있었다. 나는 직접 그녀를 깨우기가 미안해서 일부러 소리내 짐을 싸기 시작했다. 잠시 후 부스스한 얼굴을 하고 그녀가 거실로 나왔다. 어젯밤 언제 돌아왔냐고 하니까 새벽 3시에 왔는데, 그 시각에도 파티는 계속되고 있었다고 한다.

타냐는 주섬주섬 마지막 아침 식사를 차리기 시작했다. 토스트와 계란 부침, 그리고 커피 한 잔. 내가 식사를 하고 있는 동안에 그녀는 물끄러미 쳐다보기만 했다. 식사를 마치고 일어서려니까 선물이라면서 책을 한 권 내민다.

『The Little Prince(어린 왕자)』.

자기가 가장 좋아하는 책이라고 한다. 그리고는 가다가 비행기 안에서 먹으라고 음식 보따리를 하나 건네준다. 전날 미리 마련해 놓은 것이 틀림없었다. 그녀가 택시를 불렀다. 마당에서 담배 한 대 피우는 사이에 택시가 왔다. 나는 가방을 내려놓고 한참 동안 그녀를 안아 주었다. 언젠가 다시 볼 날이 있을 것이라는 짧은 인사말을 남기고 택시에 올라탔다.

비행기로 일단 오슬로로 갔다가 거기서 다시 런던행으로 갈아타는 여정이다. 비행기가 베르겐과 오슬로 사이에 가로놓인 거대한 고원지대 위를 날자 끝없이 펼쳐진 설원이 눈 아래 들어왔다. 그녀가 싸준 보따리 속에서 비스킷을 하나 꺼내어 입에 물고 『어린 왕자』의 표지를 열었다. 거기에는 이렇게 적혀 있었다.

친애하는 바우
이것은 어린 왕자에 대한 이야기입니다.
나는 이 책을 여러 번 읽었어요.
조금은 슬프지만,
위로가 된답니다.

지극한 애정과 존경심으로
당신의 남은 여정에 사랑과 행복이 가득하길 빕니다.
언젠가 다시 만날 날을 기약하며.

1999년 11월 7일
당신의 친구 타냐

Dearest Bau
This is a story about a little prince.
I have read it many times.
It is a little bit sad,
but also comforting.

With deep respect and the warmest regards
I wish you lots of love and happiness
on your further journey.
Hope we will meet again.

7. 11. 1999
Your friend Tanja

영국

이 세상은 못난 사람들 때문에 유지된다

다시 돌아온 런던

다시 영국으로 돌아와서 런던에 둥지를 틀었다. 두 달 가까이 분에 넘치는 대접을 받으며 유럽 대륙을 한 바퀴 돈 셈이다. 불과 몇 달 전까지만 해도 흉악한 간첩으로 또 사회의 낙오자로 기피인물 아니면 동정의 대상에 지나지 않았던 나였건만, 비행기를 타고 지구의 반대쪽에 오니 가는 곳마다 개선장군 맞이하듯 따뜻이 맞아주었다. 같은 인간사회에서 어떻게 이런 정반대의 일이 일어날 수 있단 말인가! 분명히 어느 한쪽 사회에 문제가 있음이 분명했다.

런던에 온 지 얼마 안 되어 로즈베리 가(街)에 있는 앰네스티 국제본부에서 연락이 왔다. 각국에 있는 앰네스티 지부의 간사들이 본부에 와서 교육 중인데 이들 앞에 나와서 증언을 해달라는 것이었다. 앰네스티 국제본부가 있는 로즈베리 가 근처는 특이한 동네이다. 찰스 디킨스나 레닌 등 진보적인 인사들이 잠시 머문 적이 있어서인지 주변에 진보적 단체나 인사들이 많이 포진하고 있다. 앰네스티 영국지부 건물도 국제본부로부터 100m 거리밖에 안 떨어져 있다. 국제본부는 커다란 빌딩 두 동을 연결하여 쓰고 있는데, 상근간사만 무려 400명이 넘는다고 한다. 어마어마한 조직이다. 앰네스티는 1961년 영국의 변호사 피터 베넨슨에 의해 설립되어 지금은 140여 개 나라에 1백만 명이 넘는 회원을 거느린 세계 최대의 NGO로 성장했다. 전세계에 퍼져 있는 7,500여 개 지역그룹들의 중추 역할을 하자면 이 정도 규모의 국제본부는 필요하지 싶었다.

건물 안으로 들어가려면 전자 잠금장치가 되어 있는 문을 3개나 지나야 하는데, 마지막 문은 만나고자 하는 사람이 직접 나와서 열도록 되어 있다. 독재권력의 치부를 건드리는 일을 하고 있기 때문에 보안에 각별히 신경을 쓰는 것 같았다. 안내를 따라 아시아 담당부서로 가니 책임자인 라지브(Rajiv)가 반가이 맞아 준다. 맘씨 좋게 생긴 인도 사람인 라지브는 놀랍게도 한국어를 유창하게 구사했다. 런던 대학의 박사학위 소지자인 그는 한동안 한국에 와서 공부를 하는 등 앰네스티에서는 자타가 공인하는 한국통이었다.

잠시 후 오랫동안 한국의 인권문제에 관계해 왔던 클레어 맥베이와 라티파도 와서 인사를 나누었다. 클레어는 현재 다른 부서에서 일하고 있지만 지난 10년 가까이 동아시아쪽 책임자로서 한

국에서 일어나는 모든 인권문제들을 다루었다. 그동안 한국에도
몇 차례 다녀갔기 때문에 한국의 민가협이나 기타 인권단체 사람
들에게는 낯익은 인물이다. 라지브는 그녀가 일에 대한 열정이나
능력으로 보아 장래의 여성 사무총장감이란다. 이후로 영국에 체
류하는 동안 수시로 이들과 만나면서 느낀 것은 온전히 앰네스티
사람이라는 것이다. 모두 30대 중반이 넘은 나이인 데도 결혼 같
은 것은 아랑곳없이 오로지 앰네스티 일에 파묻혀 살고 있었다.
그것이 열정인지 사명감인지 모르겠으나 아무튼 지독한 일벌레들
이었다.

라지브의 책상 주위에 꽂혀 있는 한국 책들 사이사이에 함께 징역을 살았던 동료 수인들의 사진이 붙어 있었다. 반가운 얼굴들을 여기서 보게 되니 기분이 묘했다. 물론 이들은 모두 출소하여 열심히 사회생활을 하고 있다. 감옥에 있을 적에 해외에서 위로의 편지를 보내오는 사람들에게 정보를 제공했던 진원지가 바로 여기였던 것이다. 이곳에서 일하는 사람은 이들만이 아니다. 우연한 기회로 앰네스티의 활동 상황을 알고 자원봉사하는 한국 유학생이나 교포 학생들도 끊이지 않는다. 이들은 주로 한국에서 발행되는 소식지나 문서를 영문으로 번역하거나 잡다한 문서작성을 도와주는 일을 한다.

라지브와 잠시 얘기를 나누는 사이 1층 회견장에서 준비가 다 되었으니 내려오라는 연락이 왔다. 클레어가 앞장을 섰다. 회견장에 들어서니 각국에서 온 50여 명의 앰네스티 일꾼들이 기다리고 있었다. 회견석 가운데 내가 앉고 좌우에 클레어와 라티파가 앉았다. 클레어가 간단한 인사말을 했다. 긴장된 순간이었지만 이미 대륙을 돌며 여러 차례 '연습'을 한 덕에 그리 떨리지는 않았다. 내가 어떻게 고문을 받아서 간첩으로 조작되었는지, 그리고 어떤 정세변화가 있어서 석방되었는지에 대해 이야기했다. 증언이 끝나고 질의 응답이 이어졌다. 주로 감옥생활과 국가보안법 문제 그리고 남북통일의 가능성에 대한 질문이 많았다. 감옥생활이야 겪은 그대로 이야기하면 그만이지만 통일의 전망은 오히려

█런던 앰네스티 국제본부에서 가진 보고회.
  왼쪽이 클레어 맥베이.

█고문근절 캠페인을 위한 다큐멘터리 제작에 참여하다.

내가 묻고 싶은 질문이다. 그저 낙관적인 신념을 가지고 지속적인 남북교류를 하는 것 말고는 어떠한 전망도 할 수 없다고 솔직히 말하는 수밖에 없었다. 시원치 않은 표현력도 그렇지만 50년째 한 치 앞도 내다볼 수 없는 조국의 현실이 정말 답답하기만 했다.

회견이 끝나자 한 사나이가 다가와서는 조심스런 부탁을 한다. 고문방지 캠페인 부서에서 일한다며 자기를 소개한 그는 내게 고문방지 캠페인에 쓸 다큐를 만드는 데 협조해 줄 수 없느냐고 물었다. 법무부에 여권연장을 요청해야 하는 상황이라 잠시 복잡한 생각이 스쳐갔으나 고문피해의 당사자로서 마땅히 해야 할 일이라 생각해 응하기로 했다. 그들의 안내를 따라 촬영시설이 있는 이웃 건물로 갔다. 썰렁한 방에 철제 의자 하나만 달랑 놓여 있었다. 의자에 앉혀 놓고 옆에서 질문을 한다. 어떤 고문을 받았는가? 고문 받았을 때의 심정은? 고문을 근절하기 위해서 어떤 노력이 필요한가? 분위기가 그래서 그랬는지 나는 매우 고통스럽게 대답했다.

며칠 뒤 뉴욕에 있는 앰네스티 미국본부에서 전화가 왔다. 엘리언이라고 자신을 소개한 그녀는 한때 피에르 사네 사무총장의 비서를 하다가 지금은 미국에서 앰네스티 기념사업을 하고 있다고 한다. 얘기인즉슨 세계의 양심수들을 모델로 삼아 앰네스티 40주년 기념달력을 만들고자 하는데 내가 모델로 선정되었으니 촬영에 임해 달라는 것이다. 이렇게 계속 카메라 앞에 서도 되는 것인가? 네덜란드의 한 버스정류장에서 우연히 상업광고를 찍는 카메라에 잡힌 이래 벌써 몇 번째인가. 프랑스에 있을 때까지만 해도 회원들은 나의 안위를 고려하여 일부러 지역 신문기자가 취재하러 온다는 것도 마다했었다. 그것이 네덜란드에서 우연한 일로 깨어진 이후로 마치 기다리고 있었다는 듯이 카메라 세례가 이어졌다. 이것도 내 운명에 이미 새겨져 있는 것이라면 어쩔 수 없지 하는 심정으로 엘리언이 가르쳐 준 런던의 한 스튜디오로 찾아갔다.

줄리안 브로드(Julian Broad). 런던 시내의 오래된 주거지역의 한가운데 있는 스튜디오에서 만난 그는 전형적인 뉴에이지 아티스트였다. 듣자 하니 그 즈음 런던에서 가장 잘나가는 포토 아티스트 가운데 한 명이란다. 런던에서 일을 하는 데도 브래드 피트나 앤소니 홉킨스 같은 할리우드 배우들이 그에게 포트폴리오 작업을 맡길 정도라고 하니 알아주긴 알아주는 모양이다. 스튜디오 한쪽 방엔 사진과 관련된 기구들이 어지럽게 널려 있었고, 작업실로 쓰는 다른 방엔 인도향이 은은히 피어오르는 뉴에이지 스타일의 제단이 차려져 있었다. 제단에 널려 있는 소도구들은 그가 인도나 티베트 등지를 여행할 때 하나 둘씩 사 모은 것이라고 한다. 그는 나를 의자에 앉혀 놓고 주위를 검은 천으로 둘러쌌다. 아마 빛의 반사를 막기 위해서인가 보다. 내게 자연스런 포즈를 취해 보라고 하면서도 이상하게 자꾸 손을 얼굴 근처에 갖다 놓고 이리저리 놓아보는 것이었다. 자세를 바꾸어 가며 열 컷 정도는 찍은 것 같다. 한 컷 한 컷 찍을 때마다 즉석에서 현상을 하여 내 의견을 물어보았다.

나는 예의 비평가적 기질을 발휘하여 조목조목 지적해 주었다.

사진은 여러 장 찍었지만 포즈는 두 가지였다. 하나는 턱에 손을 괴고 눈을 감은 채 찍은 명상하는 자세이고, 또 하나는 역시 턱에 손을 괴고 진취적으로 앞을 내다보는 자세였다. 줄리안은 내가 원하는 사진으로 하겠다며 하나를 고르라고 했다. 나는 그동안 독방 안에서 식물적인 삶을 살아 왔기 때문에 앞으로 활동적인 삶을 살겠다는 의지의 표현으로 진취적인 자세의 사진을 골랐다. 나중에 달력이 나오고서야 알았는데, 그가 손의 표현에 그렇게 신경을 쓴 것은 기념 달력에 나오는 양심수들의 공통된 테마가 바로 손이었기 때문이다. 달력의 제목 자체가 '풀려난 손(Hands Unbound)'이었다. 정치적 이유로 감옥에 갇혀 있다가 풀려 나온 것을 자유로워진 손으로 표현했던 것이다. 그런데 정작 달력에 실린 것은 내가 고른 게 아닌 명상하는 자세의 사진이었다.

다시 한번 찬찬히 보니 과연 프로다운 솜씨였다. 다른 사진들과 비교하여 보아도 작위적인 냄새가 거의 나지 않으면서 작가의 의도가 잘 드러나는 작품이었다. 진취적인 것이 좋겠다고 한 것은 나의 생각일 뿐 달력 전체의 의도와는 잘 맞지 않는다는 것을 인정하지 않을 수 없었다. 그리고 어쩌면 명상을 선호하는 작가의 취향도 한몫 했는지도 모르고.

작품이 좋아서인지 내 사진이 달력의 맨 앞인 1월에 실렸다. 그 뒤로 11명의 꽤 알려진 양심수들의 모습이 프로들의 손길을 거쳐 생생하게 재현되어 있었다. 이들은 모두 앰네스티가 세계의 양

앰네스티 40주년 기념달력의 1월에 실린 줄리안 브로드의 작품.

심수로 지정하여 적극적인 석방활동을 벌였던 사람들이다. 그중에 내가 얼굴을 알아볼 수 있는 사람은 티베트 독립운동을 하다가 중국 당국에 검거돼 33년간 옥살이를 한 티베트 승려 팔덴 갸초와 체코 대통령 바츨라프 하벨 정도였다. 내가 이들 같은 국제적인 명사들과 나란히 달력에 실린 것이 한편으로는 자랑스러운 기분도 들었지만, 또 한편으로는 국제인권을 위해 나름의 역할을 하라는 무언의 압력으로 느껴져 어깨가 무거웠다.

이튿날 웰윈-해트필드(Weleyn-Hatfield) 앰네스티 지역그룹의 리더인 레지 파인이 와서 지역에 있는 몽크스 워크 스쿨(Monks Walk School)로 데려갔다. 학교 재학생들을 상대로 인권교육을 실시하고 있는데 날더러 잠시라도 좋으니 학생들을 위해 인권에 관련된 좋은 얘기를 좀 해달라는 것이다. 가보니 수업 중에 한마디 하는 것이 아니라 지역 앰네스티 그룹과 전국본부가 합작하여 연례적으로 실시하는 인권교육 한마당이었다. 프로그램이 여간 꽉 짜여진 게 아니었다.

먼저 전체 인원을 상대로 인권 일반에 대한 교육을 한 뒤, 학생들의 관심에 따라 6개 분과로 나누어 분반교육을 실시했다. 나는 앰네스티 긴급구조활동 분과(AI Urgent Relief Work : 부당한 인권침해 사실이 알려지자마자 바로 앰네스티 네트워크를 통해 전세계에서 동시에 해당 정부와 당국자에게 항의하는 활동)와 당시 한창 화제가 되고 있던 동티모르(East Timor) 분과를 오가며 참관했는데, 교육 내용도 수준이 높지만 학생들이 그렇게 진지할 수가 없었다. 그러고 보니 이렇게 교육 받은 아이들이 내게 그렇게 예쁜 크리스마스 카드를 그려서 보냈구나!

분과 교육과 토론이 끝난 뒤 모두들 학교 소강당에 모였다. 학생들이 직접 만든 인권에 관한 무대공연이 있다는 것이다. 학생 넷이 나와서 제3세계의 어느 독재국가에서나 있을 법한 인권유린 장면을 보여주는데, 연기하는 품이 어설픈 학예회 수준이 아니었다. 특히 피의자를 묶어 놓고 고문하는 장면은 너무 리얼해서 이들이 실제로 저런 장면을 목격하고 하는 것이 아닌가 의심이 들 지경이었다. 옆에 있는 레지에게 물으니 이 학생들은 학교 연극부 아이들로 실력이 뛰어나서 유사한 행사가 있을 때마다 다른 학교로 원정공연도 간다고 한다.

공연이 끝난 뒤 앰네스티 본부 간사인 조 텔리(Jo Telly)가 나와 간단한 인사말과 함께 나를 무대 중앙으로 끌어냈다. 당황스러웠다. 150여 명의 학생들이 눈동자를 반짝반짝 빛내며 나를 주시하고 있었다. 공연을 위해 밝혀 놓은 무대 정면의 스포트라이트가 몹시 뜨겁게 느껴졌다. 너무도 진지한 학생들의 연기에 충격을 받은 나는 한동안 말을 할 수가 없었다. 무어라고 운을 떼야 할 텐데 무거운 바윗돌이 가슴 속에 꽉 들어차 있어 심장만 간신히 팔딱팔딱 뛰고 있는 형편이었다.

아아, 이들은 왜 이렇게 나를 곤란한 처지에 몰아넣는 거지? 그러나 호기심 어린 아이들의 눈초리 앞에서 앰네스티 사람들을 원망할 시간도 없었다. 감정이 격해지면서 눈물마저 글썽거렸다. 나는 겨우 입술을 달싹이며 학생들의 공연을 칭찬하는 것으로 말문을 열었다. 어쩜 그렇게 내가 겪은 것을 똑같이 연기할 수 있냐고. 계속 더듬거리며 내 소개를 하고 인권문제에 더욱 관심을 가져줄 것을 당부하는 말로 마무리를 지었다. 사실은 마무리도 아니었다. 무언가 더 말을 하고 싶었으나 생각이 끊기어 중단하고 만 것이다. 학생들의 우렁찬 박수 속에 무대를 내려오면서 이것은 지금껏 했던 연설 중 최악이라고 생각했다. 나는 관계자들과 점심을 하고 바로 집으로 돌아왔다. 며칠 후 레지로부터 다음과 같은 감사편지가 왔다.

친애하는 바우

지난 11월 12일 몽크스 워크 스쿨 인권교육에서 있었던 놀라우면서도 극적인 효과를 자아낸 당신의 기여에 감사드립니다.

우리 어린 학생들의 폐부를 찌르는 공연과 함께한 그 효과는 정말 위력적이었고 꼭 필요한 것이었습니다. 확신을 가지고 말하건대 그것은 감수성이 예민한 학생들로 하여금 세계 시민으로서 지녀야 할 책임을 절감케 하고 행동으로 나아가게 하는 데 많은 영향을 끼쳤습니다. 우리들은 그날의 행사에서 우리가 해야 할 일들을 하고 있었지만 당신의 참석과 연설은 우리 영국인들의 표현으로 'icing on the cake(케이크를 만들어 마지막에 설탕이나 크림으로 당의를 입히는 것을 말한다)'와 같은 것이었습니다.

이 편지는 짧지만 제가 전하고자 하는 감사의 마음이 다 들어 있습니다.

행운과 평안이 있기를 빕니다.

레지 파인
영국 앰네스티 웰윈-해트필드 지역그룹 의장

이런 식이었다. 나는 죽을 쑤었다고 생각을 해도 그들은 그렇게 받아들이지 않았다. 어쩌면 내가 말끔한 영어로 답변을 늘어놓을 수 없는 것이 사람들에게 더욱 극적으로 받아들여지는지도 모르겠다.

그로부터 3주 후인 12월 6일 다시 앰네스티 국제본부에서 연락이 왔다. 영국의 인기 록그룹 유리드믹스(Eurythmics)가 '평화콘서트(Peacetour 1999)'를 하는데 나를 초청했다는 것이다. 정확히 말하자면 유리드믹스가 앰네스티에게 요청했겠지만. 라티파의 설명에 의하면 공연 중간에 잠깐 무대에 올라가 이들과 이야기를 나눈다는 것이다. 유리드믹스는 1980년대 내내 최고의 인기를 누리던 혼성 듀오이다. '스위트 드림(Sweet Dream)'과 같은 이들의 노래는 감옥 안에서도 라디오를 통해 종종 듣곤 했기 때문에 세상과 오랫동안 격리되어 있었다 하더라도 결코 낯설지가 않았다.

이번 공연은 1990년대 들어 각자 활동을 하다가 1999년의 평화투어를 통해 다시 결합하게 되는 역사적인 콘서트이기도 하다. 이 콘서트는 이들의 노래가 이전과 달리 사회적 메시지를 담기 시작했다는 데에 의미가 있다. 환경과 인권 문제에서 세계 최대의 국제조직인 그린피스와 앰네스티가 후원하는 이 콘서트의 수익금은 두 단체의 기금으로 쓰기로 그룹의 멤버인 데이브 스튜어트와 애니 레녹스가 동의했다고 한다. 이들은 7월 런던 공연을 시발점으로 하여 미국, 호주, 유럽, 아일랜드 등을 한 바퀴 돌고 12월에 다시 런던에서 마무리 공연을 하는 것이다.

아침에 집을 나서면서 아래층에 살고 있는 젊은 친구 게리(Gerry, 연극배우)에게 오늘 유리드믹스를 만나러 간다고 하니 믿기지 않는 표정으로 몇 번을 물어보더니, 애니 레녹스는 어렸을 적부터 자신의 우상이라며 그녀를 만나면 꼭 사인을 받아 달라고 종이까지 주면서 신신당부를 한다. 나야 라디오를 통해 다른 팝송들과 함께 들었을 뿐인지라 유리드믹스의 인기가 어느 정도인지 알 리가 없다. 저녁 시간에 라티파와 함께 공연장소인 런던 아레나로 가니 그야말로 인산인해. 어마어마하게 큰 실내 공연장이 입추의 여지 없이 꽉 찼다. 우리는 입구에서 따로 특별 게스트 표지를 달고 무대 뒤의 상황실로 갔다. 그곳에는 공연을 주관하는 두 단체의 간사들과 도우미들이 분주하게 움직이고 있었다. 잠시 후 데이브 스튜어트(Dave Stewart)가 어디에선가 나타났다. 짧은 머리에 면도도 하지 않은 개구쟁이 같은 얼굴로 다가와서는 유쾌한 농담을 날리며 인사를 한다. 애니는 목을 보호하기 위해 사람들 앞에 나서지 않는다며 대신 내게 쓴 친필 편지를 건네주었다.

황대권 씨에게

이야기를 나눌 수 없어 미안하게 생각합니다. 공연을 위해 목을 아껴야 하거든요. 당신이 살아온 삶을 읽고 많은 부끄러움을 느꼈답니다. 민주국가에 살고 있는 사람들은 세상의 많은 사람들이 언론의 자유를 누리지 못하고 있다는 사실을 쉽게 잊고 지냅니다. 우리는 그것이 당연히 주어진 것으로 알고 있지요. 그래서 나는 사람들을 일깨울 필요가 있다고 생각합니다. 앰네스티는 기꺼이 자신의 자유와 안전을 희생할 각오가 되어 있는 사람들을 도와줍니다. 나는 이러한 행동을 진심으로 존중합니다. 나는 행동으로 보여주기에는 용기가 많이 부족한 예능인(Entertainer)일 뿐입니다. 그러나 그것이 내가 기여할 수 있는 유일한 방법입니다. 당신이 자유의 몸이 된 것을 진심으로 축하합니다. 당신의 생애가 좋은 일로만 가득하기를 기원합니다.

애니 레녹스(Annie Lennox)

아마도 분장실에서 급히 쓴 편지인 것 같았다. 편지와 함께 무대출연에 대하여 스튜어트로부터 아무런 언급이 없는 것으로 보아 계획이 변경되지 않았나 하는 느낌이 들었다. 라티파에게 물어보니 자기도 잘 모르겠다고 한다. 함께 기념사진을 찍는데 스튜어트는 장난스럽게 얼굴을 옆으로 하고 공연 포스터에 나와 있는 포즈를 그대로 흉내낸다.

우리는 무대 오른쪽의 좌석에 자리를 잡았다. 공연장의 구조는 서울의 장충체육관과 비슷한데 긴 타원형에 규모가 두 배는 되어 보였다. 빼곡히 들어찬 관객들의 면면을 살펴보니 십대의 청소년부터 중장년에 이르기까지 골고루 분포되어 있었다. 하긴 공연활동 경력이 20년이 넘는 데다 이 시대 최고의 화두인 환경과 인권을 주제로 한 콘서트이니 관객의 연령층이 다양할 수밖에.

공연이 시작되었다. 백밴드의 웅장한 신시사이저 음과 스튜어트의 기타 연주에 맞추어 중성의 옷차림으로 나온 애니의 솔로가 이어졌다. 삐쩍 마른 중년의 나이에 어떻게 저렇게 힘있는 목소리를 낼 수 있는지 정말 놀라웠다. 객석에 자리한 관객들이 어느새 모두 일어나 소리를 지르며 몸을 흔들어 댔다. 스튜어트는 간간이 애니와 듀엣으로 노래하기도 했지만 주로 미친 듯이 무대를 뛰어다니며 기타를 연주했다. 영국 팝송을 잘 모르는 나였지만 덩달아 일어나 무조건 흔들어댔다. 그래, 적어도 이 순간만은 저들과 하나가 되는 거야! 놀랍게도 공연이 지속되는 2시간 동안 객석의 관객들은 한번도 자리에 앉지 않고 계속 흔들어댔다. 공연이 끝날 때

유리드믹스 공연 포스터(위).
유리드믹스의 데이비드 스튜어드와 함께(아래).

까지 내가 무대에 올라가야 하는 사태는 벌어지지 않았다. 사실 공연이 철저하게 엔터테인먼트 위주로 진행되었기 때문에 분위기를 삭히는 이질적인 요소가 끼어들 여지가 없었다. 덕분에 구경 한번 잘했다.

집으로 돌아오는 차 안에서 시민운동과 이벤트의 관계에 대해서 생각해 보았다. 오늘날 환경운동이 세계적으로 널리 활성화된 데에는 탁월한 기획자들이 만들어 내는 이벤트에 힘입은 바가 크다. 그린피스(Green Peace)가 환경운동에 관심이 없는 일반인들에게도 널리 알려지게 된 것은 아무래도 1985년에 있었던 '무지개 전사호 침몰사건(Rainbow Warrior 1)' 이 아닌가 싶다. 이벤트라는 것이 꼭 기획자가 의도한 형태로 나타나는 것은 아니다. 일어날 수 있는 모든 가능성을 간직한 채 수행되는 일상의 업무도 어느 순간에 의도했던 것 이상의 이벤트로 돌변하는 수가 있다.

그린피스의 '무지개 전사' 는 당시에 태평양에서 벌어지고 있던 프랑스의 핵실험에 반대하는 캠페인을 벌이다가 프랑스 당국의 비밀요원에 의해 폭파되고 만다. 이 사건으로 그린피스 대원 한 명이 죽고 배는 태평양에 침몰된다. 뒤이은 법정싸움을 통해 프랑스는 국제적인 지탄을 받은 것은 물론이고 거액의 손해배상금까지 문다. 그린피스는 이 배상금을 가지고 제2, 제3의 '무지개 전사' 를 띄운다. 이번의 '평화투어' 도 사실은 '무지개 전사' 에서 시작된 것이나 다름없다. 7월의 런던 공연 직전에 템스 강에 떠 있는 '무지

개 전사 2호(Rainbow warrior 2)'의 선상에서 유리드믹스의 데이브와 애니는 공연 수익금 전액을 그린피스와 앰네스티에게 기부하겠다고 서명했던 것이다.

지난번 오슬로에서의 앰네스티 모금행사와 이번 유리드믹스의 평화콘서트를 보면서 NGO가 불특정 다수를 대상으로 운동을 벌일 때 이벤트가 얼마나 중요한지를 실감할 수 있었다. 그러나 문제는 이벤트의 진정성이다. 이벤트를 통해 메시지를 전달하고 모금하는 것까지는 좋지만 과연 그것이 사람들의 삶을 변화시키는 데까지 나아갈 수 있는가? 이벤트를 사람들의 관심을 끄는 수단 정도로 생각하는 사람들에게 이런 고민은 사치에 지나지 않을 것이다. 사회운동의 궁극적인 목적은 사회의 변화와 함께 그 안에 살고 있는 사람의 변화에 있다. 좋은 사회를 만들어 보자고 요란스럽게 잔치만 벌이고 정작 사는 모습은 그대로라면 쓸데없이 기운만 쏟은 꼴이 된다. 이벤트의 규모가 어떻든 간에 사람에게 감화를 주는 것은 이벤트를 기획하고 진행하는 사람들의 진정성이다. 사무친 마음이 있다면 그 목소리가 일렉트릭 기타의 굉음에 파묻혀 있어도 참석한 사람들의 마음에 전달될 것이고, 그렇지 않다면 아무리 확성기에 대고 큰소리로 외쳐 봐야 공허한 메아리가 되고 말 것이다. 그 옛날 부처님의 제자들이 야단법석(野壇法席)이라는 난장(亂場) 이벤트를 만들어 대중들에게 불법을 설파할 적에 마이크가 있었나 스피커가 있었나! 그럼에도 불법(佛法)은 수천년을 면면히 이어오고 있다.

이벤트가 갈수록 전문화, 대형화되면서 외형적인 성공에만 집착할 뿐 진정 사람의 변화에는 관심이 없다 보니 사업 규모는 커져도 속에 부는 바람은 썰렁하기만 하다. 1998년 광복절에 출소하여 처음으로 '양심수를 위한 시와 노래의 밤'을 보게 되었다. 나 역시 티켓을 판답시고 꽤나 열심히 뛰어다닌 터라 굉장한 기대와 관심을 가지고 공연을 지켜보았다. 이런 주제를 가지고 이렇게나 많은 사람들이 모여서 열광하고 있다는 것이 도무지 꿈만 같았다. 마지막 순서에 젊은이들에게 인기가 많다는 윤도현밴드가 나왔다. 그가 무대 중앙에 모습을 드러내자 갑자기 객석에 앉아 있던 젊은이들이 일어나서 소리를 질러대기 시작하는데 정신이 하나도 없었다. 메탈 계열의 록그룹이 이런 무대엘 다 나오다니 보통 젊은이들은 아니로구나 하는 생각이 들었다. 노래 중간에 윤도현이 뭐라고 중얼거리다가 갑자기 "나는 국가보안법이 없어졌으면 좋겠어요!"라고 버럭 소리를 지르자 밑에 있는 아이들이 "와아" 하면서 열광하는 것이었다. 기가 막혔다. 내 느낌을 확인해 보려고 옆에 있는 젊은이에게 물었다. "너, 국가보안법이 무엇인지 아니?" "몰라요!" 하면서 계속 윤도현을 바라보며 비명을 지르고 있었다. 의미는 필요없었다. 내 앞에 스타가 있고 나는 그 스타와 함께 즐기면 그만이었다. 런던 아레나에 모인 거대한 군중 속에도 이와 같은 젊은이들이 상당수 끼어 있지 않았을까?

일주일 뒤 다시 웰윈 그룹에서 연락이 왔다. 크리스마스 파티 겸 편지쓰기 행사가 있으니 참석하라는 것이다. 웰윈 가든 시티는 서울로 말하자면 의정부쯤에 있는 전원도시이다. 기차역에 내리니 내가 런던에 처음 도착한 날 마중 나왔던 피터가 나와 있었다. 처음에 이 친구를 만났을 때 얼마나 당황했는지 모른다. 입 속에서 말을 우물거리다가 한꺼번에 쏟아내는 바람에 한마디도 알아들을 수가 없었기 때문이다. 그래도 그 사이 몇 차례 만나다 보니 조금은 말귀가 트이는 것 같았다. 피터는 나를 역에서 그리 멀지 않은 마을회관(Public Hut)으로 데려갔다. 마을회관이라고 해서 새로 지은 것이 아니라 주인이 떠난 지 오래된 농가를 깨끗이 손질하여 공동으로 사용하고 있었다. 농가 특유의 친근감 때문에 공공건물이라 하지만 마치 자기 집에 들어가는 기분이 들었다. 모두들 모여 있다가 반갑게 맞아 주었다. 긴 테이블이 두 개 있는데, 하나는 회원들이 각자 싸들고 온 음식이 놓여 있었고, 또 하나는 회의용 테이블이었다.

좌정을 하고 의장인 레지가 일 년 동안의 활동 및 결산 보고를 했다. 곧이어 편지쓰기. 세계 각지에 있는 양심수들에게 각자가 따로 집에서 편지하는 것 말고 이렇게 일 년에 몇 차례 다 함께 모여서 편지쓰기 행사를 갖는다. 레지가 런던 본부에서 받아온 양심수 명단과 자료를 건네고, 그중에 자기 맘에 와 닿는 사람을 선택하여 즉석에서 편지를 쓰는 것이다. 편지 쓰는 형식이 앞에 있기 때문에 거기에 나름의 의견만 붙이면 되었다. 명단 중에 콩고공화국에서 실종된 27살의 여자가 눈에 띄었다. 아무래도 자기와 조금이라도 연고가 있는 지역에 눈길이 가게 마련이다. 콩고는 프랑스에서 극적으로 만난 마리아 수녀님이 선교활동을 하고 계신 곳이라 늘 마음에 두고 있었다.

프란신 엔고이(Francine Ngoy)라는 이 여자는 르완다 출신으로서 인근 국가인 르완다와 우간다의 지원을 받는 콩고 반정부 세력에 몸담고 있다가 지난 5월에 정부군에게 붙잡혀 강간을 당한 뒤 수용소에서 고문을 받았다. 한동안 병원에 옮겨져 치료를 받고 다시 수용소로 옮겨졌으나 9월부터 행방이 묘연하다는 것이다. 콩고에서는 지난 수십 년간의 내전으로 3백만 명 이상이 피해를 입었다. 이렇게 바깥세상에 이름조차 알리지 못하고 소리 없이 죽어간 무수한 영령들이 있다는 것을 생각하면 엔고이라는 여자는 나처럼 운이 좋은 사람 가운데 하나임에 틀림없었다. 그러나 그녀는 벌써 이 세상 사람이 아닐지도 모른다. 어쨌든 희망이 남아 있는 한 구명활동을 중단할 수는 없다. 나는 편지지를 집어 들고 정성 들여 두 통의 편지를 썼다. 하나는 콩고군 총사령관 앞으로, 또 하나는 르완다 부통령 앞으로 보내는 것으로, 실종자의 수색에 만전을 기해 달라고 요청했다.

편지쓰기가 끝나고 각자가 가져온 간단한 음식물을 나누어 먹으며 잠시 휴식시간을 가졌다. 이것저것 먹고 나니 웬 뚱뚱한 남자가 나타나 퀴즈를 한다며 다들 자리에 앉으라고 한다. 종이에 적어 둔 문제를 하나하나 읽어가며 내는데, 모두 영국의 역사에 관한 것이었다. 20문제 중에 나는 3개밖에 못 맞혔다. 최고 점수는

14개였다. 학교선생들이 많아 점수들이 높았다. 굉장한 상품이 있다고 연신 호들갑을 떨기에 다들 무언가 하고 기다렸다. 그런데 이 친구 가지고 있던 비닐봉지를 한참 뒤적거리더니 사진 두 장을 꺼내 1등과 2등에게 한 장씩 던져 주는 것이었다. 자기 사진이란다. 어디 길거리에서 캠페인 활동 중 찍은 것으로 보였다. 황당해서 말이 안 나왔다. 다들 하하 웃고 지나간다.

돌아오는 길에 피터에게 들으니 이 친구가 괴짜는 괴짜인 모양이다. 역사를 무척 좋아해서 늘 역사책을 옆구리에 끼고 다니는데 글을 잘 못 쓴다고 한다. 직장이라고 얻으면 서류작성도 제대로 못하면서 틈만 나면 역사책을 읽고 있으니 누구도 그를 쓰려 하질 않는다는 것이다. 대신에 그는 대부분의 시간을 사회봉사 하는 데에 쓴다고 한다. 이 근처에서 벌어지는 사회봉사 캠페인에 그가 끼지 않는 일이 없다나. 앰네스티 웰윈 그룹에 젊은 사람이라곤 이 친구(Dave)와 피터밖에 없는데, 이들 모두 요새 관점으로 보면 사회생활 부적응자이다. 데이브는 글을 못 쓰고, 피터는 말을 더듬거린다. 그러나 둘 다 사회봉사활동에는 대단히 적극적이다. 번쩍거리는 사교계에서 알아주지 않는 대신 그들은 남들이 거들떠보지 않는 자리에서 남모르게 자기 역할을 하고 있었다. 이 세상은 못난 사람들 때문에 유지되고 있음이 틀림없다.

진실로 타자(他者)의 삶을 이해하라!

데이비드 홀만과 영국 펜클럽

데이비드, 데이비드, 데이비드……

그의 이름은 아무리 외워도 질리지가 않는다. 웰윈 가든 시티에 사시는 수양어머니 로쉰의 맏아들 아드리안이 내게 같은 또래의 형제와 같은 존재였다면, 데이비드는 큰형님이나 다름 없었다. 데이비드가 없었더라면 나의 런던 생활은 파행을 면치 못했으리라. 데이비드는 내게 형님과 같은 존재를 넘어 한 인간으로서 어떻게 살아야 하는지를 보여준 사표(師表)와 같은 인물이다. 이런 사람과의 조우를 내 인생역정에 엮어 넣으신 하느님께 감사드리고 싶은 심정이다.

그의 정식 이름은 데이비드 홀만(David Holman). 국제적으로 널리 알려진 극작가로 영국 펜클럽(English PEN Club)의 옥중작가위원회(Writers in Prison Committee) 위원장이다. 그를 처음 만난 것은 영국 펜클럽의 환영 리셉션에서였다. 영국 펜클럽은 내가 감옥에 있을 적에 나를 명예회원으로 받아들이고 꾸준한 석방활동을 펴왔다. 이 일을 맡은 것이 바로 옥중작가위원회이다. 이들은 격려편지 말고도 주기적으로 문학서적 등을 보내주었다. 한번은 내가 영시를 공부하고 싶어서 책을 좀 보내 달라고 요청했더니 생전 들어보지도 못한 시인들의 시집을 십여 권이나 보내 주어 난감해한 적도 있었다. 아마 출판사의 재고품을 기증받아 보낸 것 같았다.

데이비드가 비록 위원장이었지만 나와 직접 서신왕래를 한 사람은 그가 아니라 폴린 네빌(Pauline Neville)이라는 고참 여자회원이었다. 그녀의 안내로 리셉션장에 들어서니 정장을 한 신사 숙녀들이 박수를 치며 맞아 준다. 젊은 축이 없는 건 아니지만 대부분 50대 이상의 연령층이었다. 아무래도 왕성하게 작품 활동을 하는 젊은 작가들은 이런 자리에는 잘 안 나오고 싶었다. 나는 감옥에 있는 동안 이들이 보여 준 지극한 관심과 후원활동에 감사를 표시하고 옥중생활의 단면들을 몇 가지 이야기하는 것으로 인사말을 대신했다.

한꺼번에 많은 사람들과 인사를 나누어 일일이 기억할 수는 없지만 이날 졸지에 에바(Eva)라는 회원으로부터 초청 강연을 부탁받았다. 자기는 지역에서 종교간 대화모임을 이끌고 있는데, 날더러 모임에 와서 종교에 대해 이야기를 좀 해달라는 것이다. 내가 다양한 종교 편력을 가지고 있다는 것을 이미 알고 하는 부탁

314

┃영국 펜클럽 옥중작가위원회의 폴린 네빌과 런던의 테이트 갤러리를 관람하고.

이었다. 부탁을 받으면 좀처럼 거절하지 못하는 나는 그 모임이 어떤 성격인지 제대로 확인도 않은 채 얼떨결에 승낙하고 말았다. 칵테일 잔을 들고 서서 여기 기웃 저기 기웃하며 이야기를 나누는 서양식 파티에 익숙하지 못한 나는 어서 여길 빠져나갈 궁리를 하다가 데이비드를 만나 옥중작가위원회 사람들만 따로 나가 한잔하자고 꼬득였다. 근처의 펍으로 자리를 옮긴 옥중작가위원회 사람들은 모두 넷. 나와 서신교류를 했던 폴린 네빌과 루마니아 태생으로 펜클럽 사무실의 상근 간사 일을 하고 있는 루시 포페스쿠(Luci Popescu), 소설가인 발(Val), 그리고 데이비드 홀만. 맥주잔

4/24 Sussex Street,
London SW1V 4RW.

28/6/98

Dear Bau,

I'm writing in great haste to congratulate you and your Korean
team for the outstanding spirit and skill they brought into the
mood of the World Cup. It was indeed tough what happened to the
team in that first game - down to 10 players and then the red card.
Some of the referees applied it so often that games have been spoilt.
Many of the teams have used the back tackle but it depends where
the referee is looking at the time. What a tough and skillful
game football is. But I must go on to say that in Korea's second
match it was obvious from the beginning that they were going to win,
and how ironic that, thereafter, they were out. The scoring is very
difficult to understand. I hope your country have given the team
a great welcome on their return home.
Now I must tell you that I wrote to your President Kim D.J.,also
to the Minister of Justice, and the Head of Prisons asking that in
view of their country's qualification to be in the Cup, and the
excitement amongst his countryman and particularly one of his
countryman in prison - you, in fact. I have not had a reply from
any of them, but your letter informs me that you were unable to <u>see</u>
THE GAME, and learnt about it through the newspaper. By the way I've
left out a sentence in this paragraph. What I was starting to say
was that I asked your President and others, if PLEASE you could
have access to the television on the day of the Korean matches.
Did they by any chance react to this for the second match?
As a family we are all interested in football, and when I moved
with my sons to live in Chelsea many years ago we immediately joined
the Chelsea club. My sons have been devoted followers, <u>through
thick and thin</u>, as they say. Well, as you know England are still in
it, playing outstandingly some times, not so good others. Brazil
looks strong, but Simon and Nicholas (sons) have got their money
on Holland. Another team I have been supporting after England and
Korea is Rumania. A member of the English PEN Club is Rumanian, and
when Rumania had their big win the other day she - Lucy - did not
appear in the office the following morning!

I'm glad you got the book on rugby. I didn't really expect
you to know the game but we have to accept the books the publishers
give us, and I thought it might be the next best thing to football.
I can't understand why my last letter took1½ months to reach
you. Penelope Bennett lives only a mile from me and her letter
seems to have reached you. Well I'm off to Scotland for a few days
and shall take this letter to post there, and see how we get on with
that. If you can, please reply as soon as it arrives
'   Well done about the water-colour paintings, thank God you have
got that artistic outlet, but, oh dear, the size of your cell!

I am praying for another amnesty in August. We read that your
economics are rocky, and it is unfortunate that the ruling party
is a minority in the parliament. Let's believe in the president's
resolution.
Please keep cheering for England in the Cup, and don't forget
to tell any relations or friends you can see that we admire the
Korean team very much, and shall be keeping them in our hearts for
the next World Cup!
In the meantime PEN members thank you for your good wishes;
we send good and hopeful wishes to you

Look after yourself as best you can   Yours
                                             Pauline

• 폴린 네빌이 보낸 편지 중에서

친애하는 바우

당신과 당신의 나라 한국에게 축하의 말을 전하기 위해 아주 급히 이 편지를 씁니다. 한국인들이 월드컵 무대에서 보여준 활기와 기술은 눈에 띄는 것이었습니다. 한국팀의 첫 번째 경기에서 일어났던 일은 정말로 터프했지요. -10명으로 줄어든 선수들과 그리고 나서 붉은 카드. 몇몇 심판들은 그것을 자주 사용함으로써 경기를 망치기도 했습니다. 많은 팀들이 백태클을 사용했지만 그것은 심판들이 그때 어디를 보았느냐에 달려 있지요. 축구는 얼마나 격정적이고 교묘한 경기인지요? 나로서는 한국이 두 번째 경기에서는 틀림없이 이길 거라고 기대했지만, 역설적이게도 결과는 지고 말았습니다. 축구의 스코어는 이해하기 아주 어렵습니다. 한국 팀이 고향으로 돌아갔을 때 국민들이 대단한 환영을 해 주기를 바랍니다.

이제 나는 당신에게 내가 한국의 대통령 김대중과 법무부장관 그리고 교도소장에게 한국이 월드컵에 참전할 수 있을 정도로 실력이 있음을 볼 때, 그리고 국민들 특히 감옥에 있는 국민-사실은 당신-의 흥분을 감안할 때 (교도소에서도 월드컵 게임의 중계 상황을 볼 수 있게 해 달라고 편지를 썼습니다.) 그런데 그들 중 어느 한 사람도 답장을 주지 않았는데, 당신 편지를 보면 당신이 월드컵 경기를 보지 못했다는 것을 알 수 있습니다. 그리고 신문을 통해서도 알았습니다. 그런데 이 문단에서 나는 문장 하나를 빠뜨렸습니다. 내가 말하려고 했던 것은 당신네 나라 대통령과 여타의 사람들에게, 가능하다면 당신이 한국이 게임을 하는 날 텔레비전을 볼 수 있게 해달라는 것이었습니다. 혹시 그들이 두 번째 경기에서 여기에 대해 반응을 했는지요? (이하 생략)

을 높이 들고 건배를 하고 나서야 비로소 이들의 얼굴을 자세히 들여다 볼 수 있었다.

애기를 계속하기 전에 잠깐 국제펜클럽(International PEN Club)이 어떤 단체인지 알고 넘어가는 것이 좋을 것 같다. 국제펜클럽은 1921년 런던에서 영국의 소설가 에이미 도슨 스코트(Amy Dawson Scott)의 주도하에 만들어진 세계 문인들의 친교단체이다. 앰네스티와 마찬가지로 국제본부가 런던에 있으며, 현재 95개국에 132개의 지부가 있다. 국제펜클럽은 두 개의 모토를 바탕으로 활동하고 있는데, 하나는 사람들의 삶 속에 문학을 널리 확산시키는 것이고, 또 하나는 세계 어디에서든지 표현의 자유를 옹호하는 것이다. 유사 이래로 자신의 의견을 글로 표현하여 부당한 탄압을 받았던 일이 비일비재했으므로 국제펜클럽에서 옥중작가위원회가 차지하는 비중은 상당히 크다고 할 수 있다. 실제로 국제펜클럽은 유엔 인권위원회의 자문기관으로서 국제앰네스티와 긴밀한 공조 아래 강력한 인권운동을 펼치고 있다. 그동안 국제펜클럽이 석방운동을 주도하여 이름이 널리 알려진 문인들은 나이지리아의 소잉카, 체코슬로바키아의 바츨라프 하벨, 러시아의 솔제니친, 한국의 김지하, 황석영 등 이루 다 헤아릴 수도 없다. 국제펜클럽의 옥중작가위원회는 해마다 수백 명의 투옥문인들의 명단을 발표하고 세계에 흩어져 있는 회원들로 하여금 석방운동에 나서도록 촉구하고 있다.

한국의 문인단체에는 정식으로 등단한 시인, 소설가, 수필가, 극작가 등이 주로 회원으로 등록하지만, 국제펜클럽에 가입하여 활동하는 회원들은 그 범주가 아주 광범위하다. 앞서 말한 것 말고도 문예비평가, 논픽션 작가, 번역가, 역사작가, 저널리스트, 출판물 편집인 등 문자로 표현하는 일에 종사하는 사람은 누구나 회원이 될 수 있다.

1990년대 초반 투옥된 지 6년이 되는 어느 날 독일의 한 펜클럽 회원으로부터 격려의 편지를 받았을 때 어떠한 문인단체에도 소속되어 본 일이 없는 나는 그것이 어찌된 영문인지 알 수가 없었다. 그때까지 나의 이름으로 세상에 글을 발표한 것이라고는 유학 시절 해외에서 몇몇 반정부 신문에 칼럼을 게재한 것과 『백척간두에 서서』라는 제목의 옥중서간집을 하나 낸 것이 전부였다. 안기부는 나를 간첩으로 엮어 놓고 아무런 물증을 댈 수 없으니까 신문에 실린 나의 글을 증거물로 첨부해 놓았는데, 이것이 국제펜클럽에 의해 표현물로 인한 부당한 탄압으로 받아들여져 석방운동의 대상자가 되었던 것이다. 얼마 뒤 영국과 독일 펜클럽에서 명예회원증이 우송되어 왔고 이후 세계 각지에 있는 펜클럽 회원으로부터 격려편지가 답지하기 시작했다.

그런데 1995년 11월 초순 어느 날 대구교도소에 수감되어 있던 나는 한국의 펜클럽 회원이라는 한 유명 작가가 쓴 신문 칼럼을 읽고 아연실색하고 만다. 필자는 이문열. 일주일 전에 호주에서 열린 국제펜클럽 총회에 참석하여 한국인 최초로 연설을 하고 왔

The English Centre of
INTERNATIONAL P·E·N
A WORLD ASSOCIATION OF WRITERS

7 Dilke Street, Chelsea
London SW3 4JE
Telephone: 071-352 6303 Fax: 071-351 0220
(Tuesday, Wednesday and Thursday)

Founded in 1921 by C. A. Dawson Scott
First Presidents: John Galsworthy OM. H. G. Wells

Hwang Dae-Kwon
Prisoner No.1317
Andong Prison
No 121 Sangri 3-dong
Andong-kun
SOUTH KOREA 762-800

27th May 1993

Dear Hwang Dae-Kwon,

I am very happy to inform you that at our last Executive
Committee meeting you were adopted an Honorary Member of
English P.E.N. We are delighted to welcome you into our
association and here enclose a membership card.

We all very much hope that your situation will improve.
Meanwhile on behalf of all our members I send feelings of
goodwill and solidarity.

With best wishes,

Yours sincerely,

Josephine Pullein-Thompson
General Secretary

▍영국 펜클럽 집행위원회가 황대권을 명예회원으로 받아들이기로 결정했다는 통지문.

다는 그가 대구지역 『매일신문』에 쓴 시론이었다. 「황사영의 후예들」이라는 제목이 붙은 그 글은 이문열 특유의 극우적 애국주의를 유감없이 보여주고 있었다. 황사영은 조선시대 말 극도의 천주교 탄압을 견디다 못해 조정에 압력을 넣어 종교의 자유를 얻어 내고자 외국에 함대 파견을 요청하는 밀서를 써서 내보내려 했다가 발각된 자이다.

이씨는 세계의 문인들이 모인 자리에서 멋진 연설을 하고 참석자들로부터 우렁찬 박수를 기대했을 것이나 돌아온 것은 부당하게 구금되어 있는 12명의 문인들을 하루속히 석방하라는 항의성 발언이었던 모양이다. 석방하라는 문인들의 명단을 보니 자기가 아는 사람이라곤 황석영과 박노해뿐 나머지는 모두 '사이비'라는 것이다. 거기에는 물론 내 이름도 들어 있었다. 이들은 모두 중죄를 저지른 국사범들인데 죄를 지었으면 반성하고 가만히 있을 것이지 뭐가 잘났다고 외국에다 이름을 팔아 나라 망신을 시키고 있느냐는 것이었다. 나라의 주권을 팔아서라도 신앙의 자유를 얻으려 했던 황사영의 후예가 바로 이런 사람들이라는 것이다. 나는 즉각 장문의 반박문을 썼으나 '대작가'를 겨냥한 '사이비 문인'의 글이 발표될 곳이라고는 어디에도 없었다. 하물며 옥에 갇혀서랴!

옥중작가위원회 사람들에게 이 이야기를 들려주었다. 그러자 다혈질인 루시가 흥분하며 언성을 높인다. 이 사실을 펜클럽 국제본부에 알려 한국지부의 활동을 제한해야 하는 것 아니냐고. 잠자코 듣기만 하던 소설가 발(Val)도 맞장구를 친다. 나는 잘못하다가는 정말로 '황사영의 후예'가 되는 것이 아닌가 싶어 서둘러 진화를 했다. 한국 문인들의 보수성향과 첨예한 이념갈등을 알 리 없는 이들에게 한국의 열악한 인권 현실을 이해해 달라고 간청하는 수밖에 없었다.

맥주가 두 잔째에 접어들었을 때 데이비드가 무척 흥미로운 얼굴로 나를 바라보며 마치 오래 전부터 알고 지내던 친구를 대하듯 말한다.

"헤이, 바우. 너는 틀림없이 뭔가 있는 놈이야. 어때, 런던에서 자리는 잡았나?"

물론 그는 내가 펜클럽에 보낸 편지를 통해 나에 대해 어느 정도는 알고 있었겠지만 첫 대면에 이렇게 파격적인 말을 걸어오는 것은 의외였다. 살다 보면 무수히 마주치는 많은 사람들 가운데 운명적이라고 말할 수 있을 만큼 기가 통하는 경우가 있다. 데이비드가 그랬다. 그는 지금 당장 내가 무슨 말을 해도 다 들어줄 것 같은 표정을 지었다. 사실 그 즈음 나는 거처 문제로 진퇴양난에 빠져 있었다. 머물고 있는 웰윈 가든 시티의 수양어머니 집에서 하루라도 빨리 나와야 하는 형편이었기 때문이다. 수양어머니 로쉰의 병세가 악화되어 그 집에 더 머무는 것은 그분께 부담만 더할 뿐이었다. 수양어머니는 몸이 안 좋은 데도 손님인 나에 대한 접대가 소홀해질까 봐 노심초사하다 보니 몸이 더욱 나빠지는 악순환이 계속되고 있었다. 그렇다고 런던의 비싼 방값을 지불할 돈도 없었다. 이런 사정을 대충 얘기하자 데이비드는 흔쾌히 자기 집에 와서 같이 살자고 제안했다. 나는 집의 위치가 어디고 뭐고 를 따질 계제가 아니었다. 당장에 짐을 옮기겠노라고 했다.

이튿날 아드리안의 도움을 받아 런던 북부의 스탬퍼드 힐에 있는 데이비드의 집으로 이사를 마쳤다. 유태인 커뮤니티에 있는 낡은 3층집인데 지하까지 치면 4층이나 되었다. 그러나 집이 좁아서 한 층에 한 사람밖에 살 수 없는 구조였다. 집에는 데이비드 말고도 두 명의 동거인이 더 있었다. 지하층은 데이비드의 오랜 친구로 연극 연출가로 일하고 있는 로저(Roger)가, 1층은 거실 겸 식당, 2층은 데이비드가, 3층은 로저가 데리고 들어온 신출내기 연극배우 게리(Gerry)가 쓰고 있었다. 데이비드가 극작가인 것을 보면 이 집은 온전히 연극과 관련된 사람들이 살고 있는 셈이었다. 데이비드는 이 친구들로부터 시중 방세의 절반도 안 되는 돈을 받고 방을 빌려주고 있었다. 문제는 날더러 같이 살자고 부르기는 했지만 따로 잘 만한 방이 없다는 것이었다. 데이비드는 우선 거실 소파에서 지내면서 기회를 보자고 한다. 자신이 저 남쪽의 스와니지(Swanage)라는 곳에 집을 하나 마련 중인데, 그곳의 공사가 끝나서 옮겨가게 되면 방이 하나 생기지 않겠냐는 것이었다. 이렇게 데이비드 집에서 빈대살이가 시작되었다.

남자들만 사는 집이다 보니 아무래도 집안이 지저분했다. 더구나 이 집에는 이들 말고도 데이비드의 분신이나 다름없는 애견 딩고와 이름을 알 수 없는 늙은 고양이 한 마리가 더 있었다. 늙은 고양이는 주인으로부터 버림을 받은 건지 동네를 떠돌아다니다가 어느 날부터인가 이 집에 들어온 이후 나갈 생각을 하지 않아 거두어 먹이고 있다는데, 데이비드에 의하면 사람의 나이로 아흔 살쯤은 된다고 한다. 그런데 이놈들이 모두 거실의 소파를 거점으로 생활하고 있었다. 딩고는 하루 종일 소파에서 뒹굴다 잘 때는 2층 데이비드 곁으로 가지만, 고양이란 놈은 소파가 곧 잠자리인데 이제 그것을 나에게 빼앗기게 되었으니 속으로 욕을 무지 할 것이 틀림없었다.

저녁 나절에 온 식구가 모여 텔레비전을 다 보고 드디어 잠잘 시간이 되었다. 데이비드가 벽장에서 누렇게 바랜 얇은 시트를 한 장 소파 위에 깔아 주었다. 일단 한번 자 보기로 했다. 잠자리를 빼앗긴 고양이는 할 수 없이 소파 바로 앞의 테이블에서 자는데, 이놈이 몸에 벼룩이 있는 건지 밤새도록 정신없이 긁어댔다. 하도 신경이 쓰여서 잠결에 샛눈으로 보니 긁다가 못해 마치 감전된 것처럼 전신을 부르르 떨고 있었다. 나에게 옮을지도 모른다는 경계심에 앞서 처절하게 몸부림치는 고양이가 불쌍해서 견딜 수가 없었다. 아침에 일어나니 아니나 다를까 내 몸엔 여기저기 개와 고양이 털로 범벅이었다. 지저분한 데서 견디는 데에는 나도 일가견이 있다고 생각하고 있었지만 이건 정말 아니었다. 데이비드에게 고양이의 상태를 일러 주고 몸에 약을 치든지 어떻게 좀 해달라고 얘기했으나 가끔 그런다며 대수롭지 않게 생각했다.

┃데이비드 집의 거실. 딩고가 앉아 있는 소파가 나의 침대.
탁자 위에 고양이가 보인다.

　3일째 되는 날 드디어 벼룩인지 빈대인지 좌우간 엄청나게 물렸다. 아, 빈대살이하다가 결국은 빈대에게까지 당하는구나라고 생각하니 도저히 견딜 수가 없었다. 나는 다시 한번 데이비드에게 고양이 좀 어떻게 해달라고 강력히 얘기한 뒤 그 길로 부동산 소개지를 손에 들고 런던 시내로 나갔다. 방을 알아보기 위해서였다. 이틀을 돌아다녔으나 내가 원하는 방은 없었다. 값이 적당하면 저것도 방이라고 내놨나 싶고, 방이 괜찮으면 값이 턱없이 비싸고⋯⋯. 풀이 죽어 집에 돌아오니 데이비드가 고양이를 안고 텔레비전을 보고 있었다. 오후에 병원에 가서 약도 치고 주사도 한 대 맞췄다는 것이다. 그날 밤에 고양이와 나는 처음으로 편히 잘 수 있었다.

　동물들과 한 구덩이에서 뒹구는 데는 어느 정도 익숙해졌지만 거실에서 잠을 자다 보니 아침에 밥을 먹으러 식구들이 들락거리는 통에 늦잠을 잘 수가 없었다. 3층의 게리가 쓰고 있는 방의 옆에 코딱지만한 다락방 같은 것이 있는데, 데이비드가 그곳에 컴퓨터를 놓고 작업실로 쓰고 있었다. 늘어놓은 짐 몇 개만 치우면 겨우 한 사람 잘 만한 공간이 나올 듯싶었다. 데이비드에게 얘기했더니 그게 편할 것 같으면 그리 하라고 한다. 처음으로 런던에 나만의 공간 - 물론 잠잘 때만 - 을 확보하게 되는 순간이었다.

　이 집에 살고 있는 사람들의 직업이 극작가, 배우, 연출가, 조작간첩에다 연령도 20대에서 60대까지 제각각이지만 공통점이 세 가지 있었다. 첫째가 모두 애연가라는 점이다. 어느 방엘 가나 재떨이가 있었고 담배가 떨어져도 늘 누군가는 가지고 있었으므로 마지막 담배라도 안심하고 피울 수가 있었다. 둘째는 남자 넷 모두가 독신이라는 점이다. 데이비드와 로저는 우리 나이로 환갑이지만 결혼 한 번 안 한 총각이다. 게리는 아직 젊어서인지 심심치 않게 여자가 드나든다. 로저에게 애인도 없냐고 하니까 런던의 여자들은 다 자기 애인이란다. 데이비드에게는 벌써 20년이 넘게 사귀고 있는 데보라라는 여자 친구가 있어 가끔 와서 자고 가지만 결혼할 생각은 전혀 없는 모양이다. 세 번째 공통점은 이 집 식구들의 단결과 우애를 도모하는 데 가장 중요한 요소로, 넷 다

축구광이라는 사실이다. 어느 정도냐 하면 토요일 저녁이 되면 특별한 일이 없는 한 어김없이 집에 들어와서 영국 프로축구 주간 하이라이트를 본다. 그날 일이 있어서 못 들어오는 사람이 있으면 반드시 그를 위해 녹화를 해 둔다. 일주일에 적어도 하루는 네 독신남자가 모여 담배를 피우면서 좋아하는 축구를 보니 우애가 돈독해질 수밖에.

데이비드와 함께 축구를 보면 한결 재미가 있다. 그가 우스갯소리를 잘해서가 아니다. 축구에 대한 그의 해박한 지식 때문이다. 카메라에 클로즈업되는 선수들마다 저 선수는 어느 나라 출신이며 연봉이 얼마이고 지난해 몇 골을 넣었다는 등, 거의 백과사전에 버금가는 정보를 가지고 해설을 해준다. 영국에 오기까지 적어도 나 정도면 축구광이라 해도 되지 않을까라고 생각하고 있었다. 고등학교 시절 월드컵 아시아 지역 결승전이 있는 날 그 중요한 학기말 고사의 마지막 시험을 빼먹고 월담하여 서울운동장으로 축구를 보러 간 경력이 있는 나이니까. 그런데 데이비드랑 같이 살아 보니 '번데기 앞에서 주름잡는다'라는 표현은 꼭 이런 경우에 해당된다는 것을 알게 되었다. 이 친구가 축구를 대하는 태도는 나와 차원이 달랐다. 나는 열심히 관전하고 신문기사를 읽고 술 한잔에 흥분하여 떠드는 정도이지만 그는 거의 학구적으로 연구를 하며 축구를 즐기는 사람이다. 매달 축구 전문지를 구독하고 있으며 해마다 나오는 축구연감을 사서 수시로 들여다보면서 정보를 재점검한다. 중요한 게임들은 대개 테이프에 녹화를 해 두고 심심하면 다시 들여다보는가 하면, 동네 어린이 축구팀의 열성적인 후원자이기도 하다. 영국이 축구 선진국일 수밖에 없는 것은 이런 광적인 팬들이 수백만을 헤아리기 때문이다.

데이비드는 아침 식사를 마치면 어김없이 딩고를 데리고 인근 공원으로 산책을 나간다. 이것은 데이비드뿐 아니라 개를 데리고 있는 영국인들 대부분의 일과이기도 하다. 재미있는 것이 영국인들은 개 때문에 운동을 하고 개 때문에 이웃과 친해진다. 산책을 하면서 사람과 마주치면 그냥 지나치는 경우는 있어도 개와 마주치면 꼭 인사를 하며 개를 화제로 몇 마디라도 대화를 나눈다. 개인주의가 극에 달한 사회에 개는 사람과 사람을 이어주는 촉매 역할을 하고 있는 셈이다(나는 그래서 서양의 개인주의를 '개를 중심으로 사람이 결합' 하는 주의라고 생각하고 있다).

집을 나서자 그는 마주치는 동네 개들마다 모두 한 번씩 쓰다듬어 주면서 애정을 표시한다. 개들도 그를 보면 반가워하면서 꼬리를 흔든다. 아무리 사나운 개라도 데이비드가 몇 번 어르고 나면 꼬리를 내린다. 그가 동물들과 이렇게 잘 통하는 이유를 나는 어린아이와 같이 맑은 그의 영혼에서 찾고 싶다. 그는 정말 어린이를 좋아한다. 그가 쓴 작품의 대부분은 어린이와 청소년을 대상으로 한 것이다. 환갑노인(?)이 어린애들과 어찌나 잘 노는지 그의 집엔 동네 꼬마들이 심심하면 놀러온다. 특히 동네에 있는 방글라데시 난민 아이들은 오며 가며 들르는데, 아이들이 그를 찾는

|데이비드와 애견 딩고.

것을 보면 꼭 자기 친구 부르듯이 한다.

그는 열렬한 동물보호 운동가이면서 한결같은 인권운동가이기
도 하다. 그의 컴퓨터에 축적된 자료들을 보면 그가 지금까지 20
년이 넘게 양심수들의 석방을 촉구하는 편지를 보낸 나라의 수가
합하여 1백 개가 넘는다. 그는 일주일에 적어도 며칠은 자신이 후
원하는 양심수와 관계 당국에게 편지를 쓰는 시간을 갖는다. 앰네
스티 지역조직에 속해 있지는 않지만 개인적으로 앰네스티로부터
자료를 건네받아 수십 년째 이 일을 하고 있다. 조직 차원의 사업
도 아니고 누가 알아주는 것도 아닌 일을 이렇게 오랫동안 하고
있다는 것은 인간에 대한 근원적인 사랑이 없이는 불가능하다. 말

하자면 같은 인간으로서 자기보다 못한 처지에 있는 타인에 대한 연민과 책임의식 같은 것이다.

또 하나, 그의 삶의 경탄스러운 단면 중의 하나는 작가로서 그가 올리고 있는 수입 중에서 생활을 위한 경비를 제외하고 나머지 모든 돈을 인권 및 동물보호, 환경 등의 사회운동 단체에 기부한다는 것이다. 기독교인이라도 성서의 말씀대로 십일조를 바치는 사람이 별로 없는데 종교인도 아니면서 십일조보다 더한 일을 하고 있는 것이다. 물론 그가 개인의 안전을 위해 투자하지 않는 건 아니다. 투자를 하되 남들보다는 검소하게 하고, 봉사를 하되 남들보다는 많이 하는 것이다. 젊은 시절 그가 사 모은 책들의 면면을 보면 대단히 열렬했던 사회주의자였음을 알 수 있다. 종교와 상관없이 벌어지고 있는 이런 일들을 보면 굳이 종교라는 조직이 없어도 사랑이 충만한 세상을 만드는 것이 불가능하지 않다는 것을 알 수 있다. 아니 오히려 서로 다른 종교에 갇혀 한 입으로 사랑과 배척을 말하는 모순에 빠지느니 무소속으로 보편적 인류애를 실천하는 것이 더 바람직하지 않은가라는 생각이 든다. 그는 진실로 타자의 삶을 이해한다는 것이 무엇인지를 몸으로 보여주는 사람이다.

생활비가 비싸기로 유명한 영국에서 런던 시내에 3층짜리 집을 가지고 있으면서 지방에 또 한 채의 집을 마련하고 있는 데이비드의 경제력에 대해서는 직접 물어보지 않아 잘 모른다. 스와니지의 집은 전문직 종사자인 여자 친구 데보라와 동거하기로 합의하고 마련하는 것이므로 합자로 보면 될 것이고, 집에서 글 쓰는 일 말고 다른 노동은 하지 않는 것으로 보아 그의 수입의 대부분은 인세에서 온다고 보는 게 옳다. 인세가 얼마나 많길래? 그는 그때까지 70여 편의 작품을 발표했다. 그의 집 여기저기에 붙어 있는 대형 포스터들은 세계적으로 히트한 그의 대표작들이다. 그 중에 <No Worries>는 영화로 만들어져 베를린 영화제에서 금곰 상(Golden Bear Award)을 받기도 했다. 특히 찰스 디킨스의 소설을 각색한 『크리스마스 캐롤』은 해마다 공연되기 때문에 크리스마스 때가 되면 세계 곳곳에서 인세가 답지한다. 이렇게 잘나가는 작가임에 틀림이 없지만 그가 사는 모습은 검소하기 짝이 없다. 서울에서도 황학동에서나 구할 수 있는 무쇠 프라이팬을 쓰고 있는가 하면, 축구와 영화를 그렇게 좋아하는 사람이 낡아서 가장자리가 무지개색으로 보이는 텔레비전 하나 교체할 생각을 않는다.

데이비드 집에 들어온 지 얼마 되지 않아 펜클럽 리셉션에서 만났던 에바로부터 초대장이 왔다. '햄스테드 종교간 대화모임(Hampstead Interfaith Group)'이라고 쓰인 제목 아래 그 달의 초청강사 명단이 적혀 있었다. '바우 황(Bau Hwang)'의 경력에는 한국의 농부 겸 작가로 감옥에서 13년을 보내는 동안 선불교에서 가톨릭으로 개종했다고 쓰여 있었다. 그 밑에 적혀 있는 강사들의 면면을 보니 유대교 랍비, 개신교 목사, 마하비르교 전도사 등 모두 공인된 종교지도자들이었다. 야, 이거 함부로 나설 자리가 아닌 것 같은데 얼떨결에 '예' 했다가 봉변당하게 생겼구나 하는 생각이 들었다. 그러나 이미 공지가 나간 걸 어찌하랴! 에이 닥치면 닥치는 대로 하자 하는 심정으로 모임에 나갔다.

물어물어 에바의 집에 당도해 보니 한 열대여섯 명은 온 것 같았다. 각자 자기소개를 하면서 가지고 있는 종교를 말하는데 다 기억하지 못할 정도로 다양했다. 가톨릭, 개신교, 유대교, 불교, 자이나교, 크리슈나, 퀘이커, 유니테리언…… 이들은 이렇게 매달 한 차례씩 만나 초청강사의 얘기를 듣고 질의 응답과 토론을 하며 종교간 교류를 하고 있었다. 나는 먼저 불교를 믿다가 예기치 않은 투옥을 거쳐 가톨릭으로 개종하게 된 과정과 감옥생활의 부침 속에서 말년에 심취하게 된 도교적 사유에 대해 이야기했다. 짧은 영어로 어려운 종교적 진리를 설명한다는 것이 쉽지는 않았지만 내가 생각하고 있었던 것은 어느 정도 전달했다고 본다. 이것은 말의 능력에서라기보다 일정한 장(場) 속에서 존재가 뿜어내는 기(氣)의 교류를 통해 이해될 수 있는 것이라고 믿는다. 질의 응답 시간에는 주로 노장철학의 개념에 대한 물음이 많았다. 돌아갈 때는 크리슈나 집단에서 온 묘령의 아가씨가 친절하게도 집에까지 데려다 주었다. 며칠 후 에바는 감동적인 모임이었다고 감사의 편지를 보내왔다.

여권기한이 다 되어 가는 2000년 봄에 나는 데이비드 집의 골방에서 그야말로 피를 말리는 생존게임에 임하고 있었다. 먼저 가석방자에게 주는 1년짜리 여권을 연장해야 했다. 그러자면 대사관에 여권연장의 이유로 다니고자 하는 학교의 입학허가서를 제출해야 하는데, 입학허가를 받기 위해서는 영국에서 인정하는 영어자격시험(IELTS)을 치러야 하고 동시에 학비보증을 제시해야 한다. 이 모든 것이 단계적으로 되는 것이 아니고 한꺼번에 해결되어야 나의 영국 체류가 가능했다.

일단 런던 시내의 한 영어학원에 1개월짜리 IELTS 집중코스에 등록을 하고, 나에게 학자금을 줄 만하다고 생각되는 장학재단 수십 군데를 알아내어 일일이 편지를 써 보냈다. 그러고 나서 대사관엘 가 알아보았더니 날더러 한국으로 돌아가 가석방자 출국심사 과정을 다시 밟고 새 여권을 발급받아 오는 수밖에 없다는 것이었다. 두 번씩이나 가서 간청했건만 소용이 없었다. 아, 도무지 대한민국 정부는 나에게 도움이 되는 게 없구나! 국가권력을 남용하여 한 사람의 인생을 그만큼 짓밟았으면 이 정도의 행정적 편의는 봐줄 수 있는 것 아닌가. 십수 년 옥살이 끝에 해외에 나와 어떻게 해서든 못 다한 공부를 해보자고 하는데 단지 가석방자라는 이유로 현지에서 여권 연장 하나 못해준단 말인가! 나는 감옥 안에서 규정과 문자에 얽매이는 관료들의 습성을 너무도 뼈저리게 겪어본 터라 부끄럽지만 할 수 없이 외부의 압력을 사용하기로 마음먹었다. 한국에 무슨 빽 비슷한 것도 없는 나로서는 죽으나 사나 외국의 후원자들에게 매달리는 수밖에 없었다. 앰네스티 국제본부에 가서 사정을 설명하고 지원사격을 요청했다. 일주일 뒤 앰네스티 사무총장 명의로 나의 여권 연장을 촉구하는 편지가 한국대사관으로 발송되었다는 연락이 왔다. 영국 펜클럽 회장의 편지는 데이비드의 주선으로 쉽게 받아낼 수 있었다.

　데이비드는 영국에 있는 동안 나의 보호자 역할을 톡톡히 해 주었다. 그는 내가 임페리얼 대학과 기타 장학재단으로부터 학자금을 얻기 위해 백방으로 노력할 때 추천서에서 문구작성에 이르기까지 자질구레한 도움을 아끼지 않았으며 또 한편으로는 영국 펜클럽으로부터도 학자금 일부를 지원받을 수 있도록 힘을 써 주었다. 그럭저럭하는 사이 노력의 결실이 하나 둘 나타나기 시작했다. 대한민국에서 벼락치기 입시공부에 단련된 몸이라 그런지 영어자격시험을 한 번에 통과했고, 학자금도 온갖 군데를 다 쑤신 끝에 얼추 마련되었다. 임페리얼 대학에서도 내 처지를 잘 이해해 주어 장학금과 함께 입학통지서를 보내왔다. 이제 남은 것은 우리 대사관에서 여권을 연장해 주느냐였다. 이번에도 똑같은 소릴 하면 대사를 만나 땡깡이라도 부릴 양으로 대사관문을 힘껏 밀고 들어갔다. 나를 맞이하는 영사의 눈길이 훨씬 부드러워져 있었다. 대사님께서 여러 가지로 신경을 많이 쓰고 계신다는 것이다. 그러더니 나를 안기부 파견요원에게로 안내한다. 박 아무개라고 자신을 소개한 젊은 요원은 잘되지 않겠냐고 하면서 앞으로 도움이 필요한 일이 있으면 언제든지 들르라고 한다. 그로부터 며칠 뒤 여권이 연장되었으니 와서 받아가라는 연락이 왔다. 할렐루야!

그 사이 데이비드는 스와니지의 집이 완성되어 떠나 버렸고, 나는 영국에 와서 처음으로 홀가분한 기분으로 화창한 런던의 여름을 즐기게 되었다. 런던은 거의 일 년 내내 비가 오다 말다 하는 우중충한 날씨지만 여름 한 철만은 활짝 갠 날이 훨씬 많다. 나는 그동안 여유가 없어서 가보지 못한 런던의 여기저기를 둘러보고 별러 두었던 생태공동체 탐방도 다녀오는 등 혼자만의 자유로움을 맘껏 누렸다. 9월에 학기가 시작되기 전에 스와니지의 데이비드네를 방문하기로 했다. 학교 기숙사에 들어가면 앞으로 일 년 동안은 볼 수 없을 텐데, 그 전에 그의 새 보금자리도 보고 감사의 말도 전하고 싶었다.

스와니지는 런던에서 기차를 타고 남서쪽으로 2시간 반 거리에 있는 해변 마을인데, 해안가 대부분이 환경보존지구(National Trust)로 지정되어 있을 정도로 경치가 아주 그만이다. 그래서 여름 휴가철엔 피서인파로 아주 붐비는 마을이다. 밤기차를 타고 웨렘이라는 스와니지에서 가까운 기차역에 내리니 둘이 차를 몰고 마중 나와 있었다. 반갑게 인사를 나누고는 곧바로 그의 집으로 갔다. 해변에서 그리 멀지 않은 곳에 위치한 집은 아담한 게 마치 동화 속에 나오는 그런 분위기였다. 그의 성격대로 집안은 그저 평범하고 덤덤하게 꾸며 놓았다. 군데군데 날렵한 현대적 인테리어가 눈에 띄는 것은 틀림없이 데보라의 손길이었을 테고. 데보라는 런던에 있는 드라마 스쿨의 선생인데, 어쩌면 데이비드가 자기의 성격과 꼭 어울리는 여자를 말년의 파트너로 삼게 되었는지 보기만 해도 기분 좋은 커플이다. 둘 다 성격이 수더분하고 털털해서 손님이라 해도 마치 내 집처럼 편안한 기분이 든다.

데보라가 이미 저녁상을 보아 놓았다. 홍합그라탕이란다. 홍합 요리라고는 매운탕이나 그저 삶아서 초장 찍어 먹는 것밖에 모르는 내게 홍합그라탕은 참으로 별미였다. 국물이 하도 감칠맛이 나서 물어보니 단순히 우유만을 넣고 끓인 것이 아니라 각종 야채를 우려서 거기에 우유를 첨가한 것이란다. 한참을 맛있게 먹고 있는데 딩고라는 놈이 옆에 바짝 붙어서는 계속 군침을 삼키는 것이었다. 이놈은 런던에 있을 때부터 내가 밥을 먹을 때면 어김없이 코 앞에 앉아서는 자기에게 한 숟갈이라도 나누어줄 때까지 하염없이 노려본다. 나는 그 눈초리가 하도 집요해서 늘 견디지 못하고 밥 먹는 도중에 조금 덜어주고는 했다. 밥을 다 먹고 접시를 내려놓으면 설거지가 필요 없을 정도로 녀석이 깨끗이 처리를 해준다. 딩고란 놈이 물러가니까 이번에는 검은 고양이 하나가 발 밑에 서성이면서 자기에게는 뭐 줄 게 없냐고 야옹거린다. 데보라가 데리고 온 도라라는 놈이란다. 참으로 재미있는 것은 데이비드가 편지를 쓸 때면 글의 말미에 꼭 'D+D+D+D'라고 서명을 하는데, 이것은 데이비드, 데보라, 딩고, 도라의 첫 알파벳을 모은 것이다.

일요일 아침에 일어나서 제일 먼저 한 일. 전날 밤에 녹화해 두었던 영국 프리미어리그 주간 하이라이트를 보는 것이었다. 내가 샤워를 마치고 거실로 들어서니까 데이비드가 이미 텔레비전을 켜놓고 손에 커피 잔을 든 채 보고 있었다. 런던에서 살 때와 변함없는 모습이다. 나도 얼른 커피 한 잔을 타 가지고 와서 자리를 잡았다. 번듯한 새 텔레비전이 신기해서 이것 어디서 샀느냐고 물으니 동네 전파상에서 샀다고 한다. 멀지 않은 쇼핑몰에 가면 같은 가격에 더 좋은 제품을 살 수 있었을 텐데 왜 여기에서 샀냐고 하니까 동네 사람이 동네 가게(Local Store) 물건을 사주어야 가게도 먹고 살 것이 아니냐고 대수롭지 않게 말한다. 평소에 지역순환 경제를 주장하던 내 코가 쑥 들어갔다.

경치 좋은 해변 마을에 와서 참으로 어처구니없는 일이라 할지 모르겠으나 이날따라 하필이면 중요한 축구 경기가 한꺼번에 있어서 오전 중에 해변으로 산책을 다녀오고 나서는 하루 종일 축구경기만 보다 하루해가 지고 말았다.

아침 식사를 간단히 마치고 모두 바닷가로 산책을 나갔다. 오래간만에 비가 오지 않는 일요일을 맞은 인근 주민들이 모두 나와 산책하는 바람에 백사장은 꽤나 붐볐다. 저마다 개를 데리고 나와서 바닷가에 얼추 개 반 사람 반은 되는 것 같았다. 개들은 신이 나서 모래사장이며 풀숲이며 얕은 물가를 정신없이 뛰어다녔다. 한참을 걷다 보니 이상한 입간판이 백사장 한가운데에 박혀 있었다. '여기서부터는 자연주의자를 마주칠 수 있습니다(Naturalists may be seen beyond this point).' 자연주의자라……. 오늘 같은 날 바닷가에 산책 나온 사람들은 다 자연주의자가 아닌가? 하는 생각을 하고 있는데, 백사장 한구석에 완전히 벌거벗은 한 남자가 성기를 적나라하게 내놓고 일광욕을 하고 있는 모습이 보였다. 아하, 그렇구나! 해변가에는 남녀노소 가릴 것 없이 수많은 사람들이 산책하고 있는데 그는 전혀 거리낌이 없었다. 지나가는 사람들도 누구 하나 신경 쓰는 것 같지도 않았다. 500미터를 사이에 두고 이런 누드족이 차가운 날씨에도 불구하고 한 열 명쯤은 보였다. 백사장의 한쪽 끝에까지 갔다가 다시 돌아오는데, 이번에는 이쪽 편에 입간판이 서 있었다. '900미터 전방에 자연주의자가 있습니다.' 내가 간판을 보고 웃자 옆에 있던 데보라가 "매우 영국적인(Very English)" 방식이라고 대꾸한다. 다수자의 정서를 거스르지 않으면서 소수자의 권리를 보장해 주는 영국식 발상이 참 합리적이라는 생각이 들었다.

이날 해변가에서 본 가장 경이로운 존재는 누드족이 아니라 기괴하게 생긴 조개무리였다. 아직도 물기가 축축한 백사장에는 상당히 많은 조개껍질들이 있었다. 살아 있는 조개가 혹시나 있나 싶어서 유심히 살펴보았지만 모두 껍질뿐이었다. 그런데 생긴 것이 좀 이상했다. 어떻게 보면 하나의 괴상하게 생긴 큰 조개 같고, 또 어떻게 보면 조개다발 같기도 했다. 똬리처럼 생긴 그것을 집어보니 묵직한 무게감이 느껴졌다. 겉은 틀림없이 껍데기로만 보이는데 이상하다? 하면서 한번 힘을 주어 가운데를 절단하여 보았다. '뚝' 하고 떨어지는데, 세상에나…… 그 속이 모두 살아 있는 조개였다. 그러니까 그것은 하나의 조개 무더기로서 몇 개의 조개가 연립주택처럼 첩첩이 엉겨 붙어 있는 것이었다. 그런데 그것이 마구 엉겨 붙어 있는 것이 아니라 아주 기하학적인 규칙성을 가지고 붙어 있기에 마치 하나의 조개로 보인 것이다. 그리고 가장 바깥 쪽 조개는 언제나 빈 껍질이고.

나는 너무도 신기해서 한참을 들여다보며 궁리에 잠겼다. 어떻게 이런 생존방법을 갖게 되었을까? 보아하니 한 덩어리의 조개는 일가족임에 틀림없었다. 몇 대가 함께 있는지는 모르겠으나 내가 보기에 최소한 3대는 되는 것 같았다. 맨 가장자리에 있는 것은 할아버지나 증조부모쯤 되는 것 같고 그 다음이 부모 그리고 나머지가 자식 손자들……. 1세대가 나이 들어 죽으면 알맹이만 바닷물에 씻겨나가고 껍데기는 계속 붙어 있어서 마치 껍질뿐인 조개처럼 보이도록 위장해 주는 역할을 하고 그 다음 세대는 자식을 생산하여 계속해서 자신의 등 뒤에 붙여 나간다. 차례대로 붙여 나가기도 하고 동시에 몇 개씩 붙이기도 하고. 그러니까 다발 하나가 하나의 대가족이 되는 셈이다. 이 신기한 조개의 이름을 아직 모르지만 이들의 생존방식은 험악한 사회 환경 속에서 살아남기 위해 하나의 대가족이 어떻게 결합하고 조직되어야 하는지 많은 시사점을 던져 주고 있었다. 또한 잘 생각해 보면 이것은 공동체의 조직원리에도 응용할 수 있을 것 같았다. 인간 사회도 자연의 조직원리를 따를 적에 가장 효율적이고 지속성이 있다는 것은 이미 잘 알려진 사실이다.

집에 돌아와 점심을 먹고 데이비드와 나는 이날의 빅게임인 아스널과 토튼햄 전을 보기 위해 마을 중심에 있는 펍으로 갔다. 이 게임은 케이블 텔레비전에서만 중계하기에 펍으로 갈 수밖에 없었다. 펍에는 이미 많은 사람들이 자리를 잡고 있어서 우리는 잘 보이지도 않는 구석자리를 겨우 차지할 수 있었다. 아스널과 토튼햄은 마치 서울의 도봉구와 성북구처럼 런던 시의 북부에 연고를 둔 이웃 팀인데 서로 사이가 그렇게 나쁠 수가 없었다. 아스널 팬들 사이에 가장 모욕적인 욕은 "당신 토튼햄 아니야?(Are you Tottenham?)"라고 비아냥거리는 것이다. 런던에 있는 데이비드의 집이 두 팀의 경계에 있었기 때문에 나는 상대적으로 아는 축구선수가 많은 아스널 팀의 응원자가 되었고, 데이비드는 아무래도 집의 위치가 토튼햄 쪽에 더 가까웠기 때문에 토튼햄 응원자였다. 그곳에 살 적에도 어쩌다 펍에 축구중계를 보러 가면 분위기가 하도 살벌해서 함부로 드러내놓고 응원을 할 수가 없었는데, 런던에서 한참 멀리 떨어진 이 시골 마을에도 똑같은 일이 벌어지고 있었다.

보아하니 관객의 대부분은 토튼햄 팬이었다. 아스널 팬인 나는 우리 팀이 아무리 잘해도 찍소리 못하고 속으로만 응원해야 했다. 게임은 아스널이 일방적으로 이기고 있었지만 토튼햄 팬들은 주눅들지 않고 죽어라 응원한다.

영국 축구팬의 재미있는 특징 중의 하나는 상대방 응원단에 대해 아주 공격적이라는 것과 자기가 응원하는 팀에 대한 사랑이

지극정성이라는 것이다. 그들은 자기 팀이 아무리 못해도 한국 축구 팬들이 흔히 하듯 '병신', '쪼다' 등과 같은 자기 팀을 비하하는 욕은 절대 하지 않는다. 기껏해야 "아이구 저런!" 혹은 "아, 어떻게 그걸 놓칠 수가 있지!" 하는 정도이다. 욕 대신에 그들은 힘내라고 열심히 응원을 한다. 반면에 상대팀에 대해서는 사정없이 욕을 해댄다. 경기는 결국 아스널의 승리로 끝났다.

펍을 나오면서 데이비드에게 어찌된 게 여기에는 토튼햄 팬들만 있느냐고 물었더니 그의 대답이 재미있다. 여기는 토튼햄 펍이고 저쪽 거리에 가면 또 하나의 펍이 있는데 거기는 아스널 펍이라는 것이다. 자신이 토튼햄 팬이라서 이곳으로 온 것이란다. 토튼햄 팬에 둘러싸여 있어서 마음 놓고 소리도 못 질렀지만 그래도 응원하는 팀이 이겨서 가벼운 발걸음으로 돌아올 수 있었다.

오후 늦게부터 계속 비가 내렸기 때문에 어디 나가지도 못하고 내내 집에 틀어박혀 텔레비전만 보았다. 축구 경기 한 편을 더 보고 나머지는 데이비드가 녹화해 둔 미술사와 문학에 관한 BBC 프로를 보았다. 데이비드와 함께 있으면 수준 높은 영국 텔레비전 프로그램을 많이 보게 된다. 그는 늘 텔레비전 가이드를 보고 좋은 프로그램들을 예약 녹화해 놓고 시간이 나는 대로 본다. 데이비드와 함께 살면서 그의 삶과 인품에서 많은 감화를 받기도 했지만 그가 제공하는 영상물로부터도 많은 것을 배울 수 있었다. 그것들은 어찌 보면 영국 문화의 에센스와 같은 것이었다. 이번

여름 그는 큰일을 하나 준비하고 있었다. 러시아의 체르노빌 지역에 있는 어린이들을 초청하여 돌보는 것이다. 그 아이들은 대부분이 방사능 오염으로 인해 백혈병을 앓고 있어서 이곳에 오게 되면 병원에서 종합검진을 받고 다양한 어린이 프로그램에 참여시킬 예정이란다. 지역에 내려온 지 얼마 되지도 않았는데 벌써 이런 일을 조직해 낸 것이다. 두 명의 어린이를 돌보기로 신청한 그는 벌써부터 방문기간의 날씨가 좋아야 할 텐데 하며 걱정하고 있었다.

다시 런던으로 돌아온 나는 15년 동안의 기나긴 방학을 마치고 다시 시작하는 학창생활을 맞이하기 위해 나의 전 신경조직과 생활습관을 학생의 그것으로 되돌려야만 했다. 무엇보다 급한 것이 컴퓨터의 기능을 하나하나 익히고 자판 연습부터 시작하는 것이었다. 가을을 재촉하는 비가 추적추적 내리는 어느 주말, 나는 자질구레한 자취 도구를 마련하기 위해 캄덴(Camden)의 벼룩시장으로 향하는 이층버스에 올라탔다.

받은 사랑이 크기에 이 세상을 사랑할 수밖에 없다

출소한 지 5년이 지났는데 아직도 감옥과 관련된 이야기를 되뇌고 있는 자신이 싫다. 할 수만 있다면 과거를 깨끗이 잊고 하고 싶은 일에만 전적으로 매달렸으면 좋겠다. 그러나 그럴 수 없는 게 현재 내가 처해 있는 상황이다. 사면복권이 되었음에도 여전히 보안관찰법에 의한 감시 속에 살고 있으며 치유할 수 없는 과거의 상흔들이 여기저기 주위에 널브러져 있기 때문이다. 그리고 기나긴 투옥 기간 동안 마치 자신의 가족이나 친구인 양 석방 운동을 해 준 여러 은인들께 어떤 형식으로든 고마움을 표시하고도 싶었다.

이미 『야생초 편지』를 읽어 본 독자들은 짐작하시겠지만 나는 참으로 복이 많은 수감자 중의 하나였다. 『야생초 편지』가 출간된 뒤 사람들은 내가 야생초에 의지하여 그 혹독한 옥살이를 이겨냈다고 말하고 있지만 실은 야생초보다도 나의 안위를 걱정해 주는

343

수많은 사람들의 '사랑의 힘'으로 견뎌냈다는 것이 더 정확하다. 직계 가족 이외는 일체의 면회나 서신이 허락되지 않았던 1980년 대의 징역살이는 그야말로 통조림 속에 갇힌 죽은 고기처럼 살아 야 했다. 그러나 그러한 규제가 어느 정도 풀린 1990년대부터는 제법 바쁘게 징역을 살았다. 국내외 각지에서 보내오는 편지에 답 장을 보내야 했기 때문이다. 거의 하루도 거르지 않고 행한 편지 쓰기는 내가 감옥에서 할 수 있었던 최상의 '사회적 행위'였고, 나 도 모르게 이루어진 '작가수업'이기도 했다. 편지를 통해서 사람 을 사귀었고 편지를 통해서 세상을 읽었다.

앰네스티와 펜클럽이 국제조직이었기 때문에 편지는 세계 곳 곳에서 왔다. 어떤 경우는 몇 번 주고받다가 중단되기도 했지만, 어떤 경우는 영혼을 나눌 수 있을 만큼 깊고 오래 지속되었다. 어 쩌면 내가 실제로 받은 편지보다 더 많은 편지가 검열자의 손에 의해 쓰레기통으로 던져졌는지도 모른다. 어찌되었거나 나는 내게 주어진 '하느님의 선물'을 소중히 받아들였고 성심껏 응답했다. 영어로 쓰는 편지였기 때문에 시간도 무척이나 걸렸다. 연습장에 초벌로 쓴 것을 봉함우편에 옮겨 적은 다음 검열관의 편의를 위해 한글 번역문을 또 하나 써야 했다. 보통 편지 한 통을 쓰고 나면 하루해가 지곤 했다. 나중에 나의 편지가 인터넷이나 소식지 등을 통해 회원들 사이에 회람되기도 한다는 사실을 알고는 더욱 신중 한 태도로 임하지 않을 수 없었다. 돌이켜보니 하느님께서 한 인 간을 훈련시키시는 방법도 참 여러 가지라는 생각이 들었다.

이 책에 나오는 이름들은 그때 편지로 알게 되었거나 혹은 그 인연으로 만난 사람들이다. 이분들이 나를 그토록 따듯이 맞이했던 것은 단순히 옥살이를 하고 나온 양심수였기 때문만은 아니었으리라. 그동안 편지를 통해 쌓아올린 끈끈한 정과 서로에 대한 이해가 무엇보다도 중요하게 작용하지 않았나 싶다. 나로서는 은인들께 감사의 인사를 드리기 위한 방문이었지만, 그분들에게는 자신이 한 인권활동의 성과를 확인하는 자리여서 시종 화기애애한 분위기 속에서 이루어진 여행이었다. 얼마 전까지만 해도 차디찬 독방 마루바닥에 앉아 먼 하늘만 바라보다가 하루아침에 우호적인 사람들에게 둘러싸여 귀빈 대접을 받게 되니 처음엔 너무도 얼떨떨하여 도무지 현실 같지가 않았다. 18년 전 어느 날 유학생에서 간첩으로 갑자기 신분이 바뀌어버린 일을 떠올리며 어쩌면 나는 극적인 반전을 거듭하는 인생을 타고났는지도 모른다는 생각이 들었다.

인연 따라 흐르다 보니 유럽 지역에서 후원활동을 했던 분들만 만나고 돌아왔는데, 이 자리를 빌려 다른 지역에서 활동했던 분들께도 감사의 말씀을 전하지 않을 수가 없다. 먼저 유럽에 2년이나 가 있었으면서도 가장 열성적인 후원자였던 크리스타 브레머 (Christa Bremer) 여사를 만나지 못 하고 온 것이 내내 마음에 걸린다. 그녀는 독일 펜클럽 회원으로서 30년 전에 남편을 여의고 오랜 세월 양심수 석방운동을 펼쳐 왔다. 사실 나는 노르웨이 앰네스티의 초청으로 유럽으로 가면서도 가장 먼저 만나야 할 인사로서 수양어머니인 로쉰 다음으로 크리스타를 꼽고 있었다. 로쉰의 후원활동이 모성애적인 것이었다면, 크리스타의 그것은 빼앗긴 애인을 되찾으려는 필사적인 노력이지 않았을까 싶을 정도로 적극적이었다. 내가 한 통의 편지를 보내면 그녀는 두세 통의 편지를 보내왔다. 그녀가 보낸 편지는 늘 무겁고 두툼했는데, 그 안에 손수 찍은 사진들이 들어 있었기 때문이다. 주로 정원에 피어 있는 아름다운 꽃들과 그녀가 살고 있는 브레멘 시의 시가지 풍경들을 찍어 보냈는데, 그것은 옥에 갇혀 세상구경을 할 수 없는 나의 눈을 즐겁게 해주기 위해서였다. 연말이 되면 자신이 찍은 사진 중에 잘된 것을 추려서 크게 확대하여 달력을 만들어 보내곤 했다. 아무리 인권운동에 발벗고 나섰다지만 정말이지 엄청난 시간과 돈과 에너지가 요구되는 일이 아닐 수 없었다.

나의 충실한 조언자 역할을 했던 게이 작가 윔잘에게 나를 소개한 것도 그녀였다(크리스타의 조언을 따라 윔잘도 짧은 편지글을 쓸 때면 꼭 그림엽서를 이용했다). 편지에서도 걸핏하면 이담에 출소하면 자기 집 응접실에서 함께 차를 마시며 담소하자는 이야기를 나누곤 했다. 그런 그녀를 만나지 못하고 왔다는 것은 도무지 말이 안 된다. 내가 게을렀기 때문은 결코 아니다. 두 번이나 독일에 갈 일이 있어 연락을 취했지만 그녀는 완곡하게 거절했다. 그녀에게는 마약중독에 빠진 외아들이 있었는데, 어머니의 속을 무던히도 썩이다가 내가 유럽으로 건너가기 6개월 전에 그만 약물 과다복용으로 죽고 말았다. 처음엔 아들을 잃은 충격 때문에 아무도 만나기 싫다고 하여 그런가 보다 했다. 그러나 1년이 훨씬 지난 뒤에도 그 태도에는 변함이 없었다. 아마도 일종의 자폐증세가 아닐까 추측해 보지만 아직도 나는 그녀의 갑작스런 태도 변화를 이해하지 못하고 있다. 어찌되었든 투옥기간 동안 보여준 그녀의 헌신적인 후원활동은 내게 여전히 빚으로 남아 있다.

또 한 분 잊지 못할 은인이 미국에 있다. 이 사건의 주모자로 몰린 세 사람의 유학생들이 처음 만나 알게 된 웨스턴 일리노이 주립대학의 이재현 박사님이다. 이 박사님은 원래 주미 대사관의 공보관이었으나 박정희 대통령의 10월유신에 반대하여 미국으로 망명한 뒤 웨스턴 일리노이 주립대학의 교수로 부임한 분으로, 1970년대 이래 미주 한인 민주화운동의 산 증인이나 다름이 없다. 박사님의 그러한 전력으로 인해 한때 이 사건은 이 박사님이 배후에 있는 '웨스턴 일리노이 대학 간첩단 사건(Western Illinois University Spy Ring Case)'으로 알려지기도 했다. 그도 그럴 것이 이 박사님은 당시 웨스턴 일리노이 대학의 한국 유학생에게는 대부와 같은 존재였기 때문이다. 이 박사님은 사건이 터지자마자 뜻 있는 유학생들을 조직하여 구명운동을 펼치는가 하면, 워싱턴 정가의 인맥을 이용하여 미국 상원의원 10여 명으로부터 석방을 촉구하는 서명을 받아 내기도 했다. 국민의 정부가 들어서서 30여 년 만에 모국 방문의 길이 열린 이 박사님 내외를 서울에서 다시 만날 수 있었던 것은 출옥 이상의 감동이었다.

마지막으로 일본의 '구미유학생사건후원회'를 언급하지 않을
수 없다. 얼마 전 오사카에 계시는 이철 선생님으로부터 가장 열
심히 활동했던 후원자 중의 한 분이었던 도시미츠 님이 돌아가셨
다는 소식을 듣고 깜짝 놀랐다. 아직 쉰도 안 된 분인데 어떻게 그
런 일이…… 1990년대 중반 아직 안동교도소에 있을 적에 어머님
과 함께 면회를 오신 도시미츠 님의 얼굴을 똑똑히 기억하고 있는
나로서는 충격이 아닐 수 없었다. 안면 신경에 무슨 장애가 있는
지 끊임없이 얼굴에 경련을 일으키면서 무언가 얘기를 들려주려고
애쓰시던 그 얼굴을 잊을 수가 없다. 현해탄을 오가며 우리 사건
의 관련자들을 일일이 찾아 격려해 주셨을 뿐만 아니라 1998년
광복절 특사로 출소했을 때에도 어김없이 찾아와 축하해 주셨던
도시미츠 님. 그날 도시미츠 님을 집으로 모셔와 저녁 한 끼라도
대접해 드리지 못했더라면 천추의 한이 되었을 것이다. 아무쪼록
하늘나라에서는 완전한 몸으로 영생을 누리시길 빈다.
그밖에 다양한 경로를 통해 석방운동을 해 주신 '재일한국민
주인권협의회', '관서한국정치범구원회', '일한문제를 생각하는 오
사카 시민회' 회원 여러분께도 깊은 감사의 말씀을 올린다.

그리고 사실은 이 후기의 첫머리에 올렸어야 마땅할 대한민국
최강의 인권지킴이인 우리 민가협(민주화가족실천협의회) 어머님들

348

과 인권운동사랑방, 인권실천시민연대, 그리고 천주교인권위원회 여러분께도 깊은 감사의 말씀을 드린다. 이분들의 지속적인 관심과 활동이 아니었더라면 나는 어쩌면 아직도 차가운 감방에 앉아 편지 쓰기에 골몰하고 있을는지도 모른다.

구미유학생간첩단사건은 전두환 정권이 학생운동을 탄압하기 위해서 해외 유학생과 국내 운동권 학생들을 이리저리 엮어 만들어 낸 순수 국내용 사건이었지만, 불법적 고문수사와 터무니없는 형량으로 인해 국제인권단체들의 관심을 끌며 결국은 국제적인 사건이 되고 말았다. 두 번 다시 떠올리기도 싫은 기억이지만 다시는 고문과 같은 비인간적 범죄가 벌어져서는 안 된다는 신념에서 어디에서건 나의 증언을 듣기 원하는 사람들에게 내가 겪은 고문의 내용을 있는 그대로 이야기해 주었다. 그런데 이런 초보적인 인권 활동마저도 공안당국의 눈에는 '반국가적 행위'로 보이는 모양이다. 국가가 한 나약한 시민에게 행한 불법적 폭력행위에 대해 부당하다고 말하는 것이 어째서 반국가적인 행위가 되는지 알다가도 모르겠다.

나는 지금 법무부를 상대로 보안관찰취소처분소송을 제기 중이다. 출소 이후 건전한 시민의 한 사람으로서 열심히 이 사회에 적응하여 살고 있는 내게 뚜렷한 이유도 없이 '보안관찰'이 행해지고 있기 때문이다. 원래는 2년 동안 주시해 보고 별 다른 이상이 없으면 해제하여 주도록 되어 있으나 올해 3번째로 기간이 연장되는 것을 보고 이대로 평생 감시 속에서 살 수는 없어 소송을 제기하기에 이른 것이다. 그런데 검사 측이 보낸 답변서를 보면 나에 대한 고문사실에 대해 다음과 같이 써 놓았다.

"당시 국가보안법위반사건이나 간첩죄 등으로 처벌받은 사람들이 반정부 투쟁방법의 일환으로, 나아가 자신들이 정치범 또는 양심수로서 부당하게 정치권력에 희생된 것이라고 인정받기 위하여 상투적으로 주장하는 것에 지나지 않는다."

우리 사회는 18년 전 그때와 비교해서 적어도 이념적으로는 단 한 치도 변한 게 없다. 조작이건 아니건 과거에 한 번 간첩으로 낙인이 찍히면 영원히 간첩으로 살아야 하는 것이다. 이 세상에 변하지 않는 진리가 하나 있다면 그것은 "세상에 변하지 않는 것은 없다"는 것이다. 철이 든 이래로 나는 단 한순간도 변하지 않은 적이 없다. 지금도 나는 한 사람의 농부로, 작가로 또는 사회운동가로 끊임없이 변신을 시도하고 있다. 그러나 그들은 나를 영원히 '간첩'으로 묶어 두려고 한다. 변하지 않는 그들이 비정상인지 끊임없이 창조적 변화를 추구하는 내가 비정상인지 한번 묻고 싶다.

재판 기록을 뒤적거리다 보면 잠시 우울함에 빠지다가도 그동안 내가 받아 온 사랑을 떠올리면 나는 정말 행복한 사람이라는 생각이 든다. 어쩌면 나의 삶 자체가 그러한 사랑의 힘에 의해 떠밀려 온 것이라는 생각도 든다. 받은 사랑이 너무도 크기에 나는 이 세상을 사랑하지 않을 수가 없다. 심지어 나를 괴롭히는 사람조차도.

꽃보다 아름다운 사람들

황대권의 유럽 인권기행

1판 1쇄 발행 2003년 12월 15일
1판 9쇄 발행 2011년 9월 25일

지은이 황대권
펴낸이 조추자
펴낸곳 도서출판 두레
등록 1978년 8월 17일 제1-101호
주소 서울시 마포구 공덕1동 105-225
전화 02)702-2119(영업), 02)703-8781(편집)
팩스 02)715-9420
이메일 dourei@chol.com

ISBN 89-7443-062-2 03810

* 책값은 뒤표지에 적혀 있습니다.
* 잘못 만들어진 책은 바꾸어 드립니다.